モブを巻き込むのはやめてください！
～王子様に膝蹴り入れたら離してくれません～
2

モブを巻き込むのはやめてください！2

～王子様に膝蹴り入れたら離してくれません～

えっちゃん

illustration 練間エリ

ICHIJINSHA IRIS NEO

ICHIJINSHA IRIS NEO

CONTENTS

モブを巻き込むのはやめてください！2

～王子様に膝蹴り入れたら離してくれません～

プロローグ　王子様から溺愛されてモブ令嬢は落ち着かない日々を送る

婚約者になったことを公表してから、放課後になるとユーリウスはリージアを迎えに来るようになった。

ユーリウスに手を引かれ教室を出るリージアは、クラスメイト達からあたたかい目で見送られて図書館へ向かう。

「殿下、お待ちください」

「……なんだ」

図書館の奥にある王族専用閲覧室の扉の前で護衛騎士に声をかけられ、ユーリウスは、面倒くさそうに振り向いた。

険しい表情の護衛騎士はユーリウスではなく、隣にいるリージアへ懐中時計を提示する。

「この後の殿下のご予定ですが、十七時に王宮へ行かなければなりません。今から三十分後には王宮へ向かえるように、どうか時間を気にしてくださいませ」

「はい。って、ユーリウス様？」

頷《うなず》くリージアと護衛騎士の間を割くように、ユーリウスは体を割り込ませる。

護衛騎士からリージアを見えないように隠すと、護衛騎士の持っている懐中時計を奪って勢いよく蓋を閉めた。

「分かっている。遅れないようにするから、もう邪魔をするな」

これ以上引き留めるなと釘《くぎ》をさして、閲覧室の解錠した扉を開いたユーリウスはリージアの腰を抱いて部屋へ入った。

「ちっ、面倒だな」

ソファーに座ったユーリウスは苛々《いらいら》しながら長い脚を組む。

棚の上にある時計を気にしつつ、リージアは持参した保温水筒から甘めのミルクティーをカップへ注ぎ、ユーリウスの隣に座った。

「ただでさえ公務のせいでリージアと共にいられる時間がないのに、あいつは小言ばかり言ってくる」

「ユーリウス様、ご公務も国王陛下とのお話も大事なお仕事です」

「分かっている。公務も父上からの呼び出しも疎《おろそ》かにするつもりはない。はぁ、リージアが寮へ戻らないで、俺の部屋で生活してくれればいつでも逢《あ》えるのにな」

腕を伸ばしたユーリウスは、リージアの右手に指を絡ませて引き寄せ、そっと指先へ口付ける。

指先から伝わる熱とユーリウスの向ける甘く蕩ける眼差しに耐え切れず、全身を真っ赤に染めたリージアは提案に頷きかけて、慌てて首を横に振った。

「じ、時間は短くても、毎日ユーリウス様と逢っています。同じ部屋というのは、その、色々問題があるでしょうし、駄目です」

「婚約者なのだ。同室になっても問題はないだろう」

「問題だらけですっ。学生のうちは規則を守ってください！」

愉《たの》しそうに笑ったユーリウスは繋《つな》いだ右手はそのままに、真っ赤に染まったリージアの頬を左手のひらで包み込む。

「仕方ない。卒業までは我慢するとしよう」

頬に添えられたユーリウスの手のひらが動き、親指が唇をなぞっていく。

目を伏せたリージアは羞恥心から体温が上がっていくのを感じた。

入学してから二年生まで、ユーリウスを避けることばかり考えていた自分が、まさか王子様の婚約者になるなんて思ってもみなかったから、今でも彼が隣にいることが信じられない時がある。

ルブラン王国立アマリリス学園入学前、リージア・マンチェストは前世の記憶を思い出した。

それは、この世界が恋愛シミュレーションゲームに似ていることと、自分がゲーム内では名前すらないモブキャラクターだということ。

入学後は目立たないように、ゲームヒロインと攻略対象者達と関わらないようにして平穏な学園生活を送っていた。しかし、二年生になったある日、中庭で寝転んでいた王子様に気付かず躓《つまず》き転倒し、王子様に膝蹴りをしたせいで、生徒会の雑用係にされて事件に巻き込まれてしまった。

学園開校以来の大事件、学園祭の後夜祭で気分が高揚した数人の生徒が飲酒をして酔った上に、学園内での使用は禁止されている破壊魔法を発動しようとした魔力暴走事件から早くも一ヶ月半が経《た》った。

事件直後は、事態の収拾で混乱していた学園内は半月も経てば平時の落ち着きを取り戻し、生徒達が学習に集中できる日常に戻りつつあった。

生徒達には伏せられている事件の真相、ウルシラ男爵令嬢メリルが企てたリージア・マンチェスト誘拐事件と、魔術師団長子息マルセルが破壊魔法を発動して学園を破壊しようとした事実と、事件の直前に学業不振を理由に休学した宰相子息ルーファウスが行方不明になっていることは、学園の教師でも一部の者しか知らない。

さらに、誘拐されかけたリージアがルブラン王国第一王子ユーリウスの婚約者に内定したことも知るのは、学園の管理職と極々一部の者だけだった。

後夜祭の事件後、ユーリウスの要望で彼の婚約者となったリージアには、生徒会の雑用係とは違う新たな役目を与えられていた。それは、放課後から下校時刻までの僅かな時間をユーリウスと一緒に過ごすというもの。

婚約者だからという理由だけではなく、生花は問題ないのに植物を原料にした香料を嗅ぐとアレルギー反応が出る、厄介な体質となってしまったユーリウスのため、アレルギー症状が生活に支障をきたすレベルとなった可哀想《かわいそう》な王子様の体調管理のためだった。

「殿下、お時間です」

扉越しに聞こえた護衛騎士の声で、物思いに耽《ふけ》っていたリージアは我に返り大きく体を揺らした。

「ユーリウス様っ、そろそろ、学園を出なければ間に合いません」

背凭《せもた》れに背中を押し付け、リージアは少しでも距離を空けようとする。

「くっ、そんなに可愛《かわい》い顔をされたら、行きたくなくなる」

いいところで邪魔をしてくれたと、ユーリウスは置時計を恨めしそうに睨《にら》んだ。

「……足りない」

吐き出すように言ったユーリウスは、背凭れを掴《つか》みリージアへ覆い被《かぶ》さる。

「ユーリウス様？　えっ？」

慌てるリージアへユーリウスの顔が近付き、彼女の視界を覆う。

ちゅっ、額に押し当てられてあたたかくやわらかい感触が音を立てて離れていく。と、同時に暗くなった視界が開けた。

（おっ、おでこにチューされた？）

「ふっ、真っ赤になって、本当にリージアは可愛いな」

唖然《あぜん》とするリージアの呆《ほう》けた表情を見下ろし、ユーリウスは満足げに口角を上げた。

「ぎゃあ！」と出そうになった悲鳴は、口元を手のひらで覆い何とか抑えた。

（最初の頃、ツンツンしていたのが嘘《うそ》みたい。デレた王子様の破壊力の強さと笑顔は私よりもずっと可愛いのに、私のことを可愛いって言わないで。凄《すご》く恥ずかしいから）

　顔が、体中が熱くて堪《たま》らない。おでこへのキスが、こんなにも恥ずかしいことだなんて。

　前世では、社会人だった自分には彼氏がいたこともあったし、それなりの経験、キス以上のこともしていたのに、キラキラ輝く王子様が相手では何も知らない初《うぶ》な少女となってしまう。

（前世の私が楽しんでいた恋愛シミュレーションゲームのメインヒーロー、ユーリウス様はヒロインとは結ばれずモブである私と結ばれたせいで、アレルギー体質になってしまった。でも、大きな健康被害もなく過ごせている。ゲームヒロインだったメリルさんにとってはバッドエンドでも、これで良かったのよね？）

　この世界はゲームではないと分かっていても、ユーリウスにとって自分と結ばれたのは良かったのかと、心の何処《どこ》かでゲームの強制力がまだ残っているのではないかという、不安は消えてくれない。

一月前、後夜祭で倒れた後、王宮で休養していたリージアは渋るユーリウスを説得して、護衛騎士をつけるという条件付きで王宮の片隅にある地下へ続く階段を下っていた。

階段を下りた先にあるのは、主に政治犯を一時的に収容している牢屋《ろうや》。

簡易トイレと小さなテーブル、一人用のベッドが置かれた牢屋は、部屋の至るところに監視用魔道具が設置されているらしい。

寒々とした廊下を歩き、目的の牢の前まで来ると兵は足を止め、扉上部の鉄格子のはめられた小窓から中を確認した。

『こちらです』

『ありがとう』

深呼吸して気持ちを整えてから、リージアは扉の前に立った。

『メリルさん、こんにちは』

『……何の用？　まさか、私を笑いに来たの？』

『違うわ。貴女《あなた》と直接話をしたくて来たの』

扉の向こうから聞こえてきたのは、不機嫌なのを隠そうとしないメリルの声だった。

『今更何を話すことがあるというのよ。私はバッドエンドが決定して、アンタは王子様とのハッピーエンドが決定したんでしょ？』

『ハッピーエンドとかバッドエンドなんて、作られた物語の終わりに過ぎないでしょ。生きている限り生活は続くし、この後どうなるかなんて貴女でも分からないんじゃない？』

『フンッ、ハッピーエンド確定だからって余裕ね』

鉄格子がはめられた扉上部の小窓から、敵意を剥《む》き出しに睨むメリルの姿が見えて、リージアは苦笑いした。

扉がなければ、彼女は足枷《あしかせ》を引き千切って掴みかかってきたかもしれない。

『確認させて。メリルさんは、自分がゲームのヒロインに転生したと確信していたから、ルーファウス様とマルセル様、そしてユーリウス様とも親しくしようとしたの？』

ガチャンッ！

メリルが勢いよく立ち上がり、足枷に繋がっている鎖が激しい音を立てる。

『私がヒロインだって分かったなら邪魔をしないでよ。私がハッピーエンドにならなきゃ、この世界が存在する意味はないのよ』

『世界が存在する意味って、貴女何を言っているの？　私は貴女の邪魔するつもりは全くなかったし目立たないようにしていたのに、偶然ユーリウス様と出会って一方的に巻き込まれたのよ』

『前世の記憶持ちでも、自分がストーリーに関係のないモブだと分かっているのだから、ユーリウスから離れなさいよ！』

苛立ちの感情のまま怒鳴ったメリルは、手元の枕をベッドへ叩《たた》きつけて俯《うつむ》いた。

『……前世の私は大学生だった。彼氏も男友達もいっぱいいたし、毎日楽しく過ごしていたのに突然元彼にナイフで刺されて死んで、気が付いたらアネモネの聖乙女のヒロインとして生まれ変わっていたのよ。ヒロインになったからには、ハッピーエンドを目指したいでしょう？　でも、実際の学園生活は、授業は面倒くさいし勉強しなくちゃならない。攻略対象との会話は選択肢じゃないし好感度は見えない。面倒なところはスキップも出来ないし、ライバルと競い合うのは嫌だったの。そこで、キャラごとの性格と性癖を思い出して、そこを攻めて落とすことにしたらルーファウスとマルセルは見事に落ちてくれたわ』

ゲームヒロインへ転生したと知った時の衝撃を思い出したのか、俯いたメリルはくすりと笑う。

『性癖って……』

あっけらかんと話すメリルとは価値観が違うと分かり、リージアの腕に鳥肌が立った。

『でも、ユーリウスは駄目だった。幼い頃城を抜け出したユーリウスと私は街の外れで会ったことがあるのに、全く思い出してくれなかったわ。やたら避けられるし、アンタを雑用係なんかにするし。アンタが邪魔していると思ったから、ガルシアに殺害依頼したのに失敗するし、最悪よ』

扉を挟んでの会話で良かったとリージアは眉を寄せた。

顔を合わせてメリルと話していたら、侮蔑の眼差《まなざ》しを彼女へ向けていただろうから。

『メリルさん、この世界はゲームじゃない。もう分かっているでしょう？』

『でも、イベントはゲームと同時期に起こっているわよ？』

顔を上げたメリルは、クスクスと声を出して笑う。

『アンタはマンチェスト伯爵令嬢なのよね。お兄さんは三年生のブルックスだっけ？』

『え？』

『前世で、ファンディスクはやったの？』

突然、何を言い出すのかと訝《いぶか》しがりつつ、口元へ人差し指を当ててリージアは記憶を探る。

『私の記憶では、まだ発売されてなかったかな』

「ふぅん」と返し、ベッドから立ち上がったメリルは口角を上げた。

『じゃあ、続編が出ていることも知らないんだ。うふふ、私がいなくなることで続編は始まるのかどうなのか知らないけど、せいぜいユーリウスを他の女に奪われないように頑張ることね』

『それって、どういうこと？』

椅子から立ち上がり扉へ手を当てるリージアからの問いに、メリルはクスクス笑うのみで答えようとしない。

『メリルさん、貴女……』

『リージア様、お時間です』

さらに問おうとしたリージアの声を、事務的な護衛騎士の声が遮った。

『さぁ、殿下がお待ちです。行きましょう』

扉を見詰めるリージアへ、護衛騎士が牢から出ることを促す。

『ふふふっ、じゃあまたね。リージアさん』

愉しそうに笑うメリルの声が聞こえ、リージアは一度だけ後ろを振り向いた。

（不安なのは、あの時メリルさんが言っていたことが気になるから。まさか、続編があるなんて知らなかったわ。メリルさんは修道院へ送られたと聞いたけど、元気にしているのかしら？）

不安を顔に出さないよう気を付けて、笑顔を作ったリージアは名残惜しそうに王宮へ向かうユーリウスを見送った。

＊＊＊

王宮の奥、許可された者しか入れない王族の居住区域の応接室。

国王の命によりユーリウスがこの部屋に来たのは一月前、地下牢に収監されていたメリルが逃亡したことが分かった時だった。

気配を感じ取り、ユーリウスは向かいの椅子に座る父親と叔父のシュバルツに目配せする。

部屋に張られた結界の隙間から、首から足の先まで黒装束の青年が音もなく現れ、脚を組んで椅子に座る国王とシュバルツ、ユーリウスの前で膝を折った。

「例の二人ですが、持ち出した貴金属を換金し、乗合馬車で国境の町へ向かいました」

「王都から国境沿いまでの移動に一ヶ月もかけるとは。逃亡ではなく観光しているつもりなのか」

国外逃亡を目指してるらしいメリル達の、移動速度の遅さにシュバルツは苦笑いした。

「国境を越えるまで監視を続けろ」

「はっ」

シュバルツの命令に頭を垂れて答え、影の中へ溶け込むように青年は音もなく姿を消した。

「シュバルツ、お前の予測通りあの二人は隣国へ向かったな。しかし、すぐに足がつく国内で貴金属の換金をするとは、阿呆な奴等だ」

口髭《くちひげ》を撫《な》でた国王は愉しそうにクツクツと喉を鳴らす。

「どうする？　今なら捕縛出来るが？」

応接室へ足を踏み入れた時から渋面でいたユーリウスは、シュバルツからの問いに首を横に振った。

「捕縛はまだ待ってほしい」

「フッ、お前を裏切った奴を見逃す気か？」

　肘掛けに両肘を置き、国王は器用に片眉を上げる。

「父上、私は選択肢を与えただけで見逃してはいませんよ。ルーファウスが身分と親の庇護《ひご》と安定した生活、全てを捨てる覚悟で選んだ道ですから、夢を見させてやろうと思っただけです。見目が良く地位ある者を好んでいた貪欲な女が、全てを捨て貴族でもなくなったルーファウスに満足するとは思えません。持ち出した宝飾品と金貨も直《す》ぐに使い果たし、いずれ路頭に迷うでしょう」

　一ヶ月半前、学園を休学して領地で謹慎中だったルーファウスを見舞うついでに、学園での出来事とメリルの捕縛を知らせた。

　激しく動揺し取り乱したルーファウスを心配し、メリルが移送される時期と考え得る彼女への処罰を知らせただけで、手を貸したわけでも見逃したわけでもない。

　謹慎期間を終え学園へ復学した後、上位の成績を修めれば国政には関われずとも、ルーファウスには宰相である父親の補佐か領地運営を任されるという未来もあった。それなのに、メリルと一緒に国外逃亡をするという愚かな選択をしたのは、ルーファウス自身なのだから。

「兄上、監視魔法はかけてありますから、隣国へ行ってもどうにでも出来ます」

　目先の自由しか見ていない愚かな二人は、何処へ逃げても一生監視されることに気付いていない。

「分かった」

　頷いた国王は、すでに国外脱出する二人への興味は失せているようだった。

　国王の切り換えの早さに、ユーリウスは内心苦笑いする。

「それはそうとユーリウス、婚約式を早めたいそうだな」

「ええ。最近、学園周辺を他国の間者と思われる者が彷徨《うろつ》いているようです。面倒な者達が騒ぐ前に、リージアの存在を知られる前に、婚約式を終わらせたいと思いまして」

「フン、随分と惚《ほ》れ込んでいるのだな」

　後夜祭の後、意識を失ったリージアを抱えて王宮へ戻って来たユーリウスが、侍医の治療中も彼女の手を握り離れようとしなかったという報告を受けた時は、国王は我が耳を疑ったものだ。

　学業を優先したいというユーリウスの意思を尊重し、婚約者選考は学園卒業後、王太子発表前に行う予定だったのが、選んできたのは中央とは離れた立ち位置のマンチェスト伯爵令嬢。

　王家にとって無害な一族とはいえ、この婚約を反対している元老院議員も多い。

　近々、良からぬことを企む者も出てくることだろう。

(王太子となるのを邪魔している老害共と、王妃支持派を一掃するつもりか？　ならば、面白い)

　結論を導き出した国王は、ニヤリと口角を上げた。

「リージア嬢がユーリウスの弱みとなるのも、魔力無効化スキルの情報が他国へ漏れるのは面倒だな。よかろう。婚約式を早めるように伝令を出そう」

　頬杖《ほおづえ》をついた国王は、隣室に控える侍従を呼ぶベルを鳴らした。

　すんなりと婚約式の件を了承した国王を訝しがりながらも、ユーリウスは笑い出しそうになるのを堪《こら》えていた。

(リージアに興味を持ち出した奴等が動く前に、婚約式を終わらせる。国内外に婚約を知らせて、逃げ道を塞いでしまわないとな)

　完璧な王子を演じているユーリウスは、裏ではリージアに懸想する男子生徒を彼女が気付かないよう排除したり、毎日彼女と過ごすために睡眠時間を削って公務をこなしていた。

少しばかり重たいユーリウスの執着ぶりを見知っているシュバルツは、噛《か》み合わない親子の思惑を感じとり呆《あき》れ混じりの視線を向けていた。

1　モブ令嬢は王子様達に心乱される

王立学園で事件を起こした息子の不始末の責任を取り、魔術師団長、宰相と相次ぐ高官の辞任で混乱していた王宮内が落ち着きを取り戻した頃、突如国王の口より発表された第一王子ユーリウスの婚約者決定は、まさに貴族にとって青天の霹靂《へきれき》だった。

しかも、婚約者となるのは貴族内の派閥に与《くみ》してない辺境のマンチェスト伯爵令嬢。自分の娘を第一王子の婚約者候補に推していた高位貴族達は一斉に異を唱え騒ぎ出した。

しかし、婚約は王命であり元老院も了承しているとなれば、気に入らぬ婚約でも表向きは祝福するしかない。

どうにかして婚約の破談、または婚約式の延期をと筆頭公爵家を中心に動くも、王都から離れた辺境の豊かな自然と水資源を持つマンチェスト伯爵領からは良質な魔石が採れ、この十数年間で目まぐるしく成長した絹織物や魔石加工技術は国内外から高く評価されており、筆頭公爵家といえども圧力をかけて破談にすることは出来なかった。

発表から三ヶ月後。

王宮内広間にて行われた婚約式には多くの貴族、高官が集まった。

儀礼用の軍服姿のユーリウスにエスコートされたリージアが入場すると、集まった貴族達の視線が彼女へ集中する。

白から薄桃色のグラデーションに染められたドレス、マンチェスト伯爵お抱え職人の技術で繊細な細工が施された髪飾りを付け、小柄ながら背筋を伸ばして歩くリージアの姿はまるで、可憐《かれん》な容姿と凛《りん》とした芯の強さを合わせ持つ清楚《せいそ》な花のよう。

デビュタントの舞踏会は不参加で、初めて多くの貴族達の前に立ったリージアは値踏みするような視線の中に興味、嫉妬、など好意的とは思えない様々な思惑が混じる感情を浴び、引きつりそうになる口元を何とか笑みの形にする。腰に回されたユーリウスの手がなければ倒れてしまっていたかもしれない。震える手を叱咤《しった》して婚約誓約書に記名した。

婚約発表後、王子様が選んだのは地味な女子だと知った生徒達が騒然となり、一時授業どころじゃなくなった学園も新年度へ入る頃には落ち着きを取り戻していた。

第一王子の婚約者となっても、変わらず親しくしてくれる友人達のフォローのおかげで学生と王子妃教育の二重生活も何とかこなせていた。

二年生までＣ組だったリージアの第一王子の婚約者という立場と警護の関係で、三年生からはＡ組へ入るべきだという声が学園教師達から上がった。しかし、三生からクラスを替えても高位貴族子息子女達と馴染《なじ》めそうにない。

Ｃ組のままにしてほしいと懇願するリージアと、本人の意思を尊重すべきと言うユーリウスの圧力に負けた学園側の協議の結果、期末試験結果をみて三年生の一年間はＢ組所属となった。

メリルに同調し、成績と生活態度から評価を著しく下げた二年Ｂ組だった者と入れ替わる形で、二年Ｃ組だった生徒と仲の良い友人がＢ組となりリージアは安堵《あんど》した。

放課後、中庭を通って図書館へ向かおうとしていたリージアと友人達は、ベンチに座って雑談をしていた派手な雰囲気を放つ女子達に向かって軽く頭を下げて、彼女達の前を通り過ぎた。

「リージアさん、少し、よろしいかしら？」

「何かご用でしょうか？」

敵意を剥《む》き出しにした声で呼び止められて、リージアは半ばうんざりしながら振り返った。

そこには、赤みがかった金髪の毛先を綺麗《きれい》に巻き、切れ長の目がきつい印象を与える迫力美人が腰に手を当て立ってた。

派手な女子生徒はミンティア・サンジェス侯爵令嬢。ユーリウスの婚約発表直前まで、貴族達の間では彼の婚約者候補最有力とされていた令嬢だった。

「何か、ですって？」

ピクリとミンティアの片眉が器用に上がり、彼女の左右に立つ取り巻き女子達の表情も険しくなる。

「貴女《あなた》、ユーリウス殿下の婚約者となったというのに、以前と変わらず平民や低い身分の方々と親しくするなど、自分の立場をちゃんと理解しているのかしら？」

「立場ですか？　学園では身分の差は関係ない、と学則にあります。ユーリウス殿下ご自身も、平民貴族関係なくご友人として親しくされていらっしゃいます」

溜息《ためいき》を吐《つ》きそうになるのを堪《こら》え、ミンティアの目を見据えて言う。

苛立《いらだ》ちを露《あらわ》にしたミンティアはリージアを睨《にら》み、綺麗に口紅が塗られた唇をニィッと吊《つ》り上げた。

「貴族としての格も、成績もA組には及ばない貴女が殿下の婚約者だなんて、不相応で恥ずかしいとは思いませんの？　わたくしはユーリウス殿下の婚約者となるべく幼い頃より日々精進してきました。それを辺境の伯爵家の貴女が選ばれるなど……あぁなんたることでしょう。身の程をわきまえなさい」

「ミ、ミンティア様っ……」

校舎の方を見て青ざめた女子は、震える声でミンティアの名前を呼んだ。

「リージア」

静まり返る中庭に、リージアへ近付く足音と凛とした男子生徒の声が響き渡る。

「此処《ここ》にいたのか。約束した場所に来ないから、探したよ」

女子達のいる場所まで来ると、男子生徒はごく自然な動きでリージアの腰へ腕を回した。

横を見て確認しなくても、声と気配で自分を抱き寄せたのはユーリウスだと分かり、女子達の前で抱き寄せられた恥ずかしさから、リージアは体温が上昇するのが分かった。

「ユーリウス様」

頬を染めて見上げるリージアへユーリウスは優しく微笑《ほほえ》むが、直《す》ぐに笑みを消して別人のように冷たい眼差《まなざ》しをミンティアへ向けた。

「君は、サンジェス侯爵令嬢だったか。私の婚約者を、マンチェスト伯爵家を馬鹿にしているようだが、マンチェスト伯爵家は領地の繊維産業や魔石加工技術を向上させ、我が国の発展と他国との貿易に貢献してくれている。因《ちな》みに、君が付けている髪飾りもマンチェスト伯爵家お抱えの職人達の作品だ。透かし細工の美しく繊細な作りの髪飾りは、今や王都の女性達が憧れる品なんだろう？」

小馬鹿にしたようなユーリウスからの指摘に、ミンティアの顔色が羞恥で赤くなる。

「まぁ、私がリージアを選んだ理由はそこではなく彼女自身の魅力に惹《ひ》かれたから、だけどね」

フッと笑ったユーリウスは、リージアの髪を指へ絡ませて口付けた。

目の前で対応の違いを見せつけられ、ミンティアは悔しさに唇を歪《ゆが》ませ小刻みに肩を震わせる。

「ああ、サンジェス侯爵へ泣きついても無駄だよ。私とリージアの婚約は王命だ。リージアが婚約者に相応《ふさわ》しくないと言うならば、国王と私から叛意《はんい》ある者達だとみなされるだけだ」

　いくら気位が高いとはいえ、ミンティアもユーリウスの言葉の意味が分からないほど愚かな令嬢ではない。震える手を動かしてスカートの裾を摘まむ。

「お見苦しい真似《まね》をしてしまい、申し訳ありませんでした」

　真っ直ぐに自分へ向けられるユーリウスからの圧力を感じ顔色を悪くしながらも、淑女の礼をしたミンティアは取り巻きの女子達に支えられて校舎へ向かって歩いて行った。

「大丈夫か？」

「は、はい」

　顔を覗《のぞ》き込み問われ、互いの息遣いを感じられるくらいの近さで密着していたことと、いつの間にか距離を置いていた友人が向ける生暖かい視線を感じてリージアはぎゅっと身を縮めた。

「申し訳ないが、リージアを借りるよ」

「はいっ！」

　友人の返答にユーリウスが「ありがとう」と王子様の笑顔を見せれば、友人の頬は真っ赤に染まる。

　周囲の女子達からも黄色い声が上がった。

　熱い視線を送る周囲の女子達には目もくれず、リージアの腰を抱いたユーリウスは中庭を通り抜け校舎裏へと歩く。

　木陰の人目につかない場所に、ユーリウスの側近が用意したと思われる敷布が広げられ、ご丁寧に大きめのクッションまで用意されていたのにはリージアも目を丸くした。

「おいで」

　クッションに凭《もた》れて座ったユーリウスから差し伸べられた手に、リージアは自分の手を重ねる。そっと引き寄せられて彼の隣へ座った。

「あの女、前にもリージアに絡んでいたな。クラスでも俺に馴れ馴れしく話しかけてきて目障りだ。サンジェス侯爵に圧力をかけようか」

　学園での、柔和な王子様の仮面を脱いだユーリウスの瞳に、剣呑《けんのん》な光が宿る。

「あの、圧力をかけるのはやめてください。絡まれるだけで嫌がらせはされていませんし、ミンティア様の取り巻きの方々が何か仕掛ける前にガルシア先生が対応してくれていますから大丈夫ですよ」

　ガルシアの名前を出した途端、ユーリウスの目付きが険しくなった。

　後夜祭の後、捕縛された彼は裏組織を抜けてシュバルツ預かりの身となった。

　メリルの依頼で行ったとはいえ、命を狙ったことと髪を切ったことに責任を感じているらしく、表向きは教師として学園内へ入り、リージアの護衛をしている。

「俺よりもあの暗殺者がいいのか？」

「もう、ユーリウス様ったら」

　不機嫌になったユーリウスの声に拗《す》ねた響きを感じ取り、リージアは声を出して笑った。

「ユーリウス殿下！」

　辺りに響き渡った大声を耳にして、リージアとユーリウスは同時に肩を揺らす。

　クッションに凭れて座っている二人目掛けて走って来るのは、ゲームの攻略対象者の一人であり騎士団長子息のロベルトだった。

「殿下！　見付けた！　こんなところにいたんですか？」

額に汗を滲《にじ》ませて、爽やかな笑顔を見せるロベルトとは違い、リージアと過ごす時間を邪魔されたユーリウスの機嫌は急降下していく。

「ロベルト……何の用だ？」

「この前の件でシュバルツ先生が聞きたいことがあると、今すぐ生徒会室へ来てほしいそうです」

「今日はリージアと過ごすとシュバルツ先生には伝えてある。見付けられなかったことにしろ」

不機嫌な圧を全身から放ったユーリウスはロベルトを睨んだ。

「ユーリウス様。シュバルツ先生を待たせるわけにはいきません。明日の朝、A組に行きます。ですから、生徒会室に行ってください」

「う、リージアがそう言うなら、仕方ない」

渋々、といった体でユーリウスは立ち上がる。

ロベルトと側近と連れられて行くユーリウスを見送ったリージアは、女性の護衛騎士と一緒に図書館へ向かった。

作業している司書教諭に挨拶をしてから、入荷したばかりの新作文庫が並ぶ本棚へ向かった。

一番上の段にある本が気になり、取ろうとするが手を伸ばしても届かない。つま先立ちで背伸びをして本の背表紙に触れた。

「あっ」

あと少しで取れるというところで、背後から伸びてきた誰かの指が斜めになった本の背表紙を掴《つか》み、一気に本棚から引き抜いた。

「これでいいのか？」

確認してくる男子生徒の声が聞こえ、リージアは動きを止めた。

本を取ることに集中していたとはいえ、腕を伸ばされるまで彼の気配に気付かなかったのか。

「どうした？」

首筋に男子生徒の吐息を感じて、リージアの肌がゾワリと粟立《あわだ》つ。

彼が誰かなど、考えるよりも先に体が反応した。

勢いよく振り向き、横へ飛び退《の》いて男子生徒との距離をとる。

「へぇー、いい動きだな」

背後に立つ男子生徒がヒュウッと口笛を吹く。

反射的に動いたリージアは、男子生徒の姿を確認して目を見開いた。

襟足だけ肩より長い黒髪、金がかった橙《だいだい》色の瞳、褐色の肌。第二釦《ボタン》まで外したシャツとゆるめたタイが、だらしがないよりも色気を感じさせる男子生徒は、隣国オベリアの王子、イザークだった。

黒髪を耳にかけるイザークの仕草が色っぽくて、思わず見入ってしまったリージアはハッと我に返り姿勢を正す。

「イザーク殿下、ご無礼をお許しください」

「いや、いい」

慌てて頭を下げようとするリージアをイザークは止める。

「驚かせたのは俺の方だから気にするな。リージア嬢一人か……なるほど、ユーリウスは生徒会室へ行っているのか。丁度いい」

　周囲の気配を探り、イザークはニヤリと効果音が聞こえてきそうな笑みを浮かべた。

「ずっと、リージア嬢と話してみたかったんだ。ユーリウスのガードが固くて近付けなくてさ」

「イザーク様もお一人なんですね」

　第一王子の婚約者が異国の王子様と密会していると、周囲から誤解されかねない。こんな場面を誰かに見られたら、色々面倒なことになる。図書館内の気配を探り、近くに誰の気配もないことに内心安堵の息を吐いた。

　クラスが違うため彼と顔を合わせるのは廊下が多く、図書室で会うのは初めてだった。いつも女子生徒数人を引き連れて歩く彼が一人でいるのは珍しい。常に側《そば》にいる従者の青年もいないとは、何かあったのかと勘繰ってしまう。

「可愛《かわい》いといっても、ずっと女の子達に囲まれているのは疲れる。お目付け役に張り付かれるのも、嫌になる時もあるんだ。俺でもたまには一人になりたい時もある」

　うんざりした口調で言い、イザークは浮かべていた笑みを消す。

「はぁ、そうなんですか」

　笑みを消したイザークは頭の先から足元までリージアを見下ろす。

　長身のイザークから見下ろされる威圧感と圧迫感から、リージアは彼を見上げながら一歩後退《あとずさ》った。

「ふぅん。もっと早く、ユーリウスより早く君の魅力を知りたかった。地味だと思っていた女子が、眼鏡を外すだけでこんなにも可愛らしくなるなんて面白い」

　口角を上げたイザークはリージアの横、本棚に手をついた。

「あの、イザーク様？」

色気たっぷりの王子様から壁ドンならぬ本棚ドンをされるとは。

これは一体どういうことかと、リージアの脳内でクエスチョンマークが乱舞する。

「上手《うま》く隠していたものだな」

「わ、私は、ユーリウス様の婚約者ですよ」

上擦った声で言うと、イザークは目を細めてクスリと笑う。

「まだ婚約者、だろ？」

低く甘く色気を含む声で言われてしまい、リージアの顔は真っ赤に染まっていく。

（ぎゃー！　なにこの状況!?　何でこんなに色気があるの!?）

今すぐ離れたいのに、本棚に手をついたイザークの腕に邪魔されていて、逃げられない。

不敬罪に問われても、正当防衛だとイザークを殴って逃げようかと、リージアは拳を握り締めた。

「ちっ」

涙目で睨むリージアの頬に触れる前に、イザークの手が止まる。

足音と共に、知った相手の気配が近付いてくるのに気付いて、リージアはほっと胸を撫で下ろした。

「何をしている」

本棚の影から現れた黒装束の青年は、殺気すら感じさせる鋭い声でイザークに問う。

「同意ではないな。その娘から離れろ」

今にも攻撃を仕掛けかけてきそうな、剣呑な雰囲気を放つ相手に逆らうのは得策ではないと判断したのか、イザークは本棚から手を離した。

「ガルシア、先生」

安堵で強張《こわば》っていたリージアの全身から力が抜けていく。

「やれやれ、番犬の登場か。今日は、リージアに挨拶できたから、まぁいいか」

苦笑いしたイザークは、芝居がかった動作で肩を竦《すく》めた。

敵意を隠そうとしないガルシアの脇をすり抜け、通路へと出たイザークは振り返る。

「ではまたな、リージア」

「またな」ということは、また話しかけてくるつもりかと、引きつった口元を動かして笑みを作り、リージアは一礼して彼の背中を見送った。

イザークと、本棚の間から姿を現して付き従う側近の気配が完全に図書館からに消えると、黙り込んでいたガルシアはようやく口を開いた。

「隙だらけだぞ。もう少し警戒しろ」

「警戒しろと言われても、これは無理です。でも助かりました。ありがとうございます」

頭を下げようと顔を動かすと、リージアの肩より少し伸びた髪が揺れる。

腕を伸ばしたガルシアの指先がリージアの髪へ触れる寸前で止まった。

「この髪が元の長さになるまでは、命をかけてでも守るのが俺の役目だ。今日はもう寮へ戻って休め」

無表情で淡々と言っているのに、ガルシアの声に宿る感情は先ほどイザークへ向けた刺々《とげとげ》しいものとはうって変わり、優しくてあたたかかった。

王子様の婚約者という立場だけでなく、隠しキャラが護衛してくれる学園生活はときめくどころかモブには重たく、未《いま》だに慣れない。

一時間ほどの間で二人の王子様と会話するのは、一日授業を受けた後以上に疲弊した気がする。

出入り口までついてきてくれたガルシアへ、頭を下げて図書館を出たリージアは茜《あかね》色に染まる空を見上げた。

図書館でイザーク会話をした翌日。

登校したリージアは、教室の前で待ち構えていたユーリウスから昼食の誘いを受けた。

学園の食堂二階には予約制の特別席があり、学園に通う生徒であれば誰でも特別室を使用出来るとされていた。ただし、高学年と高位貴族以上の生徒優先で使用すること、特別な用事がない限り特別室へ近付いてはならない、という暗黙のルールがある。

利用者のプライバシーを配慮した造りの特別席は、マジックミラー仕様の硝子《ガラス》の窓と防音壁で仕切られており外から特別席内の様子は分からない。生徒達で賑《にぎ》わう一階を見下ろし、リージアは小さく息を吐いた。

「どうした？」

テーブルを挟んでリージアの正面に座り、日替わりランチセットを食べていたユーリウスの手が止まる。

「二階席でのランチは初めてで、学食なのにレストランにいるみたいだな、と思って緊張します」

普段は、一階席で友人と談笑しながら食べている昼食も、壁際に護衛がいてもレストランの個室並みの特別席でユーリウスと二人きりの食事となれば、背筋を伸ばし食べ方を気にしてしまう。

二人きりの昼食の誘いを受けたのは、「ここのところ、一緒にいられる時間がなかったから」と言う、ユーリウスからの〝お願い〟に負けたから。

A組生徒の間で人気だというこの特別席は、当日の予約では使えない。きっとユーリウスは、数日前から時間と場所の手配をしていたのだろう。

「コレが気になるなら、食べさせてやろうか？」

「あ、明日、下の学食で頼むからいいですっ」

切り分けたチキンソテーをフォークに刺して、今にも口へ突っ込んできそうなユーリウスに、リージアは上擦った声で断る。

食べさせられる、イコール、ユーリウスに「はい、あーん」をされるということで……

全身を真っ赤に染めたリージアは、想像したやり取りだけで恥ずかしさのあまり目を回しかけた。

キラキラした笑顔のユーリウスは、冗談ではなく本気で言っている。

婚約式を終えてから、彼はリージアを溺愛しているのを隠そうともしなくなった。

常に柔和で感情を揺らすこともなかった王子様の変貌ぶりに、生徒達は驚き唖然《あぜん》としていたのだが最近は慣れてきたのか、二人をあたたかい目で見守ってくれている。

リージアの友人達は「至近距離でユーリウスと護衛の方を見られるし、話せるから楽しい」と、言い出しているくらいだ。

(囲っている硝子はマジックミラーになっているから、周りからは見えないと聞いたけど……本当に見えていないの？)

今の自分は真っ赤になって、締まりのない顔をしているに違いない。

こんな顔は見せたくないのに、ツンデレのツンを消してデレしか残っていない王子様は容赦なくリージアを甘やかそうとする。

「リージア」

食べ終わった皿を下げてもらい、席を立ったユーリウスはリージアの傍らへ移動する。

「父上の生誕祭ではドレスを贈るよ」

「いいのですか？」

「大事な婚約者には、俺の選んだドレスを着てほしいんだ。着てくれるか？」

片膝を床についたユーリウスは、リージアの片手を握り乞うように視線を合わせた。

「嬉《うれ》しい、です」

優しく手を握るユーリウスが選んでくれたのが、彼の隣に立つのがヒロインではなく自分だなんて、未だに信じられない。

頬を赤く染めたリージアは、自分の右手を握るユーリウスの手を左手で包み込むように触る。

僅かに目を見開いたユーリウスは片手で目元を覆った。

「ユーリウス様？　どうかしたのですか？」

グッと言葉に詰まったユーリウスは手のひらを外す。

「そんなに可愛い顔をされたら、堪《たま》らないだろう」

頬と目元をほんのりと赤く染めたユーリウスは、リージアを熱のこもった瞳で見上げ手の甲へ口付け立ち上がった。

羞恥心、幸福感、彼を独占しているという嬉しさが入り雑《ま》じった複雑で単純な感情がリージアの内で生じ、胸の奥が甘く疼《うず》いて心臓の鼓動が速くなっていく。

「このまま、午後の授業を休んで一緒にいたくなる」

「駄目、ですよ」

頷《うなず》きそうになるのを踏みとどまり、リージアは首を横に振った。

「フッ、冗談だよ。名残惜しいがそろそろ戻るか」

時計を確認したユーリウスに手を引かれて、リージアは椅子から立ち上がった。

食堂から教室棟へ向かう廊下を二人並んで歩く。

ふわふわした気分のリージアは、隣を歩くユーリウスに手を繋《つな》いでもらっていなければ、足元がふらついていただろう。

教室棟の三階へ上がり、ホールの手前を歩いていると前方から四人の華やかな女子生徒を引き連れたイザークが近付いてくるのに気付き、ユーリウスは顔を顰《しか》めた。

イザークから一歩下がって歩く、常に無表情で付き従う従者がユーリウスへ頭を下げる。

「やぁ、こんにちは」

「何の用だ」

片手を上げて挨拶するイザークへ、ユーリウスはあからさまに嫌そうな表情を返す。

「おいおい、冷たいじゃないか。用がなければ話しかけるのは駄目なのか？」

「駄目だ」

即答だった。これにはイザークも苦笑いする。

「私の婚約者と、親しくしてくれるのは有難いが、近付きすぎるのは困るな」

「国王陛下の生誕祭に向けて、リージア嬢と仲良くしたいと思っているだけで、手を出そうという下心などないのにな」

「私の婚約者に下心など抱いていたら、それなりの対応をさせてもらう」

憮然《ぶぜん》と答えるユーリウスの傍らで、リージアはぱちくりと目を瞬《しばたた》かせた。

「陛下の生誕祭に向けて、ですか？」

「そう。パレードと舞踏会に俺も招待されているからね。ユーリウスの後でいいから、ダンスのお相手をよろしく」

「だから駄目だと言っただろう」

射殺さんばかりの表情となるユーリウスへ「怖い怖い」と茶化すように言い、イザークは女子生徒達を引き連れてＡ組の教室へ歩いて行った。

厳しい顔でイザークの後ろ姿を見詰めたまま、動こうとしないユーリウスをリージアは見上げる。

「ユーリウス様、生誕祭のことですけど」

「イザークの相手はしなくてもいいからな」

即答したユーリウスの苦虫を噛《か》み潰したような顔から、不機嫌の原因は昼の出来事かと確信する。

冷静沈着、清廉潔白な王子様もリージアが絡むと途端におかしくなるのだ。

「そうではなくて、私、どなたがいらっしゃるのか全く知らなくて」

「男性の招待客は父上と叔父上、女性の招待客は王妃、主に側妃が決めている。俺も招待客の全員は把握していない。明日登城する時に叔父上に聞いてみるといい」

ユーリウスの婚約者となるまでは雲の上の存在だった王妃と側妃。彼女達に会わなければならない明日の登城のことを考えると胸やけがしてきて、リージアは膝の上に置いた両手を握り締める。

「どうした？」

「ユーリウス様の婚約者として、上手く立ち回れるか不安になってしまって」

「リージアならしっかりやれるよ。不安ならば、夜会の間は俺の側から離れるな。うるさい奴等には手出しさせない」

今まで不機嫌だったのが嘘《うそ》のように、真剣な表情となったユーリウスから守ると言われ、リージアの心臓の鼓動は速くなっていく。

「ダ、ダンスもちゃんと練習しなければなりませんね」

「ダンスか……そうだな。放課後、練習しようか？」

「え？」

「国王と王妃の次に、俺たちもダンスを踊らなければならないからな。練習は必要だろう？」

イザークと話していた時とは表情を一変させ、ユーリウスはやわらかく微笑んだ。

幕間　逃亡エンドを迎えたはずのヒロインは激昂する

(モブキャラがユーリウスの婚約者ですって!?　あの性悪王妃が婚約を許したなんて！)

舌打ちしたメリルは机上に散らばる激情のまま破った新聞記事を憎々しげに睨《にら》む。

破れた新聞の見出しには、易々《やすやす》と戻れなくなった祖国の慶事〝第一王子の婚約〟が大々的に印字されていた。

勢いよく椅子へ腰掛けて、右手親指の爪をガリガリ噛《か》む。

ゲームのシナリオ通りに進んでいればユーリウスの婚約者となるのは、新聞の見出しを飾るのはメリルだった。

どうしてこんなことになったのかと何度自問自答しても、あの地味なモブ女が原因だとしか考えられない。

(私がヒロインなのに！　私が幸せにならなきゃいけないのに！)

白くなるほど力を込めて握り締めた手がブルブルと震えた。

(あの時、記憶が蘇《よみがえ》った時から私は幸せになるって決まっていたのよ！)

メリル・ウルシラがただのメリルだった頃、偶然ルブラン王国の田舎町を訪れた神官によって才能を見出《みいだ》され神殿の属性検査を受けた結果、正式に光属性持ちだと認められた。そのすぐ後、立派な馬車を用意して迎えに来た神官に連れられて向かったのは領主の屋敷だった。

屋敷の玄関ホールで出迎えてくれた、初めて顔を合わせたはずの口髭《くちひげ》を生やした渋い紳士を見た瞬間、メリルの頭の中に大量の情報が流れ込んだ。

混乱する自分へ、渋い紳士が自分から「私は君の父親だ」と告げられて、脳内で混じり合い複雑に絡まってしまった情報が弾《はじ》けた。

こうしてメリルは理解する。

此処《ここ》は、前世の自分が暇つぶしのためやっているうちに夢中になっていった恋愛シミュレーションゲームの世界で、メリルは素敵な男性達に愛されるヒロインだということを。

「私はメリル。この世界のヒロインなのよ！」

ピンク色の髪に空色の大きな瞳、黒子《ほくろ》すらない白い肌はヒロインに相応《ふさわ》しい完璧な美少女。

鏡に映った自分の姿を確認して歓喜したメリルに、遠巻きにしていたメイドたちは怪訝《けげん》そうに顔を見合わせた。

それから一年間、苦痛でしかない勉強と淑女の立ち振る舞いを学び、待ちに待った王立学園編入の日を迎える。

学園の門を通り、職員室へ向かう廊下で早速攻略対象キャラのシュバルツと出会い、ゲームと同一の展開だとにやける口元を必死で隠す。

この世界のヒロインとして、攻略対象キャラ達に囲まれ愛される楽しい学園生活が始まる、はずだった。

編入してから、学園生活もキャラの攻略も順調に進んでいたのに、まさかゲームでは名前すら出てこなかったモブキャラクターに邪魔されるとは。

メインヒーローの王子様がヒロインではなく、地味で可愛《かわい》くないモブキャラクターと仲良くしているなど許せなかった。

邪魔なモブキャラクターは直《す》ぐに排除されて、王子様はヒロインを好きにならなければいけない。モブキャラクターが排除されればゲームは正常に戻り、ハッピーエンドが待っていると信じて疑わなかった。

しかし、王子様はヒロインたるメリルを拒絶してモブキャラの女を選んだのだ。

学園生活の途中で断罪されるなど受け入れられず、離島の修道院や神殿に監禁されるバッドエンドより逃亡エンドの方がまだマシだと思い、メリルは助けに来たルーファウスの手を取った。

ルーファウスが持ち出した貴金属を換金し、隣国へ逃亡後冒険者となれば貴族や王族には及ばずともそれなりの水準の生活を送れる算段だった。

(それなのに……)

ぎりぎりと奥歯を噛み締めて、メリルは椅子から立ち上がった。

(外見は知的で落ち着いた美形。容姿端麗で紙の上の知識は豊富、物理攻撃は苦手でも高位魔法が使える。でも、考え方は世間知らずのお坊ちゃまでいつまで経《た》っても実戦慣れはしてくれないし、この先やっていけるかが不安でしかないわ)

今は金銭面で余裕もあり、贅沢《ぜいたく》な生活が出来ていても数年後にはどうなるか分からない。

「そういえば、学園は新学期が始まる時期ね。その後、国王の生誕祭になれば続編が開始する、か」

腕組みをしたメリルは、続編のプロローグと攻略対象ごとのシナリオを思い起こす。

「そうか、そうだったわ。うふふ、モブがヒロインになり代わるなんて、やっぱり許せない」

肩を震わせて笑ったメリルは、窓へ視線を移して日が落ち始め薄暗くなった空を睨みつけた。

「ルーファウス、私のお願いごとを聞いてくれる？」

「愛《いと》しいメリルのためなら、何でもするよ」

「嬉《うれ》しい！　お願いを聞いてくれるなら、してあげるわ」

目を細めたメリルは、履いているハイソックスをゆっくりと脱いでいく。

頬を染めたルーファウスは床に膝をつき、期待に満ちた目でメリルを見詰めた。

ハイソックスを床に放ったメリルは、素足となった足の指でルーファウスの頬をなぞっていく。

「ああ、メリルッ」

感極まったルーファウスは両手で脹脛《ふくらはぎ》を抱き足の甲に頬ずりする。

「うふふっ、前作のヒロインの役割を全うしていないのなら、私が続編へ参加してもいいじゃない。バグはちゃんと修正しなきゃ」

息を荒くして足の甲に口付けるルーファウスを見下ろしながら、今後のシナリオを思い描いたメリルは大きな瞳を猫のように細めた。

2　寒々としたお茶会と、王子様との甘く蕩けるデート

最上級の茶葉で淹《い》れられた紅茶はいい香りだし、大きな口を開けなくても食べられるように配慮して作られた一口サイズのタルトも美味しい。

しかし、洗練された侍女達に見守られて食べるタルトは、食べ方に気を使いすぎて味わって食べられない。

「どうしたの？　口に合わなかったのですか？」

「とても美味しくて、感動していました」

「ふふっ、リージアが感動していたと料理長へ伝えますね」

テーブルを挟んで座るのは、金茶色の髪を後頭部で纏《まと》めて露出と装飾が少ない落ち着いた紺色のドレスを着た、知的な雰囲気を持つ側妃エルシア。

橙《だいだい》色の瞳を細めて、エルシアは微笑《ほほえ》んだ。

第一王子の婚約者となってから、毎週末王子妃教育を受けるためにリージアは王宮の奥、碧《みどり》の離宮へ通っていた。

リージアの王子妃教育を行う者が、王妃ではなく側妃エルシアなのは理由があった。

彼女は第一王子ユーリウスの生母の妹で、学園卒業後すぐにある伯爵家へ嫁いだのだが結婚して二年目に事故で夫を亡くし、未亡人となったのを国王が能力の高さを見込んで側妃として迎え入れた。

王妃が行うべき面倒な公務は全てエルシアが行い、王妃は専ら華やかな場への出席のみ。

リージアの王子妃教育も、王妃ではなくエルシアが行うことは国王が命じなくとも臣下は暗黙の了解で受け入れていた。

エルシアから教わる王子妃教育は、妃《きさき》の立ち振る舞いや貴族の社交に関した面倒なものだけでなく国政に関わるものも多く、王太子となったユーリウスを支えるために役に立つ知識ばかりだった。

側妃という肩書きではあってもエルシアの知識量と人となりや、宮殿に出入りする者達の言動から彼女は国王のよき理解者であり、親友のような存在なのだと知った。

王子妃教育が始まってからというもの、学園が休みに入る週末が近付くにつれてリージアの気分は重たくなっていく。

側妃エルシアの教えは要点を纏めた分かりやすいもので、覚悟していた王妃からの嫌みはエルシアが全て盾となり、宮殿にいる侍女や護衛達も嫌がらせから守ってくれていてリージアが被害を受けることはない。ただ、自分の気持ちが追い付かないだけ。

（本来なら、モブだった私がこの場にいること自体あり得ないのよね。この椅子に座っているのは、ヒロインだったはずだわ）

王子妃教育が嫌でもエルシアが嫌でもなく、モブだった自分が王子様の婚約者となってもよかったのかという思いが消えない。

この世界は前世の記憶にあるゲームと違うとは分かっていても、強制力というか続編のストーリーが始まってしまえば、あっという間にユーリウスの気持ちが離れていき婚約は破棄されるのではないかという、漠然とした不安が消えてくれないのだ。

「生誕祭で気を付ける方は、王妃様と三公爵家、オベリアの王族といったところでしょうか」

休憩する前に、エルシアから説明を受けながら見せてもらった生誕祭の招待客リストを思い出し、リージアは問う。

「ええ。中でもオベリアの王女殿下は、気を付けなければならないでしょう」

「……王女殿下、ですか？」

今回の生誕祭は、第一王子の婚約者となってから初めて参加する大々的な行事。不安から、リージアの声は硬くなる。

「オベリアには我が国へ留学されている王太子殿下の妹御、イザベラ王女殿下がいらっしゃるでしょうから。一時期、王女殿下とユーリウス殿下の婚約話の申し出が数回オベリアからあったと陛下から聞いています。ユーリウス殿下は『婚約者は自ら決める』と一蹴したそうですよ」

招待状を送った貴族婦人子女の中でも、隣国の王族となれば一覧に載っている女性の中で身分が高く、十分ヒロインのライバルとなり得るのではないか。

一覧の端を掴《つか》むリージアの指に力がこもる。

「もしかしたら、オベリアの王女様がユーリウス殿下の婚約者となっていたのかもしれないんですね」

「リージア。ユーリウス殿下は婚約者候補となる令嬢達には目もくれず、貴女《あなた》を選んだのですから自信を持ちなさい」

リージアは表情を強張《こわば》らせる。ヒロインではなくモブが王子様に選ばれたのだと自信を持ってしまったら、傲慢で欲張りなユーリウスの想《おも》いを信じきれない臆病者になってしまいそうだった。

（もしも、続編が始まってしまっていたら？　新たなヒロインが現れて、ユーリウス様が心変わりするかもしれないのに、婚約者という立場に胡座《あぐら》をかいていていては駄目。それに、オベリア王国はイザーク殿下の母国だわ。ますます王女様が続編に関係する、重要人物に思えてきた）

今は好いていてくれても、王女様が外見も中身も素敵でアレルゲンを引き起こさない女性だったら、ユーリウスの気持ちはリージアから離れていく可能性もある。

いつか見た夢と同じく、身に覚えのない罪で断罪され、婚約破棄を言い渡されてしまったら実家にも迷惑がかかる上に幸せな結婚など望めない。

ユーリウスが自分以外の女性をエスコートする姿を想像して、心臓が針で刺されるようにチクチク痛む。

周囲に見えないよう俯《うつむ》き、下唇を噛《か》んで溢《あふ》れ出そうになる涙を必死で堪《こら》えた。

会話が途切れたタイミングで、エルシアへ近付いた侍女が身を屈《かが》めて耳打ちをする。

「分かりました。お通しして」

眉間に皺《しわ》を寄せたエルシアの声が低くなる。

何かあったのだと察し、リージアは一覧をテーブルの上へ置いた。

「……デリア王妃がいらしたそうです。先触れを出していただきたいと何度も伝えているのに、あの方には全く通じないようですね」

穏やかな口調とは異なり、エルシアは心底嫌そうに扉の方を睨《にら》んだ。

金糸で刺繍《ししゅう》された薔薇《ばら》が目につくドレスを纏い、深紅色の髪を高く結った王妃が姿を現した瞬間、室内に薔薇の香水の香りが広がった。

侍女に先導されて部屋へ通された王妃へ、エルシアとリージアは立ち上がって礼をとる。

「うふふ、二人とも楽にしてちょうだい」

綺麗《きれい》に口紅が塗られた唇を笑みの形に吊《つ》り上げ、王妃はリージアの頭の先から足元まで見下ろす。

深紅の髪と緑色の瞳の派手な色彩を纏った王妃は、義息子のユーリウスとは全く似ていない。

婚約前、初めて王妃と第二王子、王女に挨拶をした時、リージアは自分とは正反対の、苦手なタイプの女性だと感じていた。

初対面から言動の端々でリージアを見下しているのが伝わってきた上に、王妃が婚約に反対しなかった理由を彼女がつい漏らした言葉で分かってしまったのだ。

『頭の固い子だとは思っていたけれど、まさか辺境の伯爵家から妃を娶《めと》りたいだなんてね』

辺境の領地を持つマンチェスト伯爵家を政略に使えそうもないと判断したのだ。

顔合わせの後、自分の息子、第二王子には身分の高い侯爵家以上の令嬢か他国の王女を婚約者に据えようとしていると、エルシアから教えてもらった。

王妃に付き従い入室したのは、まだ幼さが残るフローラ王女。

腰まである長い深紅色の髪と緑色の瞳をしたフローラは、愛想笑いもせず無表情で会釈をする。

「突然ごめんなさいね」

侍女が引いた椅子に座った王妃は茶葉の種類を伝え、エルシアへ作ったと分かる笑みを向ける。

「エルシアとリージアに聞きたいことがあったの。貴女方は、陛下の生誕祭でのドレスは決めました？　わたくしと貴女達の三人が揃《そろ》いの形で、色違いのドレスを着たらとっても素敵だと思ってデザイン画を用意してきたのよ。採寸したら直《す》ぐに作成に取り掛かれるようにしてあるの」

ドレスを揃えることは決定事項のように話す王妃に対し、出そうになった「は？」という声をリージアは唾を飲み込み堪える。

冷静な態度を崩さなかったエルシアも、唐突な提案に目を丸くした。

「デリア様、わたくし達にお揃いのドレスを着て出席せよ、と？　生誕祭まで一月もありませんよ？」

斜め上の提案に驚いて、目を見開いて問うエルシアの口調が崩れる。

まさか否定されるとは思っていなかったのか、苛立《いらだ》ちを露《あらわ》にして王妃は目を吊り上げた。

「まぁ！　エルシアはわたくしとお揃いのドレスを着るのは不満なの？　ねぇ、リージアはドレスとお揃いにするのは良い案だと思わない？」

急に話しを振られて、二人から注視されたリージアは居ずまいを正してから答える。

「王妃様、申し訳ありません。生誕祭では、ユーリウス殿下が用意してくださっているドレスを着るつもりです」

「わたくしよりもユーリウスを優先すると言うの!?」

甲高い声を上げた王妃は、握った手をテーブルへ振り下ろす。

テーブルが揺れて茶器がガチャガチャ音を立てる。紅茶が零《こぼ》れないように、リージアはティーカップを手で押さえた。

不穏な空気が漂う中、冷静な目で王妃を見ていたエルシアがぷっと吹き出した。

「ホホホ、何をおっしゃっているのですか。婚約者に贈られたドレスを着るのは常識ですよ。デリア様はわたくし達がドレスを先に決めて、そのドレスに合う御衣装を陛下に用意していただくおつもりですか？」

肩を揺らして笑いを堪え、口元に当てていた手をどけたエルシアは笑みを消し、冷めた目で王妃を見る。

「生誕祭の主役は国王陛下です。わたくし達は陛下のお側《そば》に控え、脇役に撤しましょう」

正論を言われた王妃は、反論の言葉が浮かばず悔しさからギリギリ音を立てて歯軋《はぎし》りする。

「子も成さず、役目を果たさない側妃が、わたくしに意見をするというのか！」

「役目を果たさず？　王妃《あなた》の代理で公務を行い、陛下の一番の側近として政務にも関わり議会へ出席し地方への視察も行い、わたくしは十分に役目を果たしておりますが？」

王妃の目がさらに吊り上がり、憎々しげにエルシアを睨みつけた。

「このっ！　陛下の温情で側妃になった分際で！」

ガチャンッ！

王妃が立ち上がりかけた時、動きを遮るように派手な音を立てて陶器の皿が床へ落ちる。

怒りの形相となった王妃が振り向いた先には、焼き菓子と陶器の破片が散らばり側には顔を青くしたフローラが立っていた。

「あ、あ、ご、ごめんなさい、お母様。私、お菓子を貰《もら》おうと……」

震える唇を必死で動かして、フローラは近付いてくる王妃へ謝罪の言葉を伝える。

バシンッ！

謝罪の言葉をフローラが言い終わる前に、力一杯王妃は彼女の頬を平手打ちした。

「恥ずかしい真似《まね》をするでない！」

「お母、様」

赤くなった頬を手で覆い、両目に涙を溜《た》めて見上げるフローラには見向きもせず、王妃は侍女へ退室を告げる。

「気分が悪いわ！　ドレスは陛下にお願いして、わたくしだけ最高級のものを用意します！」

吐き捨てるようにエルシアへ言うと、唖然《あぜん》となるリージアを一瞥《いちべつ》してから王妃は侍女達を引き連れて部屋から出ていった。

勢いよく扉は閉められ、王妃一行の足音が遠ざかっていく。

椅子から立ち上がったエルシアは、床に座り込んだフローラの側へ膝をついた。

「フローラ」

労《いたわ》るようにエルシアは声をかけると、俯いて肩を震わせていたフローラが顔を上げる。

「わたくしを助けようとして、わざと皿を落としたのでしょう？　頬がこんなに赤くなって、可哀想《かわいそう》に痛かったわね」

赤くなった頬をそっと撫《な》で、エルシアは回復魔法を発動させる。

エルシアの手から回復魔法の淡い緑色の光が消え、フローラの緑色の瞳から涙が零れ落ちた。

「義母《かあ》様っ」

泣きながらエルシアへ抱き付き首筋へ顔を埋めるフローラは、作り物めいた王女ではなく母親に甘える少女の顔をしていた。

肩を震わせて泣く、フローラの小さな背中をエルシアは優しく擦る。

「さぁ、着替えましょうね。貴女の好きな色のドレスを着ていらっしゃい」

鼻を啜《すす》って頷《うなず》いたフローラは、侍女に手を引かれ退室していった。

恥ずかしそうにはにかみながらリージアへ一礼をした彼女は、とても王妃と一緒にいた時の無表情の王女と同一人物とは思えなかった。

「陛下に似た色を持って生まれた王子だけを溺愛し、自分と同じ髪色の娘を邪険に扱う。貴族ではよくあることよ。王妃はフローラがいれば、わたくしがお揃いのドレスを了承すると思ったのでしょう」

「だからって、この仕打ちは酷《ひど》いです」

王妃がフローラへ向けた冷たい目は、とても母親が我が子へ向けるものとは思えずリージアの声が震える。

「母親の愛情に飢えた子どもを手懐けるのは容易《たやす》いこと。わたくしも打算なく手を差し伸べているわけではないのよ。しかし、お揃いのドレスだなんて、何を考えているのか。王妃となって十年以上も経《た》つのに、まだ国母の自覚が薄いと見える」

口調は呆《あき》れ果てたものなのに、エルシアは心底愉《たの》しそうにクツリと喉を鳴らして嗤《わら》った。

嵐の後のように、王妃が立ち去った応接室は穏やかな空気に包まれていた。

エルシアの指示で、王妃が座っていた椅子は手際よく片付けられ、クッションが置かれた小さめの椅子に変えられていく。

ワゴンを押したメイドがテーブルへ新しい食器を並べ、クリームがたっぷり乗ったカップケーキとフルーツを盛り付ける。

ティーカップに淹れられたのは紅茶ではなくホットミルク。

仕上げに蜂蜜を入れれば、これらが誰のために用意されたのかは疎いリージアにも分かった。

テーブルのセッティングが終わり、侍女に先導されて淡い空色のドレスに着替えたフローラが居間へ戻って来る。

エルシアとリージアに小さく会釈をした彼女は、少しはにかんでリージアの向かいの席に座る。

先ほどとは別人のように年齢相応の可愛《かわい》らしい女の子となったフローラの姿に、安堵《あんど》でリージアの表情も緩む。

「まだ熱いでしょう。気を付けて飲みなさい」

「はい、義母様」

はふはふ、息を吹きかけてからホットミルクを飲むフローラを見て、エルシアは目を細める。

血の繋《つな》がらないはずの二人のやり取りは、仲の良い母娘そのもの。

王妃がいた時は能面のような表情だった侍女達も、今は慈愛に満ちた笑みを浮かべフローラを見守っていた。

コンコンコン
控えめなノックの音が聞こえ、護衛騎士が扉の側に立つ侍女へ耳打ちする。

耳打ちされた侍女は頷くと、エルシアへ近付き身を屈めて頭を垂れた。

「エルシア様、ユーリウス殿下がいらっしゃいました」

「あら、今日はいつもより早いわね。余程心配だったのね」

タルトを食べようと口を開けていたリージアを意味ありげに見て、エルシアは愉しげに笑う。

扉の向こう側から廊下を歩く数人の足音が聞こえ、よく知る王子様の気配を感じ取ったリージアはタルトを皿に戻して椅子から立ち上がった。

「リージアッ！」

護衛の制止を振り切り勢いよく扉を開いたユーリウスは、立ち上がって固まるリージアを見てほっと胸を撫で下ろした。

「毎回毎回、お迎えご苦労様。王妃がここにいらしたと知り、執務室から急いで来たのでしょう？　リージアが関わると、冷静沈着な貴方《あなた》は何処《どこ》か遠くへ行ってしまうのね」

呆れ混じりに言うエルシアへ軽く頭を下げて、ユーリウスは立ったままでいるリージアの真横まで歩く。顔を上げたリージアと目が合った途端、硬かったユーリウスの表情が崩れた。

窓からの陽光を受けてキラキラ輝く王子様から、甘さを含んだ視線を向けられるのは恥ずかくて、リージアは目を伏せる。

「私は何も変わってはいません。愛《いと》しい婚約者との時間を少しでも確保するため、迎えに来ているだけです」

砂糖菓子のような甘い台詞《せりふ》を言うユーリウスに、部屋にいる侍女達から感嘆の息が漏れる。

普段とは全く違うユーリウスを見てしまい、フローラもポカンと口を開けて兄を見上げた。

「では叔母上、リージアを返してもらいます」

優雅さを感じさせる動作でリージアの腰を抱き、ユーリウスはエルシアへ向かって会釈をした。

「お兄様、あの」

声をかけたものの、続く言葉を発せられずにフローラの眉尻は下がっていく。

「……フローラは急に発熱して、無理に動かすのはよくないと侍医が判断した。しばらくの間、叔母上の宮殿で静養させた方がいい。そう父上に伝えておこう」

「っ！」

驚きと嬉《うれ》しさ、半々の感情を露にしたフローラが顔を上げて口を開く前に、ユーリウスはリージアの腰に手を添えて扉へ向かって歩き出した。


無言で歩き続け、宮殿から庭園へ出るとユーリウスは歩く速度をゆるめ、リージアの方を向き苦笑いした。

「急《せ》かしてしまいすまなかった。昔から叔母上には厳しく躾《しつ》られていてな。少し、苦手なんだ」

「苦手？」

苦手なのに、王子妃教育を受けているリージアを迎えに来てくれるのかと思うと、心臓がドキリと高鳴る。

「王妃に嫌みを言われたり高慢な態度を取られて、不快な思いをしなかったか？」

「私は大丈夫です。でも、フローラ様が……」

激昂《げっこう》した王妃に叩《たた》かれ、真っ赤になったフローラの頬と泣き顔を思い返しリージアは眉尻を下げた。

リージアの様子から、何があったのか察したユーリウスの眉間に皺が寄る。

「王妃は息子だけを偏愛しているからな。自分と同じ髪と瞳の色を持つ娘は許せないらしい。フローラの体調が回復しない、とでも言ってしばらくの間は叔母上が宮殿に留め置くだろう。心配するな」

「そう、ですか」

心配するなと言われても、あんな場面を見てしまったのだ。気分は晴れないまま庭園を歩き抜け王族の居住する区画へ入った。

王宮の奥へ入るのは初めてではない。とはいえ、使用人達に頭を下げられるのには慣れない。頭を下げられる度にリージアの背中がむず痒《がゆ》くなるのだ。

「あの、もしや執務室ではなくユーリウス様のお部屋へ行かれるのですか？」

「ああ。執務室より落ち着けるだろう？」

執務の邪魔になるより私室の方がいいのかもしれないが、リージアは首を横に振る。

「恐れ多いですし、婚約者でも私室へ入るなど周りの者たちから心配されてしまいますよ」

「愛しい婚約者といるだけで疚《やま》しいことは何もない。学園を卒業すれば直ぐに婚姻するのだ。気にする必要はない」

恥ずかしげもなく言いきられてしまうと、リージアは何も言えなくなる。

「それとも……心配されるような状況になりたいのか？」

「なっ、駄目ですっ！」

先ほどよりも必死に首を横に振るリージアを見て、堪えきれずユーリウスは声を出して笑った。

「ようやくいつも通りになったな」

「えっ？」

「叔母上は気配りが上手《うま》く話しやすい方とはいえ、慣れない王宮で過ごすのは気詰まりするだろう」

王宮ではなるべく感情を面に出さずに、エルシアや王妃に逆らわずにこやかな表情を保ち、常に姿勢を正して立ち振る舞いに気を配っていた。

王太子と目されているユーリウスの妃となるべく受ける教育は、リージアの心に重くのしかかり心身の負担になっていることは自覚していた。

自分で望んだ婚約者の立場ではなく、巻き込まれただけだと頭の何処かで思い、時折、王子妃教育から逃げ出したいと思っていた。逃げ出したいのにユーリウスと顔を合わせる度、彼の隣に立っていたいと彼を癒《いや》してあげたいと思う。

この矛盾した思いは、誰にも悟られないようにしていたのに聡《さと》い王子様は見透かしていたのだ。

今にも泣き出してしまいそうな顔で、唇を震わすリージアの頭を一撫でしてユーリウスはゆっくりと歩く。

二人の歩みを止めぬよう、王子宮にあるユーリウスの私室前に立つ衛兵が扉を開く。

「私が許可するまで、誰も通すな」

「はっ」

私室の扉前を開けた護衛に声をかけ、先に室内へ入ったユーリウスはリージアをソファーへ座らせ当然のように彼女の隣へ座った。

「此処《ここ》なら誰の邪魔も入らない。肩の力を抜いていつも通りのリージアでいてくれ」

膝の上へ置いた手のひらにユーリウスの手が重ねられて、リージアの肩が小さく揺れる。

「それで、フローラ以外に気になることがあるのか？」

「気になることというか、エルシア様から招待状を送った方々のリストを見せていただいて、招かれたのは高貴な方ばかりだったので、少し不安になってしまっただけです」

「叔母上からリージアは真面目に王子妃教育に取り組んでいると聞いている。来賓達の顔と名前は覚えなくても、父上も咎《とが》め立てはしない。不安なら俺の隣で微笑んでいればいい」

そんなことを言われても不安は拭えない。

オベリア王国のイザベラ王女だけでなく、何かと突っ掛かってくるミンティア・サンジェス侯爵令嬢や、王妃の従姉妹《いとこ》で婚約者の座を狙っていると噂《うわさ》されていた、エスメラード公爵令嬢も招待されているのだから。

「明日は城下へ出掛けようか」

「城下へ？　でも、明日は兄と出掛ける予定なのですが？」

急に話題を変えられて、きょとんとなったリージアは数回目を瞬《しばたた》かせた。

騎士団に所属している次兄、学園を卒業後研究員として国立研究所へ勤め出した三兄と一緒に、母親の誕生日プレゼントを購入するために明日は街へ出掛けると、数日前からユーリウスへ伝えてあったはず。

「義兄《あに》上達には連絡してある。予定の変更を快く了解してくれたよ。義母《はは》上への贈り物は、王室御用《ごよう》達《たし》の商会から商人を手配しよう」

「えぇっ!?」

兄達は妹の約束より王子様を選んだのかという落胆と、勝手に手回ししたユーリウスへの苛立ちでリージアの口から大きな声が出てしまった。

少し考えて、そうだったと思い出す。

忘れかけていたが柔和な仮面の裏、王子様の本性は強引な俺様だった。

「義兄上ではなく、俺と一緒に出掛けるのは嫌なのか？」

低くなった声色とユーリウスの纏う雰囲気が変化する。

「いいえっ！　嫌ではありません。急だったので、つい、驚いてしまって」

しどろもどろで答えるリージアの手を握り、指を絡ませてユーリウスは微笑む。

「嫌ではないならば良かった。王宮のような堅苦しい場所でなく、学生らしいデートというものをしたかったんだ。学園では周りの目が邪魔で出来ないし、邪魔が入るからな。手を繋いで歩くとか一つのアイスを分け合って食べるとか、色々やってみたいことがあるんだ。……駄目か？」

「アイスを……」

手を繋いで歩くのは腰を抱くのと一緒ではないのかとか、一つのアイスを分け合うとは、所謂《いわゆる》「はい、あーん」を王子様はやりたいのかと、リージアの脳内でいちゃいちゃカップルと化した自分と王子様の映像が駆け巡り、爆発した。

目と口を開いて思考停止した、リージアの全身が一気に赤く染まっていく。

全身を真っ赤に染めて涙目で見上げてくるリージアの視線に耐えきれず、ユーリウスは「可愛い」と小さく呟《つぶや》いて片手で顔を覆った。


そして迎えたデート当日。

リボン付きの丸襟のワンピースを着たリージアは鏡の前に立ち、おかしなところはないか何度も確認をしていた。動く度にウエストのリボンがふわりと揺れる。

王子妃教育を終えて王宮から王都の屋敷へ戻って来たリージアには着替える気力も残っておらず、ふらつく足で辿《たど》り着いたベッドへ倒れ込んだ。

王宮で粗相でもして落ち込んでいるのかと心配するメイド達へ、ユーリウスからお忍びデートに誘われたと漏らしてから後悔することになった。狂喜乱舞したメイド達によって、直ぐに王都の女子達に人気の店へ流行の服とアクセサリーを配達するように手を回されてしまったのだ。

「こんなふわふわな格好は街中で浮かないかしら？」

「今の流行はふんわりスカートなんですよ。浮くどころか、とっても可愛らしいですわ」

「お忍びデートにピッタリです」

普段は着飾らないリージアから「商家のお嬢さん風にしてほしい」と頼まれ、気合を入れて仕上げたメイド達は満面の笑みで答える。

「そ、そうかな？」

「失礼します。お嬢様、殿下がいらっしゃいました」

控えめなノックの音がして、扉を開けた初老の執事がユーリウスの到着を告げる。

「お嬢様、頑張ってくださいね」

「リップはこまめに塗り直してくださいね」

楽しそうなメイド達に見送られ、リージアは部屋を出て玄関ホールへ向かった。

濃紺色のジャケットの下にＶネックシャツを着たユーリウスは、ポケットから取り出した懐中時計を見て時間を確認していた。

今どきの男子が好んで着る服装でも、生まれ持った王子様の気品は隠しきれておらず、貴族令息のお忍びか良家のご子息といった風にしか見えない。

玄関扉上部の飾り窓からの光で、ユーリウスの金色の髪がキラキラと煌《きら》めく。

立ち尽くすリージアの気配に気付き、顔を上げたユーリウスは驚いたように目を見開いた。

「お待たせしました。あの、どうかされましたか？」

「リージ、ア？」

名前を呟いたきりで続く言葉は出ず、口を開いて動かないユーリウスに不安になったリージアの眉尻が下がっていく。

「この格好は変でしょうか？　着替えてきます」

「いやっ！　そうではない」

焦ったようにユーリウスはリージアの言葉を遮る。

「いつもと違う装いだから、その、リージアが可愛くて、言葉が出なかっただけだ」

最後は尻つぼみとなったユーリウスの目元が、みるみるうちに赤くなっていく。

「えっ」

見つめ合い頬を染める二人を離れた場所から見守っていた使用人たちは、交際を始めたばかりの恋人のような二人の初々しさに笑顔となっていた。

「では、行こうか」

「はい」

差し伸べられたユーリウスの手を取る。

気配を消して待機していた御者が玄関扉を開いた。

貴族の屋敷が建ち並ぶ高級住宅地から中心部へ向かう大通りを馬車で走り抜け、噴水広場前の降車スペースで馬車から降りた。

御者に迎えの時刻を告げてから、ユーリウスは噴水の向こうに見える人々で賑《にぎ》わう大通りを眺めた。

「リージアが普段買い物をするのはどんな店なのだ？」

「時々友達と一緒に行くのは、レディベティーの店とコットンカフェです」

「女子に人気がある雑貨屋か。いつも買い物客で賑わっているな」

レディベティーの店は可愛い小物からスタイリッシュな日用品、平民の少女が購入しやすい金額の装飾品や流行《はや》りの服まで、幅広い品を取り扱う雑貨店だ。

因《ちな》みに、ゲーム内でヒロインの各種パラメーターを上げる装飾品を購入できるのは、このレディベティーの店だった。

人気の店とはいえ王子様が知っていたことにリージアは驚く。

「ユーリウ、ユーリも街へ買い物に行くのですか？」

犯罪防止のため変化魔法の使用はルブラン王国では禁止されており、服を変えただけでは王子様のキラキラした雰囲気と顔の造りは誤魔化せない。

偽名というか、「ユーリ」と呼ぶように言われたリージアは、それがゲーム内でヒロインへの好感度ＭＡＸの時にだけ教えてもらえる彼の愛称だと気付いた。

（きゃあああ！　制服でもなく中身はキラキラ王子様でも普通の男子服を着たユーリウス様の隣を歩くなんて！　どうしよう。一日も耐えられないかもしれない）

内心頭を抱え身悶《みもだ》えているリージアをよそに、ユーリウスは吹き抜けた風で乱れた髪を掻《か》き上げる。

「学園が午前中だけ授業の日の午後や休みの日など、時間がある時は王宮を抜けて街へ行っていた。自分の目で街の様子を見たいしな」

「そうですか」

　ゲームでは、休日街へ出掛けたヒロインは王子様と偶然出会っていた。

　都合の良いゲーム展開ではなく、ユーリウスがお忍びで街へ来ていたからだったのか。

「リージアの好みが知りたい。雑貨屋に行くぞ」

　行こうか、ではなく行くぞと爽やかに言われてしまえば嫌とは言えなかった。

　石畳の歩道をユーリウスと並び、指を絡ませた所謂恋人繋ぎで歩く。

　前から歩いてくる人とぶつかりそうになれば、さり気なく引き寄せてくれる。

　ユーリウスの気遣いに胸があたたかくなっていくのを感じていた。

「此処か」

　開かれた扉からは女性客の楽しそうな声が聞こえ、大きな窓の向こうに見える店内は女性客で混雑しているのが分かる。

　女性が纏う香水と化粧品の香りで、アレルギー反応を起こすようになったユーリウスの顔色が若干悪くなった。

「あの、無理して入らなくてもいいですよ」

「リージアが側にいてくれれば、大丈夫だ。行こうか」

　パステルカラーで彩られた可愛い店内は若い女性客で混雑しており、隣にリージアがいるとはいえファンシーな小物に囲まれるユーリウスに視線が集まる。

　目が飛び出た熊という、不細工と可愛いの中間の縫いぐるみを手にして神妙な顔になっている彼は、とてもキラキラした王子様には見えず、可愛い。

繊細な刺繍が施された小さなリボンの中心に小花が縫い付けられたヘアピンを手にしたリージアは、普段見られないユーリウスの表情に我慢できずにやけてしまった。

熊の置物を棚へ戻したユーリウスが振り向く。

「そのヘアピン、気に入ったのなら買おう」

「ヘアピン？」

首を傾《かし》げたリージアは手元へ視線を落として、手にしているリボンのヘアピンを買うと言われたのだと理解する。

今までは、着飾ることを避けていたため眺めるだけに止めていた。でも今は、地味女子を装う必要もなく、買うという選択肢があるのだと気が付いた。

（そうか、気に入ったらアクセサリーを買ってもいいんだ）

肩から斜めにかけたポシェットに触れて、財布が入っていることを確認する。

「自分で買います」

「俺が買う。可愛い恋人に贈りたいんだ」

少し照れ臭そうに言われた瞬間、混雑している店内から音が消えた気がした。

リージアの胸がキュンッと甘く疼《うず》き、胸いっぱいに甘酸っぱいものが広がっていく。

「……ありがとうございます」

頷いたユーリウスは、リージアの手からヘアピンを受け取り会計へと向かった。

店を出てからヘアピンをアップにした髪に着けてもらい、リージアは歩道沿いの店の硝子に映る自分を見る度に口元がゆるんでしまう。

「どうした？」

「大したことでは、その、今まで家族以外の男性から贈り物をされたことがなかったので、ユーリウス様から贈り物をされる度に嬉しくて、つい顔がにやけちゃうんです」

満面の笑みでリージアは答える。

僅かに目を見開いたユーリウスは、繋いだ手の指に力を込めた。

「次は、人気のコットンカフェへ行くつもりだ。オススメのメニューはあるのか？」

「カフェも行くのですか？」

「リージアが好きな物を、友人と出かけた時にどんな物を好んで食べているのか知りたい」

一緒に街を歩けただけで満足だったリージアは驚き、隣を歩くユーリウスを見上げた。

大通りを歩いていき、小さな庭園に面する場所にあるコットンカフェへ着いた。

出迎えた店員に声をかけて、ユーリウスは庭園がよく見える窓際の席に座る。

「この席に座れるのは運が良かったですね」

入店して直ぐに人気の席が空くとは、王子様は幸運の持ち主なのかもしれない。

（でも王子様の警備上、襲撃されやすい窓際の席に座るのは大丈夫なのかな？　奥の方がいいのでは？）

浮かんだ疑問を口にする前に、ユーリウスはメニュー表をテーブルへ置いた。

「この中でオススメは何だ？」

「ミルクカフェオレとアイスクリームがいっぱいのったフルーツパフェが美味しいんです」

「では、それを頼もう」

王子様を待たせるわけにはいかないと、慌ててリージアはメニュー表を広げた。

「すみません」

頼むパフェを決めてメニュー表を閉じたリージアは片手を上げる。

「コットンフルーツパフェとチョコバナナパフェ、カフェオレを二つください」

やって来たウエイトレスに注文を伝える。

厨房《ちゅうぼう》へ入っていく後ろ姿を見送り、顔を動かすとユーリウスと目が合った。その瞬間、彼は微笑んだ。

「お待たせしました」

注文したフルーツパフェが運ばれてくるとユーリウスは口の端を引きつらせた。

「う、でかい」

王宮のお上品なデザートの盛り付けとは違い、ジョッキサイズのグラスにアイスクリームと季節のフルーツ、さらにはこれでもかという量の生クリームが盛られている。

「見た目は大きいけど、甘さ控えめなのでペロッと食べられるんですよ」

「この量が普通なのか？」

「そうですよ」

バナナに生クリームを付けて、ゆっくり口へ運んだユーリウスの動きが止まる。

「食べさせてくれないか？」

「ええ？　食べさせる？」

チョコバナナパフェのバナナを咀嚼《そしゃく》していたリージアは、きょとんとしてユーリウスを見る。

「リージアが食べさせてくれるなら、全部食べられる気がする」

「え？」

数秒固まってから思い出した。

(そうだった。ユーリウス様は甘い物が得意ではなかったんだ。特に生クリームは、食べられなくはないけど大量に食べると気分が悪くなるから苦手だって、前世か今世か分からないけれど聞いた気がする)

苦手なのにどうしてユーリウスはパフェを注文したのだろう。

首を傾げつつ、リージアはスプーンを持つ手をフルーツパフェへ伸ばした。

生クリームと一緒に、カットされた桃を掬《すく》いユーリウスの口へと運ぶ。

「『あーん』は？」

(ええっ!?　そういえば一つのアイスを分け合って食べたいとか言っていたっけ。まさか、そのためにパフェを頼んだの？)

外見は完璧王子様なのに中身がちょっと残念な気がして、色々な思いがぐるぐる脳裏を駆け巡った末、リージアは腹をくくった。

「ユーリ、あーんして？」

にっこり笑いかけるとすんなり口を開く。

「美味《うま》いな」

口へ入った生クリームと桃を飲み込み、ユーリウスはペロリと唇を舐《な》める。

「つぎは俺の番だ」

口角を上げたユーリウスは、リージアの頼んだチョコバナナパフェのチョコソースがかかったバナナにフォークを刺す。

「ほら口をあけて」

目の前へバナナを突き付けられて拒否など出来ない。羞恥から顔が熱を持っていく。

真っ赤な顔を自覚しつつ、リージアはおずおずと口を開いた。

「んっ美味しい、です」

先ほど自分で食べたからバナナは甘酸っぱくて美味しいと分かっているはずなのに、口へ運ばれたバナナは砂糖菓子みたいに甘み以外の味がしなかった。

親鳥になりきろうと覚悟を決めて、ユーリウスにパフェを全て食べさせたリージアは違和感に気付いて周囲を見渡し、固まった。

（……え？）

店内にいるほとんどの客が自分達を注視していたのだ。

唖然となったリージアと視線が合うと、慌てて若い女性客は目を逸《そ》らす。

いくら王子様からの「あーん」の要望に応えようと集中していたとはいえ、見られていることに気が付かなかったとは。

（あああああー！　私ったら人前で何やっているのよ！　恥ずかしい！）

見目麗しい美青年が彼女といちゃつき出したら、自分でも気になってチラチラ見てしまう。

一気に湧き上がってくる羞恥心に、リージアは頭を抱えてのたうち回りたい衝動に駆られた。

「行こうか」

全身を真っ赤に染めて活動停止するリージアの手を握り、ユーリウスは多めの代金をテーブルへ置き、出入り口へと向かった。

頭を下げた女性店員の生温《なまぬる》い視線に見送られて、引きずられるようにリージアはカフェを後にした。

カフェを出たユーリウスは噴水広場とは逆方向へ向かって歩く。

このまま進むと若者で賑わう大通りを抜けて、富裕層向けの店が並ぶ区域へ入る。

「ユーリ、何処へ向かっているの？」

精神的な疲労から、つい無意識で出てしまったくだけた口調で問う。

「秘密」

嬉しそうに笑い、ユーリウスは人差し指を唇に当てて答える。

富裕層向けの店が並ぶ区域に行ったことは片手で数える程度。不安を抱きつつユーリウスと手を繋いで石畳の歩道を歩く。

「此処だ」

若者向けの店と富裕層向け区域の境界に建つ、白壁のお洒落《しゃれ》な屋敷の前でユーリウスは足を止めた。

白壁と緑色の屋根のコントラストが目を引く建物は、貴族の別邸にも見える小ぢんまりとした造りで、通りに面した壁には大きな硝子がはめ込まれており、この建物は邸宅ではなく店舗だということが分かる。

木製の扉と大きな硝子には『改装中』という張り紙がされていた。

「此処ですか？　空き店舗じゃないの？」

「今はまだ何もないが、これから内装工事が始まる」

ユーリウスは繋いでいない方の手を伸ばし躊躇《ためら》うことなくドアノブを掴み、開いた。

「勝手に入っては駄目です、ってえぇ!?」

傾きかけた陽光が射し込む店舗内には内装業の者と、リージアがよく知った二人の男性が壁紙のサンプルを手に話し合っていた。

勢いよく開いた扉の開閉音に、男性達は扉の方を振り向く。

目と口を丸くしたリージアは驚きのあまり、何も言葉を発せず口を数回動かし、絞り出すように声を発した。

「おにい、さま？」

褐《かち》色のジャケットと同系のスラックス、赤紫色のアスコットタイをシャツの内側にたくし込んだ、アプリコット色の髪を後ろへ撫でつけている青年は、実家で父親と一緒に領地運営をしているはずの長兄、アレックスだった。

同じくアプリコット色の髪を無造作に襟足だけ後ろで括《くく》り、第一釦《ボタン》を開けたシャツに釦を全て外したベストというゆるい格好をして、睡眠不足だということがよく分かる疲れきった表情で目の下に隈《くま》を作った三兄、ブルックス。

「やあ、久しぶり。元気だったかい？」

にこやかなアレックスとは対照的で、ブルックスは怠《だる》そうに片手を上げるのみ。

「アレックスお兄様にブルックスお兄様!?　どうして此処に？」

王都で母親の贈り物を購入する約束は、ユーリウスのデートでキャンセルになったのではないのか。

驚くリージアの様子にアレックスは小首を傾げた。

「殿下から聞いていないのか？　ユーリウス殿下の出資で、王都にマンチェスト伯爵家直営の店舗を開くことになったんだ。今日はその打ち合わせに来たんだよ」

「打ち合わせ？　アレックスお兄様は打ち合わせのために王都へいらしたのですか？」

「此処へ来たのは、母様への贈り物を買うのと打ち合わせ、両方だ。因みに、スタックス兄さんは騎士団の勤務を調整出来なかったのと、リズリサ姉さんは領地の仕事があって来られなかったけど、二人ともリージアに会いたがっていたぞ」

出かかった欠伸《あくび》を噛み殺してブルックスが答える。

どういうことなのかと、リージアは未《いま》だ手を繋いでいるユーリウスを見上げた。

「義兄上達と打ち合わせをするとデートに集中してくれないだろう？」

お得意の〝王子様の笑み〟を浮かべたユーリウスが発した「デート」という言葉に、兄達の前なのに手を繋いだままでいることを思い出した。

手を放そうとしても、絡まった指は簡単には外れてくれない。

焦るリージアの耳元へ、唇を近づけたユーリウスは低い声で「駄目だ」と囁《ささや》いた。

耳から顔を離す際、唇が耳朶《じだ》を掠《かす》めていく感触によってリージアの思考は蕩《とろ》けてしまい、文句も何も言えなくなってしまった。

「リージアと婚約してマンチェスト伯爵家と縁が出来たんだ。この際、王都でも魔石の加工品や装飾品、織物の販売をしたらどうかと義父上に持ち掛けたところ、快く了承してくれてね。今までは中間業者を経由して王都へ入った品のほとんどを貴族達が独占していた。中間業者が入る分、手間がかかり値段も跳ね上がるせいで庶民には手が届かなかった。直営の店舗で販売すれば、庶民でも購入しやすくなり王都でのマンチェスト伯爵領の特産品の良さと知名度も上がる。……リージアを軽んじる者もいなくなるだろう」

ユーリウスの言葉の終わりの方は、傍らに立つリージアだけが聞き取れる声で彼女に聞かせるためのものだった。

弾《はじ》かれたようにリージアはユーリウスを見上げる。

「高い技術を持つマンチェスト伯爵家が、中央の気位ばかり高い貴族達に軽んじられているのは許せないからな」

「殿下からの申し出を受けて家族会議を開いた結果、王都に直営店を出すことを決めたんだよ。正直なところ、安定して領地を治められるなら王都や貴族からの評価など気にしていないけど、可愛いリージアのためだと父上も殿下の案に賛同したんだよ」

眉尻を下げ両目に涙を溜めたリージアへ、アレックスは微笑みかける。

中央の権力争いに興味を示さず、領民が安定した生活が出来ればいいと言う父親と兄達が、特別な理由もなくユーリウスの案を受け入れるはずはなかった。

「ユーリウス様、お兄様……ありがとうございます」

「……ぷっ」

唇を動かして無理矢理作ったリージアの笑顔を見て、堪えきれず吹き出したブルックスのせいでせっかくの感動の涙は引っ込んでしまい、リージアは眉を吊り上げた。

店舗で取り扱う品を、数年前リージアが考案した写真入りのカタログを見ながら兄達とユーリウスが話し合って決めているのを椅子に座って眺めていた。

（あれ？　今のは何だろう？）

壁面にはめ込まれた硝子の向こう側、大通りの植え込みが光った気がしてリージアは目を細める。

「リージア、君の意見を聞きたい」

アレックスに呼ばれたリージアは首を傾げながら、大通りへ背を向けて兄達の元へ向かった。

途中で力尽きたブルックスを床へ寝かせ、アレックスと話し合うユーリウスの横顔を見詰める。

外向きの王子様としての作った顔とは違う、期待に満ちて瞳を輝かせた楽しそうな顔。

彼が国益ではなく、マンチェスト伯爵家のために動いてくれていることが伝わってくる。

不細工で可愛い置物やジョークグッズを手にした時に見せた可愛い表情や、実は生クリームが苦手だということを知った。

前世の知識、設定資料情報の王子様や自分以外は知らないだろう普段とは違う彼の一面を知って、嬉しいと感じていた。

（どうしよう、ユーリウス様の新しい一面を知る度に胸がドキドキして苦しくなる。私、こんなにもユーリウス様のことが好きになっていたのね）

胸の奥から、次々と好きという想いが溢れてきて、全身が熱くなっていく。

心臓の音が聞こえてしまうのではないかと、恥ずかしくなってきたリージアは、ユーリウスから視線を逸らして床へ寝転がるブルックスを見ていた。

ある程度話し合いは纏まり夕陽が店舗内を赤く染める頃、店の前まで迎えに来た馬車へユーリウスと兄達と一緒に乗った。

屋敷へと戻る間、繋がれた手からユーリウスへ想いが伝わってしまわないかと、俯いているうちに寝入ってしまった。

「リージア、あのさ」

デートの翌朝、登校準備を終えて玄関へ向かうリージアをアレックスが呼び止める。

「どうかしたの？」

「新聞を、いや……呼び止めてしまってすまない。頑張ってくるんだよ」

不自然なアレックスの態度に、もしや体調が悪いのかと心配になり玄関の外へ出て見送る彼を何度も振り返る。

（お兄様、疲れた顔をしていたな。今度の長期休みには実家へ帰って家族で過ごせるよう、ユーリウス様にお願いしよう）

扉の前に立つ兄と使用人達へ見えるように、リージアは馬車の窓から大きく手を振った。

「リージア様！　おはようございます！」

教室へ着いた途端、出迎えたクラスメイトの女子達に囲まれてしまい、何事かと目を白黒させた。

「何かあったのですか？」

男子達からも興味津々の視線が送られていて、困惑したリージアは教室内を見渡す。

「リージア様、新聞を見ましたわ」

「殿下と仲睦《なかむつ》まじいご様子で、羨ましいわ。私も素敵な彼とパフェを食べたいわ」

ほんのり赤く染まった両頬へ手を当てた女子生徒は興奮気味に話す。

「新聞？　仲睦まじい？　何のことでしょうか？」

「今朝の新聞にお二人の記事が載っていましたの。リージア様にお見せしようと持って来ました」

〝第一王子、婚約者とお忍びデート！〟

〝パフェが溶けるほどの熱々っぷり〟

女子生徒が広げた大衆紙の朝刊、所謂芸能欄に大々的な見出しが躍る。

見出しと掲載された写真を見てリージアの目が点になった。

「え、これは、昨日の……」

叫びたくなる衝動は、周囲の視線とぎりぎり残った理性で何とか喉の奥へと押し込めた。

白黒の写真でも、知っている者には写っているのがユーリウスとリージアだとはっきり分かる。

口を開いたユーリウスの口元へ、リージアがパフェのクリームをスプーンで掬って運んでいる瞬間が、バッチリ撮られていたのだ。

さらに、ユーリウスがリージアにパフェを食べさせている写真、二人が手を繋いで歩く写真も載っている。

言い訳は何も浮かばず、恥ずかしいを通り越して乾いた笑いを返すしかなかった。

服装を変えただけでは王子様だとバレバレだと、不用心だとユーリウスを注意すればよかった。

写真で見ると王子様だとはっきり分かるのに、昨日、国民から人気があるユーリウスがいると騒がれなかったのが不思議だと写真を見て思った。

それに、彼が新聞記者に写真を撮られる可能性、撮影者の存在に気付かなかったとは考えられない。

（デート中は隠蔽魔法を使い、新聞記者の前では解いたとか？　まさか、

ねぇ。そんな面倒なことはしないか)
女子達からの質問は引きつった苦笑いでかわし、浮かんだ疑念は首を軽く振って打ち消した。

幕間　溺愛する婚約者が関わると王子様は豹変するらしい

生徒会役員と各専門委員会委員長が集まる定例協議会は、専門委員長から出される月毎の取り組みが提案される。今回は意見が纏《まと》まらず、提案は専門委員で見直しをして再提案することになり、次週もう一度協議会を開くこととなった。

持ち越しになるのは今の生徒会体制で初めてのことで、生徒会室は気まずい空気で満ちていた。

「ユーリウス、調子でも悪いのか？」

「何故《なぜ》だ？」

定例協議会に三分ほど遅れて入室したユーリウスは、一応会話は出来るが心は何処《どこ》かへ行ってしまったような上の空で、専門委員長の話が長くなる度に溜息《ためいき》を吐《つ》いていた。

憂いを帯びた王子様は、観賞用にするだけなら女子曰《いわ》く「あらゆる妄想を掻《か》き立ててくれる神のような存在」らしい。だが、生徒会役員からしたら鋭い指摘と確実な助言をしてくれる生徒会長が、思考停止となるのは非常に困る。

幸いなことに、生徒会長の思考が斜め上の方向へ旅立ってしまっていると気付いたのは、彼と近しい数人の生徒会役員のみ。

普段は冷静なユーリウスが残念王子へと変貌するのは婚約者が絡んだことだけだ。

昨日は、「行事が多いせいでリージアに会う時間が確保出来ない」とぼやいていたのを知っているロベルトは、呆《ほう》けて奇抜な言動を起こさないかと内心冷や汗をかいていた。

協議会を終えて、生徒会長室へ移動したユーリウスは執務椅子の背《せ》凭《もた》れへ凭れ掛かった。

「心ここにあらず、って感じだったからさ。まさか、リージアと喧嘩《けんか》でもしたのか？」

生徒会役員を代表してロベルトが問えば、ユーリウスはゆるんだ表情をさらにゆるめた。

「違う。リージアが可愛《かわい》くて……協議中にリージアのことを思い出してしまい、笑いたくなったのを堪《こら》えていただけだ」

「は？」

素っ頓狂な声を出したロベルトの目が点になる。

頬を赤くしたユーリウスが何を言っているのか、理解するのに数秒かかった。

「生徒会室へ向かう途中、リージアが一人で歩いていたから気配を消して近付いて、後ろから抱き締めたら驚かれて怒られた。真っ赤になった半泣きの顔で文句を言われても、ただ可愛いだけなのに一所懸命文句を言ってきてな。可愛くて触れたくなるのを我慢していれば、何を勘違いしたのか『言いすぎました』と謝ってくるし、可愛くて可愛くてその場に押し倒したい衝動を堪えるのが大変だった。早く婚姻の儀を行いたいのに、うるさい老害共が慣例に則《のっと》り結婚は卒業後だと言い張る。くっ、一年が長すぎる」

一気に言い、頬を赤くして口元を手で覆ったユーリウスは、まさしく恋する男子そのもの。

赤面して不埒なことを言い、最後には湧き上がった元老院への怒りを拳に乗せて肘掛けへ叩《たた》き込み、頑丈な椅子がミシミシと軋《きし》む。

「……そうか」

婚約者が可愛いと何度も言い赤面する、いつも以上におかしなことになっているユーリウスからそっと視線を外す。

遠い目をしたロベルトは、窓から見える茜《あかね》色に染まる空を眺めた。

生徒会長室の四方を囲む壁は盗聴防止の結界で覆われており、扉に耳を当てて聞き耳を立てたくても何も聞こえない。

リージアが可愛いという気持ちが昂《たかぶ》りすぎて、つい熱くなってしまった。

「くっ、ははははっ」

顔色を悪くして退室したロベルトが、扉の前に張り付いている生徒会役員達へどう伝えるのか考えると、面白くなってきたユーリウスは声を出して笑った。

ソファーから立ち上がりかけて、ジャケットの内ポケットに仕舞っていた四つ折りにした紙が床へ落ちる。

生徒会室へ向かう途中、密偵も兼ねている侍従から渡された王宮内の動向を記録した報告書。

ユーリウスの視線を感じた護衛が一歩下がる。

床へ落ちた紙を拾い、ソファーへ座り直してから折り畳まれた紙を開いた。

「フンッ、息子の婚約者候補と、望んでなどいない俺の側妃候補探しに躍起になっているとは、ご苦労なことだ」

報告書には、数日後に開かれる王妃主催の茶会へ招待された貴族令嬢の名前が書かれていた。

侯爵家、公爵家の令嬢が主で、中には十三歳の第二王子よりも年上の、婚約者がいる令嬢も含まれている。年頃の令嬢を王妃派へ取り込み、いずれはユーリウスの側妃に据えて自分の傀儡《かいらい》にしようと企んでいることは明らかだった。

ぐしゃり、報告書を握り潰したユーリウスは、リージアと婚約する報告をしに王妃宮へ出向いた時のことを思い起こした。

『まぁ、伯爵令嬢を婚約者にすると？』

口に手を当てて驚く王妃だが、その声は台詞《せりふ》を読んでいるような棒読みになっていた。

王宮中に紛れ込ませている、王妃付き侍女や子飼いの者から報告を受けてすでに婚約の話は知っているだろう。とはいえ、王妃の演技は下手すぎる。

『ユーリウスの婚約者にはわたくしの従姉妹《いとこ》を推していましたのに。残念だわぁ』

『それは申し訳ありませんでした。ですが、私の隣に立ち共に歩んでくれるような心持ちと能力を持つ女性はマンチェスト伯爵令嬢しかいないと思い、父上に相談して決めました』

暗に「お前の従妹など力不足だ」と言えば、王妃の眉間に皺《しわ》が寄る。

『決定前に一言相談してほしかったわ』

『義母《はは》上はご多忙かと思いまして。昨日も城下へお出掛けされていたのでしょう』

冷たい笑みを浮かべたユーリウスを王妃が睨《にら》む。

二月前から新しく出来た愛人、流行《はや》りの舞台俳優にご執心の王妃が俳優のために屋敷を用意した事実は突き止めてある。

数少ない公務を放棄し、三日と開けずに俳優を住まわせている屋敷へ通っていることは、国王も把握済みだ。国王は敢《あ》えて咎《とが》めるつもりはないらしい。

『貴方《あなた》には関係のないことでしょう！』

声を荒らげた王妃の眉が苛立《いらだ》ちで吊《つ》り上がる。

『そうですか。報告は終えましたので、これで失礼します』

一応義母となる王妃の行動は臣下と国民へ伝わり、王族への反発、国家の揺らぎへ繋《つな》がるというのに彼女は理解していない。

話の通じない相手との会話ほど時間の無駄はない、そう判断したユーリウスは、形だけの礼をとり、王妃宮を後にした。

王妃宮を出たユーリウスは、約一時間ぶりの新鮮な空気を肺いっぱいに吸い込み吐き出した。

宮殿全体から香る、薔薇《ばら》の香りは鼻が曲がりそうなくらい強く、滞在が長引いていたら危なかった。

込み上げてくる吐き気を気力で堪えていたせいか、全身の疲労で頭痛と目眩《めまい》がする。

（部屋で少し休憩しなければ。吐き気と目眩で、この後の公務をこなすのは無理だな）

ジャケットに纏わりつく薔薇の香りを手で叩《はた》き落とし、足早に中央宮殿へ向かって歩く。

通路の端へ寄り頭を垂れる使用人達の怯《おび》えた様子で、自分が不機嫌丸出しの酷《ひど》い顔をしているのか分かり、余裕がない自身を嘲笑《あざわら》う。

王妃宮と中央宮殿を繋ぐ回廊の中ほどまで歩き、ユーリウスは足を止めた。

『何か用か？』

円柱の影がユーリウスの声に反応して揺れる。

姿を隠したつもりでも、気配を全く隠しきれていない相手は円柱の影から出てこない。

『フリウス』

名前を呼ばれて観念したらしく、渋々といった体で円柱の影から姿を現した。

シャツの上にベスト、膝までのズボンという貴族令息といった服装、丸みを帯びたふくよかな体型にくすんだ金髪と腫れぼったい目蓋に隠れた浅黄色の瞳を持つ少年は、緩慢な動きでユーリウスの前まで進む。

少年が動く度、彼が着ているシャツとベストの釦《ボタン》が弾《はじ》けてしまいそうになっていた。

『あ、兄上』

頭一つ分以上背の高いユーリウスをフリウスは見上げる。

『僕には、兄上のお考えが理解出来ません。辺境の伯爵家の女と婚約しても、兄上にとってメリットがあるとは思えないのに。どうしてあの女を婚約者に決めたのですか？　映像を見ても側《そば》に置いておくほどの絶世の美女でも、胸も普通で魅力的な体でもないですし、弱みを握られて仕方なく婚約したのではないかと心配になりまして』

喋《しゃべ》る時に唇を尖《とが》らせるのはフリウスの癖だとしても、婚約を損得で考え映像でもリージアを厭《いや》らしい目で見たのかと、ユーリウスのこめかみに青筋が浮き出る。

『お前は、何か勘違いしていないか？　爵位や地位が全てではない。地位があっても救いようもない馬鹿ならば、王子といえども父上や臣下に見限られるだけだ。私の婚約にメリットがあるかどうかは、マンチェスト伯爵家のことをよく調べてみるといい。それから』

口元は笑みの形を作っていても目は全く笑ってないユーリウスは、顔色を悪くして後退《あとずさ》ったフリウスとの距離を縮める。悲しいかな、脚の長さの差から二人の距離は一気に縮まった。

『今後、私の婚約者を「女」呼ばわりをしたら、鍛錬に一日中付き合ってもらうことになるぞ』

『ひぃっ！　それだけは許してください！』

鍛錬が大嫌いで剣すらろくに握れないフリウスは、手加減なしの殺気をユーリウスから向けられ甲高い悲鳴を上げた。

『フリウス殿下っ』

やり取りを見守っていたフリウス付きの護衛も、ユーリウスから発せられる圧力に二人に近付くことすら出来ない。

興味をなくしたとばかりに、ユーリウスは背を向ける。

両膝から崩れ落ちるようにフリウスは尻もちをつき、恐怖のあまり全身を激しく震わせて遠ざかる兄の背中を見送った。

（フリウスめ。リージアのことを『辺境の伯爵家の女』呼ばわりした上に、厭らしい目で体を見ていたのかと思うと、一日鍛錬させるだけでは許せない！）

目付きが鋭くなったユーリウスの全身からは、感情が昂りすぎて蒸気が立ち上っていた。

トントントン

生徒会長室の扉がノックされ、控えていた護衛騎士が扉を開く。

可愛らしい小箱を持った第一王子付き補佐官が「失礼します」と頭を下げて入室した。

「ヨーゼフか」

「殿下、本日の回収品です」

黒髪を後ろへ撫《な》で付けて補佐官の制服をきっちり着用したヨーゼフは、持っていた小箱をソファー前のテーブルへ置く。

箱だけを見たら、見た目は白いリボンで飾られた女子が喜びそうな贈り物。

「こちらは今朝連絡ロッカーに入っていた趣味の良い贈り物と、先ほど入れられたばかりの情熱的な恋文です。恋文に仕込まれていた剃刀《かみそり》は取っておきました」

説明付きで小箱の横へ開封済みの白い封筒を置く。

小箱のリボンを手で解き、蓋を開けて片眉を上げたユーリウスは封筒へ手を伸ばし、中に入っている紙を取り出し開くと苦笑いをした。

封筒に入れられていたのは、真っ赤なインクで「調子に乗るな」と書かれた便箋一枚。

「ふん、剃刀入りの手紙にミミズと昆虫の死骸入りの贈り物か。なかなか陰湿で凝っているな」

「実技授業中、教室へ忍び込み教科書を破ろうとした女子生徒もいましたが、直前でガルシア殿が阻止して未遂に終わりました。シュバルツ殿下が主犯の女子生徒を指導し謹慎処分となっています。その後、シュバルツ殿下の聞き取りにより彼女を含んだ女子生徒三名が贈り物を作成したと、Ａ組女子生徒数人から命令されて行ったということが分かりました。恋文は調査中です」

腕組みしたユーリウスは、Ａ組に所属していることを鼻にかけて高飛車な態度をとる貴族令嬢達の顔を思い浮かべる。

ミンティア・サンジェスのように、正面からリージアに食ってかかる真似《まね》はしないのはさすがだが、やることが陰湿で不快だった。

「あの女達なら姑息なことをやるだろうな。で、叔父上は何と？」

「どのような処罰を与えるかは、ユーリウス殿下に任せるとおっしゃっています」

「そうか」

ユーリウスの声の冷たさに気付いた補佐官は表情を強張《こわば》らせる。

「殿下。どうか、冷静な対応をお願いします」

「分かっている。私も国王生誕祭前に、国を混乱させるのは避けたい」

嫌がらせを企てた女子達は伯爵家以上の貴族、父親は国政に関わる役職の者や祖父は元老院議員という者もいた。

娘や孫を罰すると父親や祖父に対して監督不行き届きだと責を問うことになり、確実な証拠を押さえなければ王家と貴族間に軋轢《あつれき》が生じる。

愚かな女子達は、自分達の行動が一族の今後を左右するということを理解していない。

言い逃れ出来ない証拠を掴《つか》み、制裁は生誕祭後に与えるとして……

「混乱は避けたいが、リージアを軽んじられるのは許せない」

制裁までいかなくとも生徒会長として、クラスメイトの一線を越えないぎりぎりのところで圧力をかけ女子達を牽制《けんせい》することは簡単だ。

だが、それではリージアに叱られる。リージアの耳に入らないように注意を払い、周囲を黙らせる方法はないか。

考え込むユーリウスは視線を巡らせ、執務机に置いた試作品の硝子《ガラス》の小瓶に目を止める。

「ヨーゼフ、マンチェスト伯爵領から取り寄せた化粧品と装飾品は、ご婦人方に好評のようだな」

「はい。殿下の見立て通りメサイア侯爵夫人が上手《うま》く広報してくださいました。マンチェスト伯爵家へ直接購入したいと、連絡を入れるご婦人もいるとか」

「中間業者を通さず販売はしない、としているのにご苦労なことだ。好評ならば、王都に直営店が出来たら喜んで利用してくれるだろう」

ユーリウスの言わんとしていることを察知したヨーゼフは、ジャケットの内ポケットから黒い手帳を取り出す。

「直《す》ぐに、立地条件の良い数店舗を押さえておきます」

「ふっ、伝令を飛ばして義父《ちち》上と義兄《あに》上に相談しなければならないな」

「手配します」

手帳を仕舞ったヨーゼフは手を胸に当てて頭を垂れた。

「して、オルファン。平民は休日に恋人と街を散策、デートをするのだろう？」

「は？」

話を振られるとは思っていなかった護衛騎士は間の抜けた声を上げた。

「今度の休日はマーガレット嬢と観劇デートするんだと、先ほどロベルトが楽しそうに話していた。劇場やレストランではなく、第一王子が婚約者と平民の格好をして街中でデートを楽しんでいたら、新聞社へ話題の提供が出来るだろうな」

「「殿下？」」

ほぼ同時に声をかけたヨーゼフとオルファンの驚く顔が愉快で、ユーリウスは喉を鳴らして笑う。立ち上がり、執務机の引き出しから公務日程が書かれた分厚い手帳を取り出す。

「殿下、まさかとは思いますが……」

パタンッ、音を立ててユーリウスは手帳を閉じる。

「義兄上が王都へ来る今週末、一日自由に動けるように調整出来るな？」

「つ、……はい」

若干顔色を悪くしたヨーゼフは、数秒の間をおいてから力なく頷《うなず》いた。

「強引だと思うか？」

「そうですね。リージア嬢の意思は無視ですから」

遠慮なく言ってくれるヨーゼフにユーリウスは口角を上げた。

補佐官としての能力もそうだが、自分を諫《いさ》めてくれる者を欲して乳母の息子で乳兄弟でもあるヨーゼフを補佐官に選んだのだ。

「殿下が強引に事を進めたせいで立場の変化に戸惑っていらっしゃるのに、さらに追い込んでどうするのですか」

「リージアが可愛いのだから仕方ないだろう。それに、今のうちにしっかりと固めておかなければならない」

強固な結界で護《まも》られている学園在籍中は王妃も手を出せない。

学生でいるうちに、次期王太子はユーリウスだと国《ちちおや》に認めさせる必要があった。

「全てが恋心に支配されてはいないと分かって安心しました。調整はお任せください」

感情を切り替えたヨーゼフは、週末の時間確保のために脳内で予定を組み立てていた。

3　国王の生誕祭は、各々の思惑が絡んでいてモブ令嬢は緊張する

第一王子と婚約者の仲睦《なかむつ》まじい写真が新聞の一面を飾ってから、学園内の空気に変化が起きた。

三年A組の高位貴族令嬢達が何故《なぜ》か大人しくなり、リージアのことを「図々《ずうずう》しい」「地味な伯爵家」だと誹謗《ひぼう》する者は、表面上はいなくなったのだ。

ほとんどの生徒がユーリウスとリージアを好意的に見るようになり、二人が一緒にいることに気付いた生徒達は邪魔をしないように側《そば》を離れ、前方から歩いてきた時はさりげなく道を開けるという気遣いをするようになった。

「殿下とリージア様よ」

「まぁ、今日も仲睦まじくて微笑《ほほえ》ましいわ」

中庭のベンチへ座るユーリウスとリージアを横目で見ながら、女子生徒達はそっと場所を移動した。

離れていく女子生徒の姿を視界の端で確認したリージアは、デート写真が新聞に載ってからの周囲の変化と、一応公私の区別は付けてくれるが、より積極的になったユーリウスに戸惑いを抱いていた。

聡《さと》いユーリウスにはリージアの感情は伝わっているはず。

(どうしよう。「離れてください」なんてユーリウス様に言えないし。せめて公共の場くらい距離を保ってほしいのだけど)

上半身をずらして、少しでも隙間を空けようとするリージアのささやかな抵抗に、クスリと笑ったユーリウスは他の生徒達へ見せつけるよう、繋《つな》いだ手を引き寄せて指を絡ませた。

「あの、ユーリウス様？」

「何だ？」

「その、ち、近い、ですよ」

二人きりで密着するのは、アレルゲン除去の措置で必要な医療ケアをしているのだと、意識を切り替えることにしてから、少しだけ慣れた。

でも、人目がある中で密着されるのは対応に困る。周りから見られていると、意識する度に恥ずかしさが増してリージアは身を縮こめた。

「婚約者なのだから、気にしなくてもいいだろう」

「此処《ここ》は学園内です。いくら婚約者でも、節度を守るというか、えーっと、周りを気にしてください」

校舎の陰から護衛騎士が、中庭や教室の窓から生徒達が此方《こちら》を注視している中、イチャイチャ出来るほど図太い神経はしてない。

「気にしているから、この程度で我慢しているんだ」

「でもっ」

ベンチへ凭《もた》れ掛からせていた背を起こしたユーリウスは、不満げなリージアの耳元へ唇を近付ける。

「この前の新聞記事のように、俺たちの仲睦まじい姿を期待している周りの者達へ見せつけてやるのも、王子の役目だと思わないか？」

「えぇっ！」

「ふっ、リージアは驚いた顔も可愛《かわい》いな」

耳元へかかる吐息と、低く囁《ささや》くように流し込まれた声。

驚きのあまり、リージアはびくりと肩を大きく揺らした。

反射的に横へ退こうとするよりも早く、リージアの肩へ手を回したユーリウスはそっと彼女の指先へ口付ける。

このやり取りを他の生徒に見られるのも、真っ赤に染まる顔をユーリウスに見られるのも恥ずかしくて堪《たま》らない。この場から逃れられるなら全速力で逃げ出したいのに、肩へ回された腕の力は強くて逃がしてはくれない。

(どうしよう、恥ずかしいのにくっつかれると嬉《うれ》しい。離れてと、言わなきゃならないのに)

全身が熱くて、発火してしまうのではないかと心配になる。

デート以来、この調子で一体どうしたのかと問いたくなるくらい、積極的で直球な愛情表現をしてくるユーリウスに攻め込まれ続けたら、頭の中がパンクしてしまう。

真っ赤に染まる顔を見られたくなくて、俯《うつむ》いたリージアの視界の先の地面に影がかかった。

「お前達、あと五分で昼休みは終わる。そろそろ教室へ戻れ」

弾《はじ》かれたように顔を上げれば、無表情で腕組みをしたガルシアが二人を見下ろしていた。

「ガルシア先せ、っん」

「こういう時は、気を利かせて終了寸前まで邪魔をしないのではないのか？」

腰を浮かしかけたリージアの口をユーリウスの手のひらが覆う。

先ほどまで発していた甘い声とは真逆な、冷たい声で言いユーリウスは鋭い視線をガルシアへ向ける。

「お前の護衛が困っていたから、気を利かせて言ってやっただけだ」

敵意を向けられたガルシアは眉一つ動かさず淡々と答える。

あたたかかった中庭の気温が急に下がった気がしてリージアは身震いした。

（この二人って仲悪いんだ。何とかしないと。あっ！）

中庭の時計台を見たリージアは、繋いでいるユーリウスの手を引き彼の気を自分へ向けさせる。

「ガルシア先生ありがとうございます。ユーリウス様、授業に遅れてしまいます。戻りましょう」

教室へ戻ろうと急《せ》かすリージアに腕を引かれて、息を吐いたユーリウスは渋々といった体で立ち上がった。

Ｂ組の教室の前でユーリウスは名残惜しそうに手を離す。

「週末は衣装合わせをする。空けておいてくれ」

「衣装合わせ？　誰のですか？」

「リージアの衣装合わせだ。ドレスを贈ると言っただろう？」

「そ、そうでした」

目を丸くするリージアへユーリウスは微笑みかけると片手を上げてＡ組へと向かった。


午後の授業を上の空で受けたリージアは、友人の誘いを断り足早に寮へ戻った。

夕食中もぼんやりしているリージアを心配したメイド達によって、普段より早い時間に入浴と就寝準備を済ませ寝室へ押し込まれる。

メイドも下がり一人になった部屋でベッドに寝転がった。

ぼんやりしてしまうのは、メイド達が心配しているように体調が悪いわけではない。

深く息を吐いてクッションを抱き締める。

「どうしよう」

「家族以外の男の人からドレスを贈られるのは初めてだわ。それも王子様からだなんて」

未《いま》だに、ユーリウスと婚約したことは夢だったのではないかと疑ってしまう時がある。

目まぐるしい周囲の変化に、自分の気持ちが付いていかないのだ。

貴族令嬢ならば、ある程度の経済力のある実家を持つ婚約者からドレスを贈られるのは当たり前。

とはいえ、相手は王子様だ。王子様から贈られるとなると、嬉しい以上に恐れ多い。

ルブラン王国では、伝統として王族の婚約式のドレスは男性の母親が贈ることになっており、婚約式ではユーリウスの希望で前王妃、亡き母親のドレスをリメイクしたドレスを着用した。

しかし、生誕祭用のドレスは王妃に口出しされないようにユーリウス個人で王都以外のデザイナーに依頼し、彼の資産から代金を払っていると補佐官から聞いた。

出会った頃の俺様王子様が嘘《うそ》みたいに、彼から大事にされていることが伝わってくる。

だからこそ、生誕祭が怖い。

（続編が始まっているとしたら、生誕祭は大きなイベントだよね。きっと何かが起きる。ユーリウス様は続編でもメインヒーローなのかしら？）

せめて続編のパッケージイラストだけでも知っていたら、描かれている立ち位置でユーリウスがメインヒーローとなるのか予測出来たのに。

バッドエンド前に逃亡したメリルが続編のヒロインとは考えられず、牢屋《ろうや》での彼女の話からヒロインは別人で学園に関わる人物なのだろう。

そこまでは予想していても、新ヒロインの容姿も立場も何一つ分からないのは不安だった。

「……好きって言えたら、楽になるのかな」

呟《つぶや》いてから首を横に振る。

口に出して伝えてしまったら、想《おも》いが堰《せき》を切ったように溢《あふ》れ出てしまう。

前世の経験から、もっと一緒にいたい、もっと触れてほしいと今以上に欲張ってしまうのが分かる。

先が見えない不安、シナリオの強制力があるかもしれないという不安が拭えない状態では、怖くて想いを伝えられない。

「臆病だな」

強制的だったとはいえ、後夜祭でユーリウスがマルセルに圧《お》し負けそうになった時に、彼を助けようと決めたのに。好きだという想いを伝えるのが怖いなんて、自分でも臆病になったと思う。

忘れてかけていた前世の記憶、失恋した夜に一人ヤケ食いをした記憶が蘇《よみがえ》ってくる。

前世の高校生時代、今世に比べてたら自由に恋愛をして失恋もした記憶があった。

今の自分は、強制力が働いてユーリウスに嫌われたらどうしようと怯《おび》えている。恋を自覚した途端、臆病で意気地なしになるなんて思ってもみなかった。

クッションに顔を埋めたリージアは自嘲的な笑みを浮かべる。

「悩むだなんて、私らしくない。たとえ婚約破棄されても、こんな中途半端な気持ちのままでは駄目」

すでにゲームのシナリオから大きく外れている。ゲームではモブキャラクターでも、王子様の婚約者になってしまったのだ。今更うじうじ悩んでも仕方がない。続編のヒロインが現れ、心変わりされてしまっても「可愛い」「好きだ」と言ってくれるユーリウスを信じたい。

「好き」

想いを口に出してみて恥ずかしくなってしまい、クッションを抱えたままベッドの端までゴロゴロ転がった。

脳内で何度も告白のシミュレーションを繰り返し、ベッドの端まで転がり身悶《みもだ》えていたせいでなかなか寝付けない。

「告白したら、ユーリウス様はどんな反応をするのかな」

関わりたくなかった王子様に巻き込まれて、強制的に婚約者に据えられたのだ。今更告白をしても断られるとは思わないが、驚き戸惑われるかもしれない。

翌日の朝、部屋へやって来たメイド達は目の下に隈《くま》を作ったリージアを見て、体調が悪いのかと心配したのだった。

タイミングを見計らって告白する。という、決意を固めてから週末までの間、生徒会の仕事と公務で多忙なユーリウスとは、アレルゲン除去に必要最低限の時間しか共に過ごせなかった。

「足りない」と、不満を口にするユーリウスをロベルトが半ば引きずるように連れて行くのを見る度、彼の前では普段通りの自分でいられたことにリージアは安堵《あんど》の息を吐《つ》いた。

あっという間に週末となり、屋敷へ戻る馬車の開かれた車窓からは国王の生誕祭用に飾り付けられた街並みが見え、普段より華やいだ空気を肌に感じて目を細める。

屋敷へ戻ると緊張と不安が増していく。ほとんど眠ることは出来ず、朝方になりようやく寝付いたリージアだったが、朝早い時間に気合の入ったメイド達が部屋へやって来て文字通り揺り起こされた。

寝ぼけ眼のまま、寝間着から流行《はや》りの形をしたワンピースへ着替えさせられ髪を整えられていく。顔中に化粧水を塗り込められれば、睡眠不足の頭も徐々に覚めていった。

「皆、朝から張り切っているわね。殿下がいらっしゃるからなの？」

「それもそうですが、王子殿下とご一緒に坊ちゃま達もお帰りになられますからね」

朝食の準備をするメイド長の答えにリージアは目を丸くする。

「お兄様もご一緒に来られるの？」

「ええ。お嬢様はご存じなかったのですか？」

「もうっ、ブルックスお兄様ったら、昨日会った時は何も言ってなかったのに」

両手に大きな荷物を抱え学園へやって来たブルックスは、屋敷へ来ることを教えてくれなかった。

魔法研究所の仕事と直営店舗の準備で疲労困憊《こんぱい》、顔色を悪くしていたから言い忘れたのかもしれない。

（ううん。あのお兄様は忘れていたわけじゃなくて、私に言う必要はないと思ったのね）

昔から三兄は大事なことを伝え忘れるというか、配慮に欠けるというか少し考えが足りないのだ。

「ではお嬢様、殿下と坊ちゃまがいらっしゃる前に御髪《おぐし》を整えましょう」

「ドレスの試着ですから、纏《まと》め髪にしないといけませんね。髪飾りはどうしましょうか」

メイド長と話すメイドの楽しそうな声にリージアはぎくりと肩を揺らす。

「こ、このままでいいわ。気合が入っていると思われるのも恥ずかしいし」

「いけません」

後退《あとずさ》ったリージアへきっぱり言い、メイド長はパンッと手を叩《たた》いた。

「さぁ皆、お嬢様をドレッサーの前までお連れして」

「はい」

「お嬢様此方へどうぞ」

口元を引きつらせるリージアを控えていたメイド達が取り囲み、有無を言わせずドレッサーの前まで連行する。

化粧用パレットを持つメイドの一人が化粧を施し、ブラシを持つメイドの手により頭皮を引っ張りながら髪を編み込まれ、小花の形をしたピンで飾り立てられて短い髪でも綺麗《きれい》に結い上げられていく。

(別人、までいかなくても、化粧でこうも変わるものなのね……ユーリウスは何て言うかな)

小一時間ドレッサーの前に座らされたリージアは、疲れ切った気分で鏡に映る自分の顔を見詰めた。

年齢よりも幼く見られる顔立ちが、メイド達の技術で大人っぽく見える。化粧により睡眠不足でも血色の良い頬と、アイラインが引かれいつもより大きく見える瞳、マスカラが塗られ上向きになった睫毛《まつげ》はリージアにとって違和感しかない。

メイド達から解放されたリージアがソファーに腰掛けて一息ついた時、執事がユーリウスと兄達の到着を告げに来室した。

執事に先導されて応接間へ向かう廊下はやけに長く感じられて、デートの時とは違い、気合を入れた化粧をした自分にどんな反応をするか、アレルギー反応を起こさないかという不安と緊張で、足と手が同じ動きで前に出てしまった。

「お嬢様、どうぞ」

応接間の扉を執事が開き、ブルックスと会話をしていたユーリウスが振り向いた。

言葉を発しようとした口を半開きにしたまま、ユーリウスは目を見開いて停止する。

停止したユーリウスの脇を抜け、目の下に隈を作ったブルックスがリージアの前まで歩み片手を上げた。

「昨日ぶり」

停止したままのユーリウスの反応で、高まる不安を押し込めてリージアは笑顔を作った。

「ユーリウス様お待ちしておりました。スタックスお兄様、ブルックスお兄様もお帰りなさい」

スカートの裾を指で摘まみ軽く膝を折って一礼をする。

「リージア、今日はその……」

口ごもるユーリウスの声で、彼の戸惑いが伝わりリージアの気分が一気に沈んでいく。

片手で口元を覆ったユーリウスの顔は、逆光でも顔の半分を隠していても分かるくらい、赤く染まり全身は小刻みに揺れていた。

「ユーリウス様？　大丈夫ですか？」

香水は付けていないとはいえ、化粧品の香りでアレルギー反応が出てしまったのだろうか。焦るリージアの肩へブルックスの手が乗せられる。

「実家から殿下ご要望の物が届いたんだ」

騎士団の隊服姿のスタックスは抱えていた箱をユーリウスへ手渡す。

「はい、殿下から渡してからください」

少し照れた顔をして箱を受け取ったユーリウスは、大股でリージアへ近付くと片手で箱の蓋を開け床へ放る。箱から取り出した、軽くて薄い布が幾重にも重ねられた羽衣のようなものを、そっとリージアへ手渡す。

「これって」

両手で受け取った布を広げる。

白からアクアグリーンへ変化するように染められた布地、所々金糸で複雑な刺繍《ししゅう》がされ、胸元と裾には銀糸が織り込まれ動く度に煌《きら》めくように計算されたドレスだった。

（このグラデーションの技と手触り、ドレスはマンチェスト領の職人が手掛けたもの？　それにこの色は、まさか、ユーリウス様の瞳の色？）

ドレスを両手に抱いたリージアはユーリウスを見上げる。

無言で見ていたユーリウスと視線が合い、お礼の言葉を伝えなければと頭では分かっているのに、嬉しさで胸がいっぱいになり言葉が声として出てこない。

「何か言うこと、もがっ」

「微調整があるだろう。向こうで着替えてきてくれ」

ブルックスの口を後ろから回した手で塞いだスタックスに促され、リージアはメイド達と共に一旦自室へ下がった。

ストレートビスチェのＡラインドレスは着慣れなくて、リージアは剥《む》き出しの両肩を両腕で抱いた。

「肩にショールをかけちゃ駄目かしら？」

「まぁお嬢様、夜会ではこれくらいは当たり前ですよ」

贈られたドレスは、手直しの必要もないくらいリージアの体型に合っていた。魔鉱石の採掘所周辺でしか育たない植物の繊維を使った、前世の世界にあった紗に似た特殊な布は、薄く軽いのに刃物を防ぐほど強く魔法耐性もある優れた布だった。魔力を練り込んで織る布はマンチェスト伯爵お抱え工房の職人しか扱えない。ユーリウスはいつの間に工房へ依頼したのだろうか。

胸の奥がきゅうっと疼《うず》き、リージアは胸元へ手を当てる。

ドレスに着替えたリージアが応接間へ戻った時、先ほどとは違いユーリウスは落ち着いた様子でソファーに腰掛けて紅茶を飲んでいた。

ドレスを着たリージアを見て、ユーリウスは目を細める。

「よく似合っている」

「ありがとう、ございます」

立ち上がったユーリウスに、頭の上から爪先までじっくりと見下ろされる恥ずかしさから、頬を赤く染めたリージアは目を伏せる。

「私もリージアの色を身に着けるよ」

「私の色……？」

小首を傾《かし》げるリージアのサイドへ流した髪を手に取り、ユーリウスは愛《いと》おしそうに口付ける。

「ユーリウス様」

顔を近付けられて呼吸が止まるかと思った。

じんわりとリージアの胸中に甘い疼きが広がっていく。

「嬉しい、です」

アプリコット色の正装は派手すぎるため、差し色で取り入れてくれるのだろうか。差し色でも、自分の色を身に着けてくれるのは嬉しい。

互いの息がかかるほど、近い距離で見詰め合う。

ユーリウスの鮮やかな青緑色の綺麗な瞳に自分が映り込んでいるのが嬉しくて、リージアの思考は蕩《とろ》けてしまいそうだった。

ゴホン、咳払《せきばら》いの音が室内に響く。

「あ……」

蕩けていたリージアの思考が戻り、今の状況と全身から熱が引いていくのを感じた。

「うわっ、ブルックス、お前っ。殿下、申し訳ありません」

初めて見る妹の恥じらう姿に、動揺を隠せないでいるスタックスは頭を下げる。

「あのー、二人の世界へ入っているところ申し訳ないけど、僕達もいることを忘れないでね」

「うひゃぁー!!」

兄達にいちゃつく場面を見られた羞恥から、絶叫したリージアは飛び退《の》く勢いで体を仰《の》け反《ぞ》らせた。

「リージアッ!」

ドレスの裾を踏んづけて後ろへ倒れ掛かり、反射的に背中へ腕を回して支えたユーリウスとさらに密着する羽目になったのだった。

＊＊＊

国王の生誕祭は、建国祭、新年祭と並び王都中が華やぐ特別な一日。

王都の各広場には出店が並び、この日ばかりは人々は朝から公共の場でも酒を飲み、踊って過ごすことが許されていた。

普段は一般人の立ち入りは制限されている宮廷前の広場も開放され、広場入り口で入念な持ち物検査を受け、武器の不所持を確認された一般人の入場が許可される。

「国王陛下万歳!!」

「おめでとうございます！」

宮廷前広場を見下ろすテラスの脇から正装姿の国王が現れると、広場に集った多くの人々から歓声が上がる。

国王の後ろに王妃、側妃、王子と王女、王弟という王族が勢揃《せいぞろ》いする光景は有名な画家の描いた絵画のようだった。

夢の中にいるような気分で、王族達の隙間からリージアはテラスに立つユーリウスを見詰めていた。

まだ王子の婚約者段階のリージアは国王の側に立つことは出来ない。

去年はテラスに立つ姿を広場から見上げていた、年齢を感じさせない若々しい国王とユーリウスの凛《り》々《り》しい姿。今はまだ王族と並ぶことは出来なくても、後ろ姿を見られるのは感慨深く、反面、自分だけ酷《ひど》く場違いな気分になる。

(眩《まぶ》しいくらいキラキラした、完璧な王子様だわ)

国王が広場に集まった群衆へ向けて日頃の謝辞を伝えると、大きな歓声が上がる。

国王の横で輝く王子様の笑みを振り撒《ま》くユーリウスは、近くにいるのに遠い存在に感じられてリージアは眉尻を下げた。

「そろそろお時間でございます」

護衛騎士に声をかけられ、振り向く前に素早く目元を拭う。

側妃エルシアの補佐として、第一王子の婚約者として来賓の歓迎をする役目を担っていた。

国王よりも先に貴賓室へ向かわなければならない。

第一王子の婚約者という仮面を貼り付けたリージアは、歓声が止《や》まないテラスを一度だけ振り返りエルシアの後ろに続いてテラスを後にした。

貴賓室へ着き、王妃教育の一環だと言われ必死で記憶した来賓名を検索しながらエルシアの隣でリージアは歓迎の台詞《せりふ》を口にする。

（あの方々は……）

来賓達の中でも華やかな一団に気付き、視線を動かして確認する。

学園で顔を合わせたことがある公爵家と侯爵家の令嬢達。

彼女達からリージアへ向けられる視線には、嫉妬が混じった明らかな敵意が込められていた。

（Ａ組の皆様と卒業生の方々か。私の立ち振る舞いを見て、少しでも欠点を見付けようとしているのね。後で嗤《わら》って攻撃するために）

溜息《ためいき》を吐《つ》きたくなる気持ちをグッと堪《こら》えて、貼り付けた微笑みで敵意に満ちた視線をやり過ごす。

彼女達が睨《にら》んでこようとも、王妃代理を務める側妃《エルシア》と他の有力貴族婦人達が側にいる場で第一王子の婚約者《リージア》に大っぴらに嫌みを言うことは出来ないのだ。

今は淡々と与えられた役目をこなせばいい。

精神力を削られる接待を終え、部屋へ戻ったのは日がだいぶ傾いた頃だった。

侍女達に世話されながら夕刻前に舞踏会用の、ユーリウスから贈られたドレスへ着替える。

学園の寮や王都の屋敷とは違い、王宮内に用意された部屋は豪華で広々しすぎて落ち着かずドレッサーに映るリージアは、強張《こわば》った表情を崩そうと唇を動かして何度も試みるが、作った笑みはぎこちないものとなりさらに気持ちが沈んでいく。

「第一王子殿下がいらっしゃいました」

目蓋を閉じてこの後の流れを思い起こしていたリージアは、侍女の声で弾かれたように顔を上げる。

「リージア」

「ユーリウス様」

舞踏会用の燕尾《えんび》服に着替えたユーリウスは、リージアと視線が合うと微笑んだ。

輝かしい外向きの王子様の笑みではなく自然な笑み。

ユーリウスから名前を呼ばれただけで、体の強張りはゆるみ緊張と不安でがんじがらめになっていた心がほどけていく。さらに、タイを留めるピンの中央を飾る宝石はリージアの髪と同じアプリコット色をしていて、リージアの心臓が大きく跳ねた。

「いつもは可愛いが今日のリージアはとても綺麗だ」

「ありがとうございます」

「ずっとそれを言いたかった」

宣言通り、リージアの色を身に着けてくれていることが嬉しくて、溢れ出そうになる涙を堪えてリージアは微笑む。

伸ばされたユーリウスの指先が労《いたわ》るように目元へ触れる。

それだけで、この後の展開が怖くて此処から逃げ出したくなっていた気持ちが、和らいでいくのを感じた。

「招待客達に何もされていないな？　叔母上が一緒とはいえ、何かされないか心配だった」

腰を曲げてユーリウスはリージアの顔を覗《のぞ》き込む。

「大丈夫です。むしろ、私が来賓の方々に失礼なことをしていないか不安です」

「叔母上から、しっかり役目を果たしてくれたと聞いている。あと少しだけ頑張ってくれ」

額に一瞬だけあたたかくてやわらかいものが触れた感触がして、何をされたのか理解出来ずリージアは目を瞬《しばたた》かせた。

「もう、行かなければ。父上達がお待ちだ」

呆然《ぼうぜん》としているリージアの腰へ手を添え、ユーリウスはリージアを促す。

額に触れたものは何か、考える猶予すら与えられずにリージアは扉へ向かって歩き出した。

国内外の来賓が参加する舞踏会の会場は、王国の権威を象徴した豪華絢爛《けんらん》な広大なホール。

ホールへは赤い絨毯《じゅうたん》が敷かれた通路を歩き、国王と王妃に続いて第一王子が入場するのだ。因《ちな》みに第二王子と王女は、まだデビュタント前のため舞踏会には不参加だった。

婚約者だとしても並んで入場するわけにはいかないと、一歩後ろへ下がり歩みを遅らせたリージアの動きに気付いたユーリウスの腕が腰へ回されて、素早く彼の横へ引き戻されてしまった。

後ろを歩く護衛達が息をのむ気配が伝わってくる。

慣例に従い、あの王妃でさえ国王から一歩下がって歩いたのに、次期王太子と目されている第一王子と婚約者の伯爵令嬢が並んで歩くのは異例だった。

離してほしいと視線で訴えても、ユーリウスの腕は腰から離れずリージアを解放してはくれない。

「ユーリウス様、こんなにくっついて並んで入場するのはやめましょう」

「俺がリージアと並んで入場したいのだから、離れるのは駄目だ。文句を言う者は、黙らせるから安心していろ」

黙らせればいいということではない。反論したくてもホール近くの通路、衛兵が並ぶ場で言うのはためらわれ口を閉じる。

「緊張するならば、もっと俺に寄りかかって歩けばいい」

「そんなのっ」

無理だと言いたいのに、腰へ添えられたユーリウスの手は一際大きくて頼もしく感じられ、本音は離れてほしくない。

彼の手のひらから伝わる温《ぬく》もりが今にも震え出しそうな体を支えてくれているのと、唯一頼ることが出来る相手は彼だというのも事実なのだから。

「第一王子ユーリウス殿下、御入来！　リージア・マンチェスト伯爵令嬢、御入来！」

入場を告げる侍従の声がホール中に響き、大扉が開かれる。

ユーリウスの隣に並んで登場したリージアの姿に、ホール内に静かなざわめきが広がった。

婚約者とはいえ伯爵令嬢が王子の隣に立っているのだ。あの王妃でさえ、公式な場では国王の半歩後ろに立つのだから、これは当然の反応といえる。

（うぅ、見られている。こ、怖いっ）

奇異な物を見るような数百の視線に恐怖を抱き、リージアの指先が冷たくなっていく。

「大丈夫だよ」

腰に添えていた手を動かし、震えるリージアの背中を撫《な》で下ろしたユーリウスは、表情を消してホール内を見下ろす。

圧を込めた視線を向けられた人々は閉口し、一斉に頭を垂れた。

人々を黙らせたユーリウスは、リージアを支えながら階段を降り玉座へ座る国王と王妃の元へ歩みを進める。

震える足では足元が不安定で、ユーリウスにしがみつくリージアに彼は愉《たの》しそうに笑う。

その笑みに令嬢達はパートナーの存在を忘れ、頬を染めて婚約者を気遣う王子へ熱い眼差《まなざ》しを送っていた。

玉座までの赤絨毯を歩くユーリウスを見て愉快そうに見下ろす国王と、苦虫を噛《か》み潰したような顔でリージアを睨む王妃の元へ向かった。

玉座までの階段を上り国王と王妃、エルシアへ頭を下げ、リージアは後ろを振り向く。

（うわぁ！　圧巻の光景だわ！）

国内でも高位の貴族や隣国の王族達、数百名もの着飾った貴人達が集っているホールを見渡して、リージアは気が遠くなりかけた。

高潔だと評されるユーリウスの婚約者の座を射止めたリージアを、貴賓達の興味と嫉妬が入り雑《ま》じった視線が全身を貫く。

視線に耐え切れず俯きかけた時、繋いだユーリウスの手に力がこもった。

（ユーリウス様……）

すぐ隣にユーリウスがいるのだと思えば、緊張で震える体にも力が戻ってくる気がしてきた。

玉座から立ち上がった国王が謝辞を伝え終わると、ホール内は轟音《ごうおん》のような拍手の音に包まれた。

国王が玉座へ座り、ホール内の貴賓達は移動を開始する。

ホール中央から玉座前まで国王と王妃へ挨拶に来る貴賓達が列を作り、名前が書かれたリストを手にして高らかに名を告げる侍従長の声が続く。

並んだ貴賓達の中に見知った人物を見付けたリージアは、「あ」と声を上げそうになった。

学園でのゆるんだ印象とは真逆な、黒を基調とした煌びやかな正装姿のイザークが真っすぐにリージアへ視線を向けていたのだ。彼の一歩後ろに並ぶのは、艶めく黒髪と少しきつい印象を与える蠱惑《こわく》的な顔立ちでグラマラスな体型の王女だった。

「オベリア王国第一王子であられますイザーク殿下と第二王女であられますイザベラ殿下でございます！」

国土の三分の一が砂漠地帯という南方の国特有の、小麦色の肌と艶やかな黒髪を持つイザークとイザベラは侍従長の紹介の後、揃って国王と王妃へ頭を垂れる。

「療養中の父、オベリア国王の名代で参りました、イザーク・デ・オベリア、此方は妹のイザベラでございます」

胸に手を当てて挨拶をするイザークは、学園での軽薄そうな人物とは別人かと確認したくなるほど、完璧な王子様だった。

「イザベラ・ダル・オベリアでございます。この度は留学を許可してくださいまして、ありがとうございます」

頭を上げたイザベラの胸元を強調した大胆なドレスから、豊かな胸の谷間がくっきりと見えた。

「イザーク王子には、ユーリウスの良き友人として親しくしてもらっていると報告を受けている。イザベラ王女もこれから我が国での学園生活を楽しみ、両国のさらなる友好を深める役を担ってもらいたい。王女の留学中の環境は、最高級のものを用意することを約束しよう」

目を細めた国王の言葉に、イザークとイザベラだけでなく隣に座る王妃も驚く。

国王自ら特別視することを約束した、ということはイザベラ王女がユーリウスの側妃候補だ、と公言したようなものだ。

（イザベラ王女は学園に留学する。それもユーリウス様の妃《きさき》候補として……!?）

国王の発した言葉を理解したリージアの頭の中は真っ白になる。

チッと舌打ちが聞こえた気がして、顔を動かしてユーリウスを見たリージアは驚きの声を出しそうになった。

公の場で感情を出すことがほとんどない彼が、苛立《いらだ》ちを露《あらわ》に眉間に皺《しわ》を寄せて国王《ちちおや》を睨んでいたのだ。

イザークとイザベラが下がると、次は他国の大使が続く。

他国の大使達は示し合わせたかのように、高貴な身分の美しい女性達を同行させており、彼女達がどれだけ優れているか、美しく健康であるかをアピールしていく。

国王の生誕祭は、彼の新たな側妃やユーリウスの妃を選ぶための場ではない。彼女達の表向きの同行理由は祝賀のためだとしても、国王と王妃の厳しい視線は高貴な身分の令嬢や王女を選定しているようだった。

大使達の後には筆頭公爵家夫妻が続き、国王へ祝いの言葉を伝える。

公爵夫妻の後ろに立つ公爵令嬢はリージアへは目もくれず、真っすぐユーリウスへ粘着質な視線を向けていた。

（これって、なるほど、そういうことか）

婚約者がいるはずの娘を同行させた公爵の狙いは、娘をユーリウスの側妃、もしくはリージアを蹴落として王子妃とすることなのだ。

まだ空いている第一王子の側妃の座、あわよくば王子妃の座を奪うためにこの場へ来た着飾った女性達は頬を染め、上目遣いでユーリウスを見詰めていた。

容姿端麗、有能で完璧、王太子候補と目されているユーリウスは国内外の権力者からも、令嬢達から見ても魅力的な存在なのだ。

仕方ないとはいえ、あからさまな態度は不快でしかなくリージアは指先から体温が奪われていく感覚を味わっていた。

「大丈夫だ」

顔を近付けて囁くように言い、ユーリウスはリージアの手を取り重ねた手で包み込む。

ホールにいる女性達の視線がリージアへさらに突き刺さり、握る手の温もりがなければ顔を背けてしまっただろう。

ただユーリウスの隣に座って微笑んでいるだけなのに、嫉妬と敵意、興味といった無数の視線がリージアの精神力を削り取っていく。

吐き出したくなる息を堪えてホールへ目を向ける。

側近の男性と話していたイザークが壇上を見上げ、表情を強張らせるリージアへ笑みを向けた。

ホールへ下りた国王と王妃がダンスを踊り終えて、次はユーリウスとリージアが踊る番になった。

「行こうか」

差し伸べられたユーリウスの手を取り、リージアは国王と王妃が踊ったホールの中央へ出る。

ぎこちない動きをするリージアの背中へ手を回し、ユーリウスはやわらかく微笑む。

「いつも通り、集中すれば踊りきれる」

「頑張ります」

不安で押しつぶされそうなのを誤魔化して唇を動かし、無理矢理笑みを作って答えた。

演奏が始まり、ユーリウスに先導されてリージアは彼の動きに合わせていく。碧《へき》色の瞳に映り込むのが自分の顔だけだと気付くと、途端に周囲の視線は気にならなくなっていた。

不安定だった足に力を込めて床を蹴り、音楽に合わせてステップを踏んでいく。

放課後、幾度となくユーリウスと練習したダンス。体が覚えているステップは、崩れることなく最後まで踊りきることが出来た。

ダンスが終わり聞こえてきた拍手の音で、大勢の人に囲まれている中で踊ったのだと思い出し、忘れていた緊張感が蘇ってくる。

（ええっと、この後は、フリーダンスの時間で……）

ユーリウスにエスコートされて、ホール中央から移動したタイミングで楽団が音楽を奏で始める。

上気した頬を扇であおぎつつ、この後の予定を確認していたリージアは背中が粟立《あわだ》つのを感じ、動きを止めた。

ホールの中二階から、鋭い刃物を彷彿《ほうふつ》させる嫌な気配と明確な殺意を感じたリージアは呼吸をするのを一瞬忘れ、気配を感じた方向を見上げる。

周囲には目もくれずにリージアだけへ注がれた殺意。一瞬だけの異変に、ホールでダンスを踊る者達は気が付いていない。身震いしたリージアの肩を抱くユーリウスの力が強くなる。

「……一部の者しか気が付かなかったようだな。騎士を向かわせるから安心してくれ」

甘言を囁くようにリージアの耳元へ唇を近付けたユーリウスは、殺気を感じた地点を調べる騎士達の姿を横目で確認していた。

顔色が優れないリージアを気遣って彼は傍らから離れようとしない。

遠巻きに様子を窺《うかが》っている数多《あまた》の令嬢達は、少しでもユーリウスがリージアの側から離れる気配をみせれば彼の周囲に群がるのだろう。

「リージア嬢、一曲踊っていただけますか？」

空気を読まず声をかけてきたイザークをユーリウスは睨みつける。

「ユーリウス、他のお嬢さんが待っているよ。いくら婚約者殿が可愛いとはいえ、王子の役目は果たさねばならない。そうだろう？　義務として次はイザベラと踊れよ」

「何だと」

余裕の表情でニヤリと笑うイザークとユーリウスの間に、見えないはずの火花が散っている気がしてリージアは半歩下がった。

周囲にいる令嬢達が怯え出し、ホール内の一角に不穏な空気が漂う。

此処で揉《も》め事を起こして生誕祭を台無しにするわけにはいかない。

コクリ、唾を飲み込んだリージアはユーリウスの腕を両腕で抱きかかえた。

「あの、ユーリウス様、私は大丈夫ですから行ってください。お願い、今は冷静になってください」

「くっ、分かった。すぐに戻る」

上目遣いでのお願いに、目を見開き言葉に詰まったユーリウスは一瞬だけ顔を顰《しか》め、リージアから腕を離してイザークの後方にいるイザベラの元へ向かった。

「イザベラ王女、私と一曲踊っていただけますか？」

「光栄ですわ」

艶《あで》やかに微笑み答えるイザベラとは違い、ダンスを申し込むユーリウスは王子の仮面を被《かぶ》り淡々と彼女の手を取る。

他国の王女や他の令嬢と踊るのは王子の義務。頭では理解しているつもりなのに、ユーリウスがイザベラの手を握っているのを目にするのは嫌で、リージアは顔を背けた。

「ではリージア嬢、俺達も踊ろうか」

了承する前に伸ばされたイザークの手に肩を抱かれ、ユーリウスと離れたホールの端へと行く。

スローテンポな楽曲の演奏が始まれば余計なことを考える余裕もなくなり、リードしてくれるイザークに合わせてダンスを踊るしかなかった。

ダンスが終わりカップルの輪から退いたイザークは、グラスを乗せたトレイを持つ給仕係を呼び止めた。

「イザーク殿下、私が取ります」

「女性にそんなことをさせられない。それに、気の利かない男だと思われてしまうだろう？　こういう時は俺の顔を立ててほしいな」

グラスを両手に持ち茶目っ気ある仕草でウインクされて、クスリと笑ってしまった。他の男性がしたら寒気がしそうなウインクも、イザークがするのは不思議と許せる。

「やっと、いつもの顔になったな」

「え？」

手渡されたグラスを受け取り、リージアは目を瞬かせた。

「ふっ、ユーリウスが苛立っているな。あれだけ感情を露にするとは、本当にリージア嬢のことが好きなんだな。っと、来るぞ。今にも飛び掛かってきそうな顔してる。怖い怖い」

怖いと言いながらイザークは楽しそうに口角を上げた。

イザークの言葉通り、不機嫌なオーラ全開のユーリウスが大股で歩いて来る。進行を邪魔しないよう人々は道を開け、なり行きを見守っていた。

今にも飛び掛からんばかりの勢いで、ユーリウスはリージアの肩へ触れていたイザークの手を掴む。

「イザーク、そろそろ返してもらう」

「そんなに怒るなって。守ってやっていたのだから感謝してほしいのに」

　肩を竦《すく》めたイザークは手首を捻《ひね》り掴んでいるユーリウスの手をやんわり外す。

「お前と踊りたがっている令嬢達全員とは踊っていないんだろう？　後々面倒なことにならないか？」

　リージアの側を離れたユーリウスは、イザベラともう一人の公爵令嬢とだけ踊っていた。周囲の者は勝手な憶測をするだろう。それが分からないわけはないのに、リージアの元へ戻って来たユーリウスには全く余裕が残っていなかった。

　彼と踊りたがっていた令嬢は一人や二人ではなかったのに、彼女達の相手をせず此処へ来たのはどういうことか気付き、リージアは近くのテーブルへグラスを置く。

「では、お前が彼女達の相手をすればいいだろう」

「ああいった肉食獣みたいにギラギラした女って苦手なんだよ。それに比べてリージア嬢は気楽というか、純粋な感じで隣にいると心地がいいな」

「交代、だ」

　余裕なく口調が荒くなるユーリウスの顔色は若干青く、額にはうっすら汗が浮かんでいた。

　顔色の悪いユーリウスをしばらく眺めていたイザークは「仕方ない」と小さく呟いた。

「これは貸しだからな」

　ユーリウスから離れてホール中央へ移動したイザークを、着飾った令嬢達が待ってましたとばかりに囲む。

　令嬢達に囲まれたイザークは視線で早く行くようにユーリウスを促す。

　愛想が良い上に婚約者がいない彼は、ユーリウス以上に優良条件の王子様だと、リージアはこの時初めて知った。

目立たないよう、壁際を移動するユーリウスとリージアは手を繋ぎ、テラスから庭園へ降りた。

魔法灯と弱々しい月光が照らす庭園を歩き、植え込みで隠れる場所に設置されたベンチへユーリウスは崩れ落ちるように座る。

「ユーリウス様、大丈夫ですか？」

ホールから出た直後は苦しそうだった呼吸も大分落ち着き、ユーリウスは気のゆるんだ表情でリージアを見詰める。

「リージア」

隣へ座ったリージアへ手を伸ばしたユーリウスは、彼女の肩へ縋《すが》りつく。

密着すれば彼の体から汗の匂いがして、リージアは目を細めた。

「今日一日ずっと頑張っていたのは、ちゃんと分かっていますよ」

化粧品や香水の香りで頭痛、クシャミ、皮膚の痒《かゆ》みといったアレルギー反応が出る彼が着飾った紳士淑女に囲まれてしまったらどうなるかなど、分かっていた。だが、第一王子の立場では国王の祝賀会を欠席するわけにはいかず、保護魔法を多重がけして臨んでいたのだ。そのことを知っていたのに、彼の側を離れてしまったリージアは申し訳さで胸が苦しくなる。

きっちりと王子の役目を果たそうとする彼が、イザベラと公爵令嬢の二人とだけ踊り逃げて来たのは、リージアと踊ったイザークへの嫉妬と怒りだけではない。イザベラと令嬢達の纏う香料に体が耐えきれず、アレルギー反応が出てしまったのだ。

腕を伸ばしたリージアはユーリウスの背中をそっと撫でる。

「お疲れ様でした」

頭をリージアの肩へ埋めたユーリウスは、肺いっぱい彼女の香りを吸い込み吐き出す。

「王女は耐えられたが、あの公爵令嬢は香水臭くて堪《たま》らなかった。吐き気を堪えて踊っていたのに、やたらと密着しようとするから苦痛だった」

肩へ擦り付けるように顔を動かしたユーリウスの髪が崩れて、乱れた毛先がリージアの鼻先を擽《くすぐ》る。

「イザークめ。俺の変調に気付いてわざとあの場から離したのだろうな。借りが出来てしまった」

「そう、だったのですか。お二人は仲が良いのですね」

「仲は良くない」

きっぱりと言ったユーリウスはリージアの背中に手を回す。

ユーリウスの不調に気付いたイザークが当たり障りなく、令嬢達と貴賓達の注目を引き受けてくれたということか。学園での軽薄なイメージと違い、彼の素は真面目な性格なのかもしれない。

「……？」

地面を蹴る足音と男女が言い争っている声が聞こえた気がして、リージアは植え込みの方を見る。

バタバタと走る音、男の怒鳴り声といった騒々しい音は、ユーリウスとリージアが座るベンチの方へ近付いて来ていた。

相手を服従させようとしている男の声は、痴話喧嘩にしては荒っぽい口調で、答える女の声に悲鳴が混じっていた。

二人の時間を邪魔されたとばかりに、ユーリウスは眉間に皺を寄せて埋めていたリージアの首筋から顔を離した。

「誰か！」という女性の悲鳴が聞こえ、背凭れから背中を離したリージアは首を動かして周囲を見渡す。

「離して、離してください！」

「皆ダンスに夢中で誰も来やしないさ。大人しくしていれば、痛いことは何もしない」

植木の隙間から見えたのは、燕尾服を着崩した男がニタニタ笑いながら抵抗する黄色のドレスを着た若い女性の手首を掴み、力ずくで自分の方へ引き寄せている、どう見ても酔っぱらった男が無理矢理女性を襲っている光景。

脂ぎった男の顔は赤く染まり、血走った瞳と王宮で女性を襲うという理性をなくした行動から、そうとう酒に酔っているのが分かった。

「あれは、スーベリア侯爵だな。酒癖が悪いと有名な男だ」

腰を浮かしかけていたリージアの横で冷静に状況を分析したユーリウスは、今すぐ飛び出しそうになっている彼女の体を背後から抱き締める。

「あの女性を助けなきゃ。ユーリウス様、離してください」

身を捩《よじ》って訴えても背後から回されたユーリウスの腕は外れない。

「俺達が出ていかなくとも、強固な警備網が敷かれた王宮内で酒に酔い、祝賀の場を乱そうとする愚か者は直《す》ぐに排除される」

近付いて来る気配を感じ取ったユーリウスは不敵な笑みを浮かべた。

ガサガサッ！

勢いよく植木を掻《か》き分け現れた騎士達の姿に、抵抗する女性の頬を叩こうと腕を振り上げていたスーベリア侯爵の動きが止まる。

「な、何だっ！　お前達は、ぐぁっ⁉」

顔を引きつらせるスーベリア侯爵が怯んだ隙に、背後へ回った騎士が振り上げていた腕を取り捻り上げた。捻り上げられる痛みに、堪らずスーベリア侯爵は悲鳴を上げる。

突然現れた騎士達と、スーベリア侯爵を拘束した騎士の顔を見てリージアは目を丸くした。

「お、お兄様？」

普段とは違い厳しい顔つきをしている次兄スタックスは、暴れるスーベリア侯爵のもう片方の手首も掴み、拘束用の紐《ひも》で後ろ手に縛り上げる。なおも暴れようとするスーベリア侯爵の首の後ろへ、手刀を入れて昏倒《こんとう》させた。

「お怪我《けが》はありませんか？」

助かった安堵感から、脱力した女性の体を金色の髪を三つ編みにした騎士が支える。

震えが止まらない女性の顔を覗き込み問う騎士はやわらかく微笑み、強張っていた彼女の頬が赤く染まる。

恐怖で引きつっていた顔を若干和らげた女性は、幼さの残る顔立ちからまだ少女といってもいい年齢なのだろう。

「は、はい、あの、ありがとうございました」

「よかった」

金髪の騎士は隊服のポケットから取り出したハンカチで涙に濡《ぬ》れた女性の頬を拭う。

「スタックス、フランツ、その男は牢《ろう》へ入れておけ」

「はっ」

胸に手を当てて答えたスタックスとフランツと呼ばれた騎士は、気を失ったスーベリア侯爵を引き摺《ず》るようにして連れて行く。

「お嬢さん立てますか？　私が会場まで送りましょう」

騎士からの申し出に女性は戸惑いの表情を浮かべる。

「この夜道を可愛い貴女《あなた》一人で行かせるのは心配なのです。送らせてくれますね」

「……はい、お願いします」

有無を言わせない騎士に圧《お》され、女性はゆっくりと頷《うなず》いた。

騎士と女性が去った後、ようやくユーリウスは抱き締めていたリージアを解放した。

「今のは第二騎士団の副団長オーギュストだ」

「第二騎士団？　だからお兄様がいたのですね」

第二騎士団は次兄スタックスの配属先だ。以前、スタックスがぼやいていた「女性関係の尻ぬぐいが面倒くさい上司」とは、もしやオーギュストのことだろうか。

「あの方は騎士様にしては、なんと言うか」

雰囲気が軽いというか、女性の扱いを熟知している気がした。

口ごもるリージアの言わんとすることが分かり、ユーリウスは苦笑いする。

「見た目も言動も軽い男だろう？　異性関係は派手だが、ああ見えて剣技は騎士団でも一、二を争う腕前だ。俺もオーギュストには敵《かな》わない」

異性関係が派手な美形で強い騎士、兄がさせられている面倒な尻ぬぐいとは、やはり女性関係らしい。そこまで考えて、リージアは小首を傾げた。

（このシチュエーションって、恋愛漫画やゲームでよくある攻略対象キャラとの出会いイベントみたいじゃないの？　美形でチャラいけど強い副団長が女の子を助けるっていう、その時借りたハンカチが縁になって再会することになるって……いや、まさかね？）

助けられた女性の顔はよく見えなかったが、栗《くり》色の髪に大きな空色の瞳をした綺麗な顔立ちをしていた。しかし、国王へ挨拶に来た使節団と貴族達の中に彼女はいなかった気がする。

唐突にリージアの眉間へ、ユーリウスの人差し指が触れた。

「ユーリウス様？」

人差し指の主、仏頂面のユーリウスが口をへの字にしていた。

「今の出来事は騎士達が処理する。リージアは気にすることはない。それよりも、俺の方を気にしてほしいな」

「えぇ？」

その後三十分以上の間、拗《す》ねてしまった王子様のご機嫌を回復させるために抱き締めてくる彼に髪と首筋の匂いを嗅がれるという、羞恥を耐えることを強いられたのだった。

4　モブ令嬢は隣国の王子様と王女様の秘密を知る

国王の生誕祭から三日後、王立アマリリス学園へ留学してきたオベリア王国イザベラ王女は、イザークの妹だということや一年生とは思えない大人びた容姿と、国王に認められたユーリウスの側妃候補ではないかという話題性から、留学初日から学園中の注目を浴びた。

兄であるイザークと同じく、派手な外見とは違いイザベラ王女は穏やかな性格をしているらしく、行く先々で生徒達から注目され声をかけられても嫌な顔をすることもなく、にこやかに対応する彼女の姿に憧れを抱く者は多かった。

生徒の一部からは、イザベラ王女こそユーリウス殿下の妃《きさき》に相応《ふさわ》しいという意見も出ており、時折聞こえてくる自分に対する陰口にリージアの気分は沈んでいく。

放課後、渡り廊下を歩いていた女子生徒達は、中庭の端を歩いているユーリウスとイザベラに気が付き、歓声を上げて窓へ駆け寄った。

「ユーリウス殿下とイザベラ殿下、お二人でどちらへ行かれるのかしら？」

「イザベラ殿下を案内してさしあげていらっしゃるのね。お優しいわぁ」

彼女達が窓から見下ろした先、背後にロベルトと数人の護衛を連れたユーリウスとイザベラは、中庭を抜けて図書館へ向かって歩いていた。

「王子殿下と王女殿下ですもの。身分も釣り合いがとれたお似合いのお二人ですわ。やはりイザベラ様が側妃候補かしら？」

「それは、もしかして」

言いかけた女子生徒の腕を、隣にいた友人が引っ張り止める。

「しっ、やめなさい」

唇に人差し指を当てた女子生徒の視線は、渡り廊下を歩いて教室棟へ向かうリージアへ向けられていた。

「あ、リージア様、失礼いたしました」

そそくさと立ち去ろうとする女子生徒達へ、王子妃教育で培った笑顔を張り付けたリージアは会釈を返してやり過ごす。

（何が失礼しました、よ。聞こえるように話していたくせに！）

笑顔の下は、湧き上がる女子生徒達への怒りで眉を吊《つ》り上げていた。

渡り廊下を歩くリージアに気付いていながら、楽しくお喋《しゃべ》りする彼女達はユーリウスとイザベラをお似合いだと評したのだ。

彼女達は後輩とはいえA組に在籍している高位貴族の令嬢だった。

自分達より身分が低く、辺境の伯爵家出身で特に目立つ成績でもないリージアのことが気に入らないと、常々思っていた彼女達にとって、とても楽しい状況だろう。分かっていても、気分は晴れず溜《ため》息《いき》を吐《つ》いてしまう。

「あんなの気にすることはないわ。殿下の婚約者はリージアさんでしょう？」

励ましてくれるナンシーに、リージアは「うん」と小さく返す。

あくまでも生徒会長の仕事で、ユーリウスはイザベラに学園を案内しているだけだ。

彼らの後ろにはロベルトと護衛が付いており、二人きりではない。とはいえ、経緯を知らない生徒達からしたら二人はお似合いに見えるのだ。

絶対に違うと頭では分かっていても、輝かしい王子様とエキゾチックな魅力を持つ王女様の組み合わせは眩《まぶ》しくて、リージアが抱いた不安は消えてくれない。

沈んでいるリージアへナンシーが声をかけようとして、前方から歩いて来る人物に気付き姿勢を正した。

「リージア嬢、いいかな」

「イザーク殿下、あの、私に何か？」

生誕祭での正装姿が夢か幻だったように、普段通り制服を着崩したイザークが笑顔でリージアへ声をかけた。彼から一歩下がった後方に立つ従者の青年が深々と頭を下げる。

「妹のことで相談があるんだ。君の意見を聞きたくてさ」

返答に困ったリージアは横目で窓から中庭を見る。

図書館へ向かって歩いていたユーリウスとイザベラの姿はとうに消えていた。

「じゃあ、少しだけリージア嬢を借りるよ。ユーリウスがリージア嬢を探しに来たら、適当に誤魔化しておいてね」

「はい」

イザークが歯を見せて笑えばナンシーは頬を赤く染めて頷《うなず》く。

先導するイザークと後方の従者の青年に挟まれたリージアを、ナンシーは手を振って見送った。

「話はこっちの部屋でいいかな」

教室棟へ着いて直《す》ぐにイザークが示した部屋は、ホール横にある相談室だった。すかさず従者がドアノブに手をかけて扉を開く。

「此奴《こいつ》も一緒だし、一応二人きりではないから安心してくれ」

先に入ったイザークに促され、リージアは緊張の面持ちで室内へ入る。

普段は生徒と教師が向かい合って座るのであろう椅子に、テーブルを挟んでイザークと対面で座った。婚約者《ユーリウス》がいることを考えてくれているのか、従者が半開きの扉の前に立つ。

「それで、お話とはどういったことでしょうか？」

生誕祭と偶然会った時以外イザークと話したことはないのに、彼が妹の相談をしたいとはおそらくユーリウスとの婚約に関わる内容。リージアの喉がコクリと鳴る。

笑みを消したイザークはリージアと目を合わせると、両膝の上に手を置き彼女へ向けて頭を下げた。

「妹の、イザベラの件は申し訳ない。国王陛下の発言は何か思惑があってのことだろうし、俺はイザベラがユーリウスの側妃となるのを応援していない。そのことは分かってほしい」

「そう、なのですか？」

王太子と目されているユーリウスとイザベラが結ばれることは、政略的にも両国にとって有益なものでイザークも両手を上げて賛成しているのだと思っていた。

てっきり、自ら婚約解消を申し出るようにとでも言われるのかと、覚悟していたリージアは拍子抜けした気分でイザークを見詰めた。

「ユーリウスが義理の弟になるなど、考えたら気分が悪くなる」

うぇっと舌を出して顔を歪《ゆが》めるイザークは、心底そう思っているらしい。

「まぁ、リージア嬢がユーリウスと婚約解消して俺と婚約してくれるなら、イザベラを応援するかもしれないけどね。君を俺好みに躾《しつ》けるのは愉《たの》しそうだし」

「ちょっ、それは」

語弊を招く発言に、慌て出すリージアに対して彼は唇へ人差し指を当てる。

「ユーリウスのデレデレした姿を見たら、絶対に婚約解消をしないのは分かっているよ。君に手を出したらキレたユーリウスと決闘する羽目になりそうだし、今も向こうの校舎から怖ーい教師が目を光らせているしね」

苦笑いするイザークの指差す方を見れば、相談室の窓から見える中央棟の一室の窓際に立ち、腕組みをしているガルシアが此方《こちら》を睨《にら》んでいた。今にも攻撃を仕掛けてきそうな、彼の纏《まと》う剣呑《けんのん》な雰囲気は離れていても伝わってくる。

「危険を冒してまで君を連れ出したのは、確認したいことがあってさ。単刀直入に聞くよ」

息を吐いたイザークの顔から柔和な表情が消える。

「君には、前世の記憶があるのか？」

窓を揺らす風の音、壁に掛けられた時計の音……全ての音が室内から消えた。

「な、ぜ、ですか？」

驚きのあまり、問われた内容を理解するのに時間がかかってしまった。ようやく出せた声は掠《かす》れていて、途切れ途切れなものになっていた。

「やっぱり、記憶があるんだな」

顔色を悪くするリージアの反応に、イザークは至極楽しそうにそして嬉《うれ》しそうに笑う。

「ユーリウスがメリルを拒否した時点でおかしいと思っていた。リージア・マンチェストというキャラは名前すら出てこなかったのに、君の存在がずっと不思議だった。その様子じゃあ、この世界があの世界に存在していたゲームの世界観に似ていることも理解しているんだ？」

クツクツ喉を鳴らすイザークに寒気がしてきて、リージアは思わず自分の両腕を抱く。

「貴方《あなた》は、何が言いたいの？」

「ハハッ、そんなに警戒しないでくれよ。俺も君と同じなんだ。この世界に似たゲームが販売されていた世界の、前世の記憶を持っているんだよ」

「えっ!?」

驚愕《きょうがく》のあまり上半身を揺らしたリージアは、大きく目を開いてイザークを見詰めた。

前世の記憶、それもこの世界がゲームに似た世界だと知っている人に出会ったというのに、嬉しさと懐かしさ以上に体が緊張するのは何とも不思議な気分だった。

すんなりイザークを受け入れられないのは、彼が攻略対象だからか。それとも、彼の本心が読めないからか。

リージアは膝の上で小刻みに震える手を握り締める。

「貴方にも前世の記憶があるの？」

〝貴方にも〟ということは、自分もそうだと認めたことになると、リージアは気が付かない。吹き出しそうになるのを、イザークは堪《こら》えた。

「俺が前世のことを思い出したのは、十歳の時かな。鍛錬中に吹っ飛ばされて、地面で頭を打って死にかけた時だった。こういう流れは転生もの漫画とかによくある話だよね」

「まぁ、定番ですね。私は何となくでしたね」

幼い頃から前世の記憶を何となく思い出していた自分とは違い、主要キャラクターへ転生した彼は記憶が蘇《よみがえ》るのも定番のようだ。

「昏睡《こんすい》状態の時に思い出した前世の俺は、ごくごく普通の会社員だった。同棲中の彼女が恋愛ゲームにドハマりしていたんだ。当時は俺よりも二次元の男に夢中になりやがって、とムカついたけど今となっては感謝している。記憶が蘇った俺はゲーム通り十五歳で留学が決まって、ああ、抵抗はしたよ？　でも父親の命令は覆らなくて、それならばと学生生活を楽しむことにしたんだ。婚約者を決められそうになる度に大暴れして拒否して、好きになるかもしれないヒロインはどんな子かと期待していたのに、地雷にしかならない女だったとはね。ちょっと落ち込んだよ」

「それは、えーっと、ご愁傷様です」

ヒロイン、メリルに関しては同意見で、リージアはコクリと頷く。

見た目はふわふわな綿菓子みたいで可愛《かわい》らしいメリルの内面が、まさか自己中心的な考えを持ち、言動も酷《ひど》く学園を引っ掻《か》き回すほどの地雷。殺害依頼をされたことを差し引いても、彼女と友達にはなりたくない。

転生者ヒロインはファンタジーな物語では定番でも、ゲームの天真爛漫《てんしんらんまん》で頑張り屋なヒロインを知っているイザークが落胆するのは当然だろう。

「あれは絶対に無理だと思って避けていたら、段々とユーリウスの様子は変になっていくし地味で目立たない君が生徒会の雑用係になったから、気になって調べてみたんだ」

表情を硬くするリージアを見て、イザークは猫のように目を細める。

「ほら、俺は王子様だしこの国でも大抵のことは許される。で、調べたら面白いことになっていてさ。ユーリウスは君にベタ惚《ぼ》れみたいだし、このまま静観していてもよかったんだ。だけどね」

一旦言葉を切ったイザークは深い息を吐いた。

「妹を留学させて、ユーリウスの側妃か第二王子妃にしたい父親の思惑を阻止出来なかった。色々動いてみたけど、続編へ繋《つな》がる流れには逆らえなかった」

ハッとなったリージアはイザークを見詰める。イザークとよく似た目立つ容姿、王女という立場からイザベラの続編での立ち位置は、もしや……

「もしかして、イザベラ王女は？」

「そ、続編の悪役令嬢ポジション。記憶が蘇ってから悪役王女にはしたくなくて、俺が教育したから我儘《わがまま》な性格ではないけどね。ユーリウスに興味を持たせたくなかったのに、国王が余計なことを言い出すから関わらざるを得なくなった。イザベラを第二王子妃にさせるのは嫌だ。あの生意気で甘ったれたマセガキが義弟になるのは生理的に受け付けない」

吐き捨てるように言う、イザークの目つきが鋭くなっていく。

第二王子フリウスは、我儘な性格をしていて常に従者達を困らせているらしく、王宮勤めの使用人からの評判は良くない。

挨拶へ訪れたリージアを一目見たフリウスは「なんだ大したことないな」と、明らかに胸元を見ながら鼻で笑ったのだ。おそらく、イザベラみたいな体型の女の子が好みなのだろう。

聞いていいものかどうか迷った末、リージアは意を決して口を開いた。

「もう続編のシナリオは始まっているのですか？　私の記憶は続編が発売する前で終わっているから

分からなくて」

「もう始まっているよ。最初の大きなイベントが生誕祭だ」

「やっぱり、生誕祭はイベントの一つだったんだ。じゃあ、続編のヒロインはこの学園にいるの？」

「ああ、ヒロインも入学している」

目を見開いたリージアの膝の上で握り締めた手に力が入る。

同級生と下級生にそれらしき人物は思い浮かばず、転入生が来たという話は聞いていない。ヒロインは新入生の中にいるのだろうか。

「でも、誰かはまだ教えられない」

「どうして？」

「少し、気になることがあるからな。確証が持てたら教えると約束するよ」

歯を見せて笑った後、一変してイザークは真剣な表情となる。

「リージア嬢には、ユーリウスを繋ぎとめておいてほしい。俺はイザベラがユーリウスに惚れないよう邪魔するから、協力してほしい。前回みたいなヒロインだったら、俺とイザベラにとっても地雷になるからな。もしもユーリウスに婚約破棄されたら、俺が嫁に貰《もら》ってやるから安心していてね」

画面越しだったら語尾にハートが付いただろう台詞《せりふ》を言い、イザークはパチリとウインクをした。

さすが攻略対象キャラ、失礼な冗談を言われたと分かっていても、嫁に貰うと言われたら頬に熱が集中する。誤魔化すためにリージアは熱くなる両頬に手を当てた。

ふと、背中が粟立《あわだ》つ感覚を感じ、イザークは中央棟と対面になっている窓を見る。

「ふっ、番犬が威嚇しているな。此処《ここ》にいることはユーリウスに伝わっているだろうし、そろそろリージア嬢を解放しなければな。残念、時間切れだ」

廊下をバタバタ走る音が相談室へ近付いて来るのに気付き、リージアは椅子の背凭《せもた》れに手を当てて立ち上がりかけた。

半開きの扉の前に立っていた従者が退《ど》き、大きな音を立てて男子生徒が勢いよく走り込んで来る。

「リージア!!」

全速力で走って来たユーリウスは、乱れた髪と制服を気にすることなくリージアの側《そば》へ駆け寄った。

少し遅れて、息を切らせた護衛騎士も入室する。

「ユーリウス様？　どうしたの？」

目を丸くするリージアは、ユーリウスの額から頬に流れ落ちる汗に気が付き、ポケットから取り出したハンカチで彼の汗を拭う。

ハンカチを持つリージアの手に触れ、安堵《あんど》の息を吐いたユーリウスはイザークを睨む。

「これは何の真似《まね》だ！」

「おー怖い。妹の学園生活をサポートしてほしい、とお願いしていたんだ。ね、リージア嬢？」

「は、はい」

滅多にみられないイザークの満面の笑みを向けられ、リージアはコクリと頷く。

「じゃ、後はお二人でゆっくりしていてくれよ。鍵はこれね」

椅子から立ち上がったイザークは睨むユーリウスへ近付くと、ジャケットのポケットから取り出した鍵を手渡す。

「じゃあ、また」

手を振って相談室を出ていくイザークに続き、従者の青年が頭を下げて退室すると護衛騎士が代わりに扉の前へ立つ。

「イザークに何もされていないな？」

椅子から立ち上がったリージアの両肩へ手を当てて、ユーリウスは彼女の頭の上から足元まで見下ろした。

「ええ、イザベラ王女のことをお願いされていただけで、ユーリウス様？」

疲れきったユーリウスの声から、今日一日で彼と顔を合わせたのは今が初めてだったことに気付く。

必要最低限しか女子生徒と関わらないようにしている彼は、昼休みと放課後にイザベラと彼女の取り巻きを相手にしたせいで、アレルギー反応の倦怠《けんたい》感が体に現れているのだ。

手を伸ばしたリージアはユーリウスの乱れた髪へ触れる。

「心配をおかけしてすみませんでした」

「俺の方こそすまない。父上の命令とはいえ、イザベラ王女のためにリージアと過ごす時間が減るのは嫌だったのに……イザークに連れて行かれたと知って焦ってしまった」

髪に触れていた手に自分の手を重ねるユーリウスは、甘える子犬みたいに可愛いと思えてきてリージアは微笑《ほほえ》む。

「大丈夫、私はユーリウス様とずっと一緒にいます」

（貴方が望む間は、ずっと……）

すでに開始していた続編シナリオとヒロインの存在、転生者だったイザーク。

これからの展開への不安は拭えないどころか増してしまったけれど、ユーリウスに望まれている限り彼と一緒にいようとリージアは決心した。

＊＊＊

人気《ひとけ》のない廊下を歩き昇降口へ向かうイザークは、今しがた出てきた相談室を振り返る。

「あの二人、今頃イチャイチャしているのかな。はぁー羨ましい」

「殿下」

一歩下がって後ろを歩いていた従者の青年がイザークの横へ移動する。

「お望みでしたら『殿下はマンチェスト伯爵令嬢を王妃候補に望んでいる』と陛下に報告しておきましょうか？　殿下がその気になれば略奪することも可能でしょう。陛下に報告すれば、必ずマンチェスト伯爵令嬢の持つスキルに興味を、うっ」

従者の青年が言い終わらないうちに、イザークは彼の口を手で塞ぐ。

「危なかった。この学園内は番犬と王弟が目を光らせているのを忘れるな」

監視魔力の気配が周囲から消えるのを待ち、イザークは従者の口を塞ぐ手を外した。

「今は、まだいい。もしも、ヒロインがユーリウス狙いだったら強制力が働くだろう。強制力が働き、婚約破棄となるならばリージアは俺が貰う」

口角を上げたイザークの表情には普段の柔和な雰囲気は一切なく、すぐ側に立つ従者の青年は背筋を伸ばして頭を垂れた。

＊＊＊

放課後になり、課題図書を借りに図書館へ寄ろうかとナンシーとミレイの二人と話していたリージアの耳に、教室に残っていた女子生徒達の黄色い悲鳴が届く。

何事かと教室の出入り口を見たリージアは、「げっ」と呟《つぶや》いてしまった。

そこには、黒髪に褐色の肌をした男子生徒、イザークが頬を赤く染めた女子生徒達に囲まれていたのだ。

（イザーク王子！　何しに来たの？）

昨日話をした時に、お互い転生者と分かっても学園では普段通り、顔見知り以下の関係でいこうと約束していたのに。

「イザーク様、どうしたのですか？」

「もし、お時間があるのでしたらわたくし達とカフェへ行きませんか？」

Ｂ組の中でも積極的な女子がイザークをお茶に誘う。

学園でなければ不敬にあたる彼女の行動も、イザークは笑って「今度ね」と受け流す。

同じ王子様でも、ユーリウスだったらここまで女子達は群がらない。冷たいわけでもないが明らかにリージア以外は興味ないと言い切るユーリウスよりも、同じくらいの美形で人当たりも良いイザークの方が親しみを感じるのだろう。

女子達の誘いを上手《うま》くかわしたイザークは、リージアの机の側まで来ると張り付けていた笑みを深くした。

「やあ、リージア嬢」

「何か御用ですか？」

互いの秘密を共有したというのに、警戒心を解いてはくれないリージアにイザークは苦笑いする。

「君に話があるんだ」

「話とは、何でしょうか？」

婚約者のいるリージアが大勢の目撃者のいる前で、イザークの誘いを受けるのは面倒なことになりかねない。彼の口から、理由を話してもらわなければ一緒には行けないのだ。

息を吐いたイザークは、人差し指で出入り口の方を示す。

「イザベラ殿下？」

廊下側の窓から、従者の青年の後ろで教室内の様子を窺《うかが》う黒髪の女子生徒に気付いたリージアは目を丸くした。

ナンシーとミレイに断りを入れ図書館へ行くのを延期にしてもらい、リージアはイザーク、イザベラと共に教室棟の一階、人気のほとんどなくなった談話スペースへ移動する。

時折、昇降口へ向かう生徒に何事かと見られるが、二人の話に興味津々といった女子達を気にして教室で話をするよりは話しやすい。

「わたくしがお伺いすればよかったのですが、同級生のお兄様の方が話しやすいだろうと甘えてしまいました。申し訳ありません」

「い、いえっ、頭を上げてください」

頭を下げるイザベラをリージアは慌てて止める。

「イザベラ殿下が悪いわけではありません。もう少し遅くに、教室から人がいなくなったタイミングで来てくれなかったイザーク様が悪いのです」

「おい」と言う、イザークの不満げな声が聞こえた気がするが、無視をする。

「リージア様の方が先輩なのですから、学園では殿下と呼ぶのはやめてください」

「イザベラ様、でよろしいでしょうか？」

「はい」

名前を呼んだだけでイザベラは嬉しそうに笑う。ゲームの中では高慢な悪役令嬢ポジションだとは到底信じられない反応は、イザークの教育の賜物《たまもの》なのだろうか。

「イザベラ、リージア嬢に頼みたいことがあるんだろう？」

「そうでしたわ。リージア様にお願いがあります」

ハッとなったイザベラは居住まいを正しリージアを真っすぐ見詰める。

「以前、生誕祭でお会いした時にリージア様が着けていらっしゃった髪飾りがとても素敵で購入したいと思い、先日店舗へ連絡を入れました。でも、店舗責任者と言う方に購入したいのなら直接来店してほしいと言われてしまって……大変厚かましいお願いだと分かっておりますが、リージア様のご都合がよろしければ、わたくしと一緒に来ていただけないでしょうか？」

「店舗責任者が、そんなことを言ったのですか？」

店舗責任者は誰だったか考えて、リージアは目眩《めまい》がしてきた。

（もうっ！　お兄様ったら！）

吐き出したくなった悪態は、リージアの心の中だけで堪えた。

店舗責任者と名乗ったのは、三兄のブルックスでどんな口調で言ったのかは容易に想像がついた。

店舗へ連絡を取ったのはイザベラ本人ではなく従者であったとしても、オベリア王国王女の依頼であることは伝えたはず。それでも対応を崩さない姿勢はブルックスらしいが、非常に面倒なことをしてくれたと、リージアは内心溜息を吐いた。

「現在、受注が多くて予約待ちの状態らしいです。店舗責任者、兄の方針で、身分や身内の紹介で予約の優先順位をつけないということになっておりますから、私が一緒に行っても予約を早めることは出来ないですよ？」

「一緒に行ってくださると心強いと思いまして……無理でしょうか？」

吊り目のイザベラの眉尻が下がっていく。

普段とは違う姿が可愛らしくて、リージアは返答に詰まった。

「うぅ、凝ったデザインはすぐには無理でしょうけれど、領地にもしかしたら在庫がある品もあるかもしれません。購入予約の確約は出来ませんが、カタログでデザインの確認をしに行きますか？」

「行きたいですわ！」

リージアからの提案を聞いた途端、イザベラの表情が明るくなる。

二人のやり取りを黙って聞いていたイザークが口を開く。

「今度の週休日はどうだい？」

「週休日は王宮へ行くので、申し訳ないですが無理ですね」

「じゃ、明日の放課後は？」

唇をへの字にしたリージアは、目前に座るイザークの何かを含んだ表情に疑念を抱く。

いくら可愛い妹のためとはいえ、明日というのは急すぎる。

「特に、予定はありませんが」

明日の放課後の予定は、日課になっているユーリウスと一緒にまったりする時間だけだ。

（明日のアレルゲン除去は昼休みに会えばいいとして、イザベラ王女と過ごすから放課後会えなくなったと伝えたらユーリウス様は拗《す》ねちゃうかしら？）

王子の執務と生徒会長の仕事の合間に、僅かでも時間と理由を作って一緒にいたがるユーリウスにどう切り出そうか。今日は生徒会長の仕事で放課後会えないことに対して文句を漏らしていた彼だ。イザベラと出掛けると伝えたのなら、拗ねてしまうかもしれない。

楽しそうにしているイザベラを横目に、リージアは会いたがりの婚約者殿への対応を考えていた。


翌日、登校前に寮へ届けられたリージアからの手紙を読んだユーリウスは、息を切らしてＢ組までやって来ると勢いよく扉を開いた。

「リージア！」

「ユーリウス様？」

今日の放課後にイザベラと出掛ける旨を書いた手紙を、メイドに託して男子寮のポストへ出してもらったのは早朝のこと。まさか、ユーリウスが登校直後にＢ組へやって来るとは思っていなかったため、驚きで鞄《かばん》から出したノートを取り落としてしまった。

無言でリージアの手を掴《つか》むと、ユーリウスは教室の外へ向かって歩き出す。

ホールの端にある円柱の陰まで歩くと、リージアの体を円柱へ押し付けて顔の横に手を置いた。

「放課後、イザベラ王女と出掛けるのか？」

「昨日、約束してしまったので、ごめ」

ごめんなさいという言葉を言わせないように、顔を歪めたユーリウスの人差し指がリージアの唇に触れる。

「ただでさえ一緒にいられる時間がないのに、リージアとの時間が減るのは耐えられない。リージアは俺と会えなくても平気なのか？」

唇に触れていた指先が頬を滑っていく。

目を細めたユーリウスが今にも泣き出しそうに見えて、頬へ添えられた彼の手に自分の手を重ねた。

「会えなくて、平気だと思っているのですか？」

会えない時間が長くなる度に、ユーリウスのことが心配で胸が締め付けられているというのに。

今だって平気だと思われたのかと、悲しくなっているというのに。

（こんなにも、私は貴方のことを心配しているというのに、平気なわけないでしょう）

上目遣いで見上げるリージアの視線に耐え切れず、ユーリウスは「うぅ」と呻《うめ》いた。

「早く、卒業したい」

「え？」

「卒業してしまえば、周りの目を気にしないで一緒にいられるだろう？　隠れずに堂々とこうしていられる」

視界の隅に護衛達の姿が見えて、此処がホールの柱の陰で護衛達が周囲に気を配っていてくれているおかげで、かろうじて他の生徒には見られずに済んでいると、リージアは気が付いた。

　壁にかけられた時計を見れば、もうすぐ始業のチャイムが鳴る時刻。その前に教室へ戻らなければならないのに、ユーリウスが向ける切なそうな瞳、まるで置いて行かれる子犬のような瞳を見てしまうと、彼の手を振りほどくことが出来なくなる。

(何故《なぜ》だろう。生誕祭の後から、ユーリウス様の頭とお尻に犬の耳と尻尾が生えて見えるわ)

「週末は王宮へ行きます。エルシア様の講義が終わったら、その今日の分も一緒にいてください」

「ああ。明日の午後は、リージアと一緒にいられるように空けておく」

　明日は王子妃教育を受けた後、ユーリウスの執務室を訪ねることを何度も約束をして納得してもらい、ようやくリージアは柱の陰から解放された。

　教室へ向かう廊下を歩いていると、前方からやって来た数人の女子生徒と擦れ違う。

　栗《くり》色の長い髪の女子生徒から、嗅いだことがある独特な花の香りがほのかにした気がして、リージアは足を止めて振り返った。

「どうした？」

「いえ、何でもありません」

　気のせいだったかと、リージアは首を横に振る。振り返った時には、栗色の髪をした女子生徒は廊下の角を曲がってしまい、後ろ姿は見えなくなっていた。

　担任の挨拶が終わりクラスメイト達は一斉に席を立つ。教室を出ようと鞄を持ち振り向いたリージアは、大きく目を見開いた。

廊下側の扉前にイザークとイザベラが待ち構えていたのだ。

「迎えに来たよ。じゃ、行こうかリージア嬢」

大股でリージアへ近付いたイザークは、ごく自然な動作で鞄を持つ。口元は笑みを形どっていても目は全く笑っていない彼へ、リージアは「はい」と答えるしかなかった。

用意されていた馬車に乗り込んだリージアの隣にイザベラが、向かいの席にイザークが座る。

「こうやってリージア様とお話が出来るなんて夢のようです」

楽しそうにイザベラは両手を胸元で合わせた。

「留学前から、お兄様からいただいたお手紙に書かれていた、仲睦《なかむつ》まじいユーリウス殿下とリージア様に憧れていましたの。いつか、わたくしも素敵な殿方と出会いたいですわ」

イザークの性格を考えると、イザベラがユーリウスに惹《ひ》かれないようにするためだろうが、彼はイザベラに手紙で伝えていたのかと、顔を真っ赤に染めてリージアは俯《うつむ》いてしまう。

「リージア様ったら、真っ赤になって本当にお可愛らしい。ねぇお兄様？」

「ああ」

はしゃぐイザベラとは対照的にイザークは冷静な目で、赤くなった頬に手を当てて隠そうとするリージアを見詰めていた。

「イザベラ、いつも言っているだろう。兄様が許可した相手じゃなきゃ駄目だ」

「もうお兄様ったら」

頬を膨らましたイザベラは唇を尖《とが》らせる。いつもは淑女の手本のような彼女だが、兄の前では随分と子どもっぽい仕草をするらしい。

（軽い王子かと思ったら、妹をとても大事にしているのね。イザベラ様も、何だか意外だわ）

二人を交互に見るリージアの言いたいことが分かったらしく、イザークはばつの悪そうな顔をする。

「何か？」

「いいえ？　お二人はとても仲が良いのですね」

兄妹《きょうだい》のやり取りで馬車内の空気は和み、最初にリージアが感じていた気まずさは霧散していた。

街の中心部の大通りを進む馬車は、富裕層向け区域の入り口に建つマンチェスト伯爵家直営店前で停車する。

「今日はもう閉店です。って、なんだリージアか」

店内へ入って来たリージア達を、欠伸《あくび》を堪えるため口を手で押さえたブルックスが出迎えた。

またもや徹夜が続いているのか、乱れた髪は無造作に後ろで一括《くく》りにして、くたびれた白衣を羽織った彼の目の下の隈《くま》は以前会った時よりも濃くなっていた。

「なんだって、夕方に行くって連絡してあったでしょう？」

「ああ、そうだったな」

どうでもいいことのように言うブルックスの視線は、リージアの後ろへ注がれていた。

「同級生のイザーク殿下とイザベラ殿下よ」

「どうも、妹がお世話になっています」

愛想笑いと分かる笑みを浮かべて、ブルックスは頭を下げた。

店の入り口扉に『閉店』の札を掲げて、窓のカーテンを閉めてブルックスは店の奥、商談スペースへとイザークとイザベラを案内する。

棚から出したカラフルなカタログを抱えたブルックスは、無造作にテーブルの上へ重ねて置く。

「こっちは装飾品中心のカタログで、こっちは織物のカタログ。装飾品の織物の一部は見本があるから気になるのがあったらリージアに言ってください」

「素敵！」

目を輝かせたイザベラはカタログを手に取り、ページをパラパラと捲《めく》っていき銀細工を加工した装飾品、花に止まる蝶《ちょう》の形をした髪飾りのページで手を止めた。

「デザインを少し変えてもらうのと宝石の変更をお願いしたら、どれくらいの時間がかかりますか？」

「デザインの精巧さと宝石しだいかな。姫君が選ぶのが加工しやすい宝石だったら、今の予約状況を考えて早くても三ヶ月はかかる、といったところだ」

「三ヶ月、か。もう少し早く出来ないのか？」

イザークの問いに、ブルックスはフンッと鼻を鳴らす。

「無理だな。いくら姫君の頼みでも、リージアを連れて来たとしても、俺は貴女《あなた》だけを特別扱いするつもりはない」

言い切ったブルックスの不遜な態度に、イザークの眉間に皺が寄った。

「お兄様おやめください。わたくしは特別扱いをしてほしくありません。皆様と同じ手続きでお願いします」

二人の間に漂う不穏な空気がイザベラの言葉で幾分か和らぐ。

兄を諌《いさ》めたイザベラを興味深そうに見た後、ブルックスは黙ってやり取りを見守るリージアへ視線を移す。

「何ですか？」

「いや、思っていたのと違うと思ってな。納得してもらったなら、予約票に記入をしてもらいたい」

胸ポケットからペンを取り出したブルックスは、片手で持っていた予約票を挟んだバインダーをテーブルの上、イザベラの前へ置く。

「ではお姫様、こちらに必要事項のご記入をお願いします」

胸に手を当てて一礼したブルックスは、イザベラの真横まで歩み寄り彼女にペンを手渡した。

喧嘩《けんか》されては困ると言うリージアに腕を引かれて店の隅へ移動したイザークは、棚の上に置かれている見本の布地を捲りながら予約票へ記入するイザベラを見守っていた。

「……ブルックス・マンチェストか。学園にいた頃も変わっていると思ったが、イザベラ相手に眉一つ動かさないとは流石だな」

「うっ、兄が変わっているのは否定しません」

穏やかな長兄、血気盛んな次兄と比べても、三兄は幼い頃から他の兄とは違った視点と感性の持ち主だった。良く言えば天才肌、悪く言えば偏屈で興味がないことには無関心。店舗の責任者も、領地経営や長兄に託されたからではなく、自分の関わった魔石加工技術がどれだけ関心を集めているのかという、好奇心から引き受けたのだとリージアは思っている。

兄達の中でも一番整った容姿をしているのに、無頓着すぎて全く生かされていない残念な美形で、婚約者ともあまり交流を持とうとしていないため、そのうち見限られて捨てられるのではないかと両親が心配していた。

「感情面には疎く自分も他人のことも無頓着だが、魔術回路を繋ぐとか魔具改造、魔力を繰ることに関しては超絶技巧の持ち主で、研究所でも魔道具や魔石研究者として将来を有望視されているんだろ」

「どうして？　どうしてお兄様のことを詳しく知っているの？」

「さあ、どうしてだと思う？」

意味深な言い方に、ハッとなったリージアはイザークを見上げた。

「まさか、お兄様は続編の攻略対象、だったりする？」

「正解」

「うそっ」

唖然《あぜん》とするリージアの驚く顔を見て、してやったりとばかりのイザークは口角を上げた。


予約票の記入と、デザインの打ち合わせのための次回来店日を決め終わった時には、店舗の外はすっかり薄暗くなっていた。

「遅くなってしまったな。これから寮まで戻るのは面倒だ。戻っても夕飯の時間には間に合わないだろうし、今夜は屋敷で寝るか」

欠伸をしながら言うブルックは今にも眠ってしまいそうで、彼の代わりに鍵束を持ったリージアは「もうっ」と兄を睨んだ。

店舗の戸締まりをして従業員を帰した後、待機していた馬車へ乗り込む。

一人増えた車内は少々窮屈だったが、出発してすぐにブルックスは隣に座るリージアの肩に凭れ掛かり眠ってしまった。

大通りを走っていた馬車は徐行し、噴水の手前で急に停止する。

カーテンを開け、窓から外を見れば警備兵と御者が何やら話をしているようだった。

「何かあったのでしょうか？」

窓から様子を窺うイザベラに、イザークは首を傾《かし》げる。一言二言、警備兵と会話を交わした御者が馬車へ戻り、扉を開けた。

「殿下、申し訳ありません。一時間ほど前に、乗合馬車の馬二頭が暴れて道沿いの店舗の一部と街灯を破壊したため、今は街灯と店舗の外壁の撤去で封鎖しているそうです。この先を迂回していきます」

頭を下げた御者は扉を閉め、御者台へと戻っていく。

「暴れ馬ねぇ。店を出る時間が早かったら巻き込まれていたかもしれない。危なかった」

先ほど、ブルックスの話をした時と同じような含みを感じさせるイザークの言い方に、リージアはコクリと唾を飲み込んだ。

「もしかして、暴れ馬は」

「本当に、運がよかったな」

その先の台詞を言うなと、イザークは自分の唇に人差し指を当てた。

通行止めになっている大通りを迂回して屋敷の前に着いた時、眠るブルックスの肩を叩いて起こす。

ふらつくブルックスに続いて馬車を降りたリージアは、イザークとイザベラへ感謝の言葉を伝えて頭を下げた。

「そうだ。リージア嬢、ちょっといいか？」

開いた扉から顔を出したイザークはリージアを手招きして呼び寄せる。

馬車の扉へ近付いたリージアの右頬へ、イザークは軽く触れるだけの口付けを落とした。

「なっ」

ちゅっと、リップ音を立てて離れていく唇と温《ぬく》もりに驚き、リージアは目を白黒させてイザークを見上げた。

「別れの挨拶だよ。ではまた学園で会おう」

固まるリージアが返事をする前に、イザベラに腕を引っ張られたイザークは馬車内へと戻り、勢いよく扉が閉められる。

馬車の窓からは、申し訳なそうに頭を下げるイザベラの横顔が見えた。

（なっ、なんなの？　あのチャラ王子は！）

口付けられた頬に手を当てたリージアは呆然《ぼうぜん》と遠ざかる馬車を見送った。

手の甲ならまだしも、婚約者がいる女子の頬に口付けるなんて信じられない。イザークの公式設定はチャラ王子だが、中身は転生者なら公式の設定に沿わなくてもいい気がする。

「リージア、突っ立っていないで早く中へ入るよ。……顔を拭こう」

リージアの手から鞄を奪うように持ったブルックスは屋敷の扉のドアノブを持ち、いつも以上に乱暴な手つきで扉を開ける。

出迎えたメイドへ鞄を渡し、もう一人のメイドからタオルを受け取ったブルックスは、片手で空中に出現させた水球と火球を組み合わせてお湯を作る。お湯で濡らしたタオルをリージアの顔へ押し付け、ブルックスはゴシゴシと拭いた。

口は悪くても、肌を傷めないように加減している優しい手つきに、幼い頃は風呂上がりのリージアの髪をブルックスが拭いてくれていたことを思い出す。

久しぶりに至近距離で見る兄の顔をじっくりと観察する。

少し垂れ目だが切れ長の瞳にスッキリとした鼻筋、薄い唇と艶々の肌、意識して見ればブルックスはユーリウス、イザークと並んで立っても見劣りしないほどの美青年である。

髪と瞳が同じ色合いでなければ、リージアと兄妹だとは誰も思わないだろう。

「これで綺麗《きれい》になったか」

頬だけでなく顔全体を拭き終わり、乱れて湿り気を帯びたリージアの髪をブルックスは手櫛《てぐし》で直す。

（ブルックスお兄様が攻略対象ということは、もしかしたらすでにヒロインと接触しているのかもしれないわ）

まだ見ぬヒロインがブルックスの隣に立つ光景を想像して、胸にモヤモヤしたものが広がる。

以前から、互いの両親が決めた婚約者と積極的に交流を持たない兄とはいえ、婚約者を蔑《ないがし》ろにするような恋愛はしてほしくない。

「お兄様。最近変わったことはありませんか？　例えば、私と同じ学園の生徒と知り合ったとか」

「学園を卒業してから、生徒と知り合う機会はないよ」

「そうですか」

まだヒロインとは知り合っていないと分かり安堵する。

学園でメリルが与えた周囲への悪影響のように、もしかしたらこの偏屈な兄まで変わってしまうのかと、それは嫌だと思ってしまったのだ。

（いい変化なら歓迎するけれど、悪い変化やヒロイン至上主義になったら嫌だもの）

兄が婚約者と不仲になるのも、悪い方向へ変わっていく姿も見たくなかった。

夕食後、疲れているはずのリージアは、今後への不安でなかなか寝付けなかった。


翌朝、眠たい目を擦《こす》りながら朝食を食べたリージアが玄関ホールで帰宅時間をメイド達に告げていると、寝癖をつけたままのブルックスが部屋から出て来る。

「おはよう。あー、久しぶりにベッドで寝たな」

ホールへ射し込む陽光が眩しくて目を細める彼の顔色は、昨日に比べて格段と良くなり目の下の隈も多少薄くなった気がする。

「お兄様、行ってきます。今日はゆっくりしてください」

「ああ」

擦れ違いざま、ブルックスの手がリージアの肩に触れた。

「大変か？」

かけられた言葉でリージアの足が止まった。

振り返れば、いつもの気怠《けだる》そうな表情は消え、真顔となったブルックスと目が合う。

「お妃教育と王子の婚約者の立場が嫌になったら言うんだぞ。俺と兄さんが全力で国外へ逃がしてやるから」

幼子にするようにブルックスの手がリージアの頭を撫でると、爽やかなミントの香りがリージアを中心にして玄関ホール中へ広がり、メイド達から驚きの声が漏れた。

今朝髪を整える際にメイドが使用した、若い女性に人気の香油の甘い香りがミントの香りに変わる。

「今日の香りは王子にはキツイだろう」

「知っているの？」

「シュバルツ殿下から、頼まれているのでな。ごくごく一部の研究者しか知らないし他には漏れないから安心しろ」

ミントの香りを付与したのと、わざわざ見送りに出て来てくれたのは、兄として心配しているからだと伝わってきて胸がほのかにあたたかくなる。

「お兄様、ありがとう」

「じゃあ、頑張れよ」

用は済んだとばかりに背を向けたブルックスは、欠伸をしながら食堂へ向かった。

王子妃教育を受け終わったリージアは、エルシアからのお茶の誘いを丁重に断りユーリウスの執務室へ向かった。

昨日ユーリウスと交わした約束もあるが、アレルギー反応が体に出て彼が苦しんでいないか心配だったのだ。

侍従からリージアの訪問を伝えられたユーリウスは、執務机の上に置いた書類から顔を上げて側に控えていた護衛騎士に人払いを命じる。

「ユーリウス様、お忙しいのでしたら隣の部屋で待っています」

執務机の上に詰まれた書類の量はのんびりお茶を出来る状態ではなく、いつもより早いリージアの登場に補佐官達が慌てている気配を感じていた。

「後で片付ければいい。丁度休憩しようと思っていたところだ」

肘掛けに手をついて椅子から立ち上がり、側まで来たユーリウスを見上げてリージアは気が付く。

彼の目元は赤みを帯びて、白目は少し充血しており目の下には薄っすら隈も出来ていた。

アレルギー反応とは少し違う、全身から疲労感も漂わせているユーリウスの表情にはどことなく影があり、きっちりとした詰襟上着を着た格好と相反する色気すら感じさせた。

補佐官達には悪いが、弱々しくユーリウスに微笑まれたら完敗だ。「仕事をして」とは言えない。

しっかりとユーリウスに手を繋がれたリージアは、執務室に隣接する応接間のソファーへ座る。

ユーリウスがリージアの隣に座ったタイミングで、メイド達がテーブルへ紅茶とアイシングクッキーを並べる。

並べ終わったメイド達は一礼して下がっていった。

護衛騎士は執務室の壁際まで下がり、応接間はユーリウスとリージアの二人きり。

学園とは違い、王宮で二人きりになるのは恥ずかしい。

繋いだままの手は離してもらえず、紅茶を一口飲んでから隣を見れば此方を見ていたユーリウスと目が合う。

「目が赤いですよ。痒《かゆ》みはありますか？　って、ユーリウス様？」

ユーリウスの目の周りが赤くなっていることに気付き、アレルギー症状が出てしまったのか問うリージアの肩へ彼の頭が凭れかかる。

「ユ、ユーリウス様？」

反射的に上半身を動かすリージアの腰へ、逃さないとばかりにユーリウスの腕が回される。

「昨夜は、あまり寝付けなかった」

肩に頭を乗せるユーリウスの声には疲れが滲《にじ》んでいた。

「イザークは女の扱いに長《た》けているから、リージアの気持ちが彼に傾いてしまうのではないかと、不安になってあまり寝られなかった」

繋いだ手と腰に回された腕に力がこもり、ユーリウスはリージアの体を抱き締める。

「俺らしくもないと笑うか？」

フッとユーリウスが笑う声が聞こえて、リージアは彼の背中を撫でた。

「眠いのなら少しだけでも眠ってください」

頷いたユーリウスは、肩に乗せていた顔を上げて体を横たえリージアの膝へ頭を乗せる。

眠ってと言ったのは自分だとはいえ、まさか膝枕で寝ようとするとは思いもよらなかった。

スカート越しとはいえ太股《ふともも》にユーリウスの体温を感じる、この体勢で触れ合うのには恥ずかしいし落ち着かない。

首まで赤く染めるリージアの顔へ、ユーリウスは手を伸ばして熱が集中する頬へ触れた。

昨夜、イザークが口付けたのと同じところを指先が撫でる。

「好きだよ」

目蓋が落ちかけているユーリウスは半ば眠りの淵《ふち》へ落ちかけているらしく、少し掠れた声で言う。

頬から離れていく彼の手に、リージアは自分の手を重ねてそっと握った。

「私も」

「好き」と告げる前に、ユーリウスの目蓋は完全に閉じていた。

規則正しい寝息が聞こえ、彼が眠ったのを確認したリージアは握っていたユーリウスの手を下ろす。

膝の上で眠るユーリウスの絹のように滑らかな手触りの髪を手櫛ですく。

「不安なのは、お互いを信じきれていないからなのかな」

続編のシナリオを知らないリージアはこの先の展開を読めず、新たなヒロインによる強制力が働くのではないかという不安、ユーリウスはイザークへの嫉妬から。お互いこの想《おも》いは本物だと信じたいのに、自信がなくて不安になっている。

「恋って難しいな」

ヒロインだったメリルは「攻略対象との会話は選択肢じゃないし好感度は見えない。分からないのは不安だった」と言っていた。

お互いを知り信頼を築き恋愛感情へと繋がらせる過程をすっ飛ばしたのは、相手の気持ちが見えない不安から、性癖を攻めて陥落させたメリルの気持ちは未《いま》だに理解出来ない。ただ一つ分かるのは、彼女も今のリージアと同じように先が読めない展開に不安を抱いたのだろうか。

ぼんやりとユーリウスの寝顔を眺めているうちに、段々と眠気に誘われる。

重たくなっていく目蓋に逆らわず、リージアは目を閉じた。

その後、申し訳なさそうな侍従と護衛騎士に声をかけられるまで、二人はぐっすりと眠ってしまったのだった。

嫉妬と不安で眠れなくなっていたことを知ってから、ユーリウスの体調を気にしたリージアは時間の許す限り一緒にいるようにしていた。

教室から当番日誌を職員室にいる担任へ届けに行く途中、渡り廊下を教室棟へ向かって歩いて来るイザークに気付いたリージアは足を止めた。

彼の後ろを歩くのは侍従の青年だけで、放課後はいつも一緒にいるイザベラの姿はない。

「やあ、リージア」

「イザーク様、こんにちは。イザベラ様はご一緒ではないのですか？」

「今日はイザベラ一人で打ち合わせに行くそうだ」

「そういえば……」

一緒に店舗を訪れた時、イザベラはブルックスの時間に合わせて来店予約を入れていた。

（お兄様、大丈夫かしら。イザベラ様に失礼なことを言っていないかな）

眠気が強い時のブルックスは思ったことを口にする悪い癖があり、イザベラの不興を買っていないかという不安が生じる。

「一人で行くと決めたのはイザベラだ。ブルックスに何を言われても大して気にしないだろう。それよりも話したいことがある。少し、いいか？」

考える時間を与えず、流れる動作でリージアの手を取ったイザークは教室棟のホールへ移動する。

ホールの端、窓から中庭の片隅が見下ろせる場所まで来ると、彼は握っていた手を離した。

「あの、イザーク様？　何故このような場所に？」

「別に取って食うような真似はしない。ヒロインの存在、彼女の行動による影響が学園内に出てきているようだと、リージアに知らせたくてね。今のところ、ほとんど関わりがない三年生には影響はないようだが、下級生の女子達の間では揉《も》め事が起きている。ほら、あれを見ろ」

イザークが見下ろす先、眼下の中庭では三人の女子生徒に囲まれている長い栗色の髪の女子がいた。距離があるため女子生徒達の顔ははっきりとは見えないが、制服のリボンの色から彼女達は一年生だと分かる。

「あの女子が？」

三人並んで立つ、真ん中の女子に詰め寄られている栗色の髪の女子が首を横に振り、背面しか見えなかった彼女の横顔が見える。大きな空色の瞳をした可愛らしい雰囲気を持つ女子生徒だった。

「ああ、彼女が続編のヒロインだよ」

答えるイザークから軽薄そうな笑みは消え、彼は猫のように目を細める。

「ヒロインが妬まれて、女子に囲まれるイベントが発生したようだな」

漫画や小説ではよくある女子に囲まれるイベント。

ヒロインが囲まれている理由は、三人組のリーダー格だと思われる真ん中の女子に恥をかかせた、または彼女の婚約者と親しくしたか。よくあるイベントとはいえ、実際に目の前でキャットファイトされては対応に困る。

「止めないの？」

攻撃されるヒロインを助けるのは、彼女の攻略相手となる素敵な男子の役目だろう。それ以上に、いじめの傍観者となって何もしないのは心苦しい。

腕組みをしたイザークは、器用に片眉を上げて首を横に振った。

「わざわざ面倒事に巻き込まれにいく必要はない。ヒロインがピンチの時は自分で切り抜けるか、必ず助けが入る。パターンはそういうものだろう？」

茶化している口調なのにイザークの声はぞっとする冷たさを含んでいた。チャラついた性格に見せかけて冷静沈着に物事を分析する、おそらくこれが彼の本質なのだ。

寒気を感じたリージアは腕を伸ばして肩を抱えた。

（あれは……？）

今にも飛び掛からんばかりの勢いだった三人組の女子の動きが止まり、ヒロインから飛び退《の》くように距離を取る。彼女達の視線の先には、走ってやって来る金髪の男子生徒がいた。男子生徒のネクタイの色から、彼も彼女達と同じ一年生だった。

三人組の真ん中の女子が一歩前へ出て彼と話をし始めた。

「ほら、助けが入った」

男子生徒と話をしている女子生徒が慌て出し、彼の腕に触れて縋《すが》りつく仕草をする。声が聞こえないため、推測となるが女子生徒はヒロインを取り囲んでいたことを必死で弁解しているのだろう。

「あの男子はサザン侯爵家の次男だ。話しているのは婚約者の令嬢だな」

「もしかして彼も？」

よく見れば、侯爵令息は緑がかった金髪と整った顔立ちをしており、攻略対象と言われても納得出来る。婚約者の令嬢は、金髪の毛先を綺麗に巻いて髪には大きなリボンという、悪役の肩書きが似合いそうな雰囲気を持っていた。

「そう。幼い頃から恵まれた魔力と剣技の才能の持ち主で、騎士を目指している将来有望な生徒だ」

「あの令嬢が彼のルートではヒロインのライバルとなるのね」

顔を怒りと羞恥で真っ赤に染めた令嬢は、縦ロールの髪型と派手な外見と取り巻き令嬢を左右に配置しており、典型的な悪役令嬢のように見えた。

「ライバルというか、恋愛感情を燃え上がらせるための当て馬だな。続編の悪役令嬢は、全ルートで妹のイザベラになるのだから」

笑みを消したイザークの声は低くなり、敵意すら感じさせる冷たい視線をヒロインへ向けていた。

その表情で気が付いてしまった。

「イザベラ様を打ち合わせに一人で行かせたのは、このイベントに関わらせないようにするため？」

一緒に店舗を訪れた時、ブルックスが関わるだろうイベントの発生に遭遇しなかったのは、イベントが起きるのを知っていたから。学園の昼休みや放課後、イザークがイザベラの側にいたのも意図的なものだったのだ。

「さて、どうだろうな」

至極愉しそうにイザークは口角を上げ、眼下で繰り広げられている揉め事の中心人物、ヒロインを指差した。

「彼女は、シャルロット・スラー。オベリア国の辺境地で生まれ育った。お忍びで辺境の町を訪れて人攫《さら》いに攫われかけたイザベラを助けたことがきっかけになり、侍女見習いとして留学してきたヒロインだよ」

婚約者と対峙《たいじ》した侯爵令息に庇《かば》われ、胸元に手を当てて怯えた目を令嬢に向けているヒロイン、シャルロットは一見すれば気が強く身分を笠に着る高飛車な令嬢達に攻撃される可哀想《かわいそう》な女の子。だが、第三者の視線でやり取りを見ると、婚約者のいる貴族令息と仲良くなるのはこういう目に遭うリスクがあると彼女も考えるべきだった、と突っ込んでしまう。

「イザベラからの手紙で、ゲームのオープニングと同じ流れで現れたヒロインの存在を知った時は笑ってしまったな。俺なら、いくら恩人でも平民出身の女を侍女見習いとして側に置き、一緒に留学しようとは思わない。父上もよくイザベラの我儘を許したものだ。これがシナリオの強制力なのか」

ハハッと、イザークの口から乾いた笑いが漏れる。

「強制力って、何か気になることでもあるの？」

「リージアがユーリウスの婚約者になっているせいか、俺がイザベラの性格を矯正したからか、相違点というか違和感があるんだ」

「違和感って？」

眉を吊り上げる侯爵令息と顔色を青くして震える令嬢を交互に見て、戸惑うヒロインに変わったところは見受けられない。何が気になるのだろうかとリージアは首を傾げた。

「フッ、それは教えない。ユーリウスと婚約を解消して、俺の妃になってくれるのなら教えるよ」

「なっ」

斜め上の返答にリージアは絶句する。

声を荒らげそうになるのを抑え、深呼吸してから口を開いた。

「婚約解消なんて、そんなことするわけないでしょう」

「冗談だよ。ムキになる顔も可愛いな」

本気にとってはいけないと分かっているのに、開いた口が塞がらなかった。

此方の反応をみて挑発してくるイザークを睨んだところで、彼の後方に見えた人物の姿にリージアは「あ」と声を出してしまった。

「何をしている」

発せられた静かな声が周囲の空気を震わせる。

近くにいるだけで圧力を感じさせる人物の登場に、さすがにイザークも居住まいを正した。

「……泣かせるなよ。いくらイザーク王子でも、ユーリウスを怒らせたら面倒なことになるぞ」

「シュバルツ先生」

生誕祭の後から、出張で学園を離れていたシュバルツは怒気を隠さずイザークの背後に立つ。

「イザーク王子、貴公と話をしたい」

「はいはい、分かりました」

面倒くさそうに息を吐いたイザークは、ポンとリージアの頭に手を置く。

「じゃあ、またな」

ぱんっ

足音を立ててやって来たシュバルツは、リージアの頭の乗ったイザークの手を払いのける。

「リージア、帰る前に生徒会室へ寄って行ってやれ。不機嫌なユーリウスのせいで、生徒会の役員達が困っていると連絡がきた」

「ああ、それは午後の模擬戦でユーリウスと対戦して、俺が勝ったから不機嫌なんだろう」

「ええっ、そんな理由で？」

緊張で強張《こわば》っていたリージアの体から力が抜ける。不機嫌なオーラを出すユーリウスと、なだめようとするロベルト、困っているだろう生徒会役員達の顔が目に浮かぶ。

知らせてくれたシュバルツへお礼を伝え、相談室へ入っていくイザークとの間に不穏な雰囲気を感じつつ、リージアは足早で渡り廊下を歩き生徒会室へ向かった。

階段を降り一階廊下へ出たリージアの目の前に突然人影が現れる。

ぶつかる寸前で踏みとどまったが、ぶつかりかけた相手、リボンの色から一年の女子生徒が息をのんだ音が至近距離で聞こえた。

「ごめんなさい、だいじょう、ぶ？」

笑顔で謝るリージアへ何も返さずに、体勢を整えた女子生徒は走り去っていった。

「今の子はヒロイン？」

一瞬しか顔は見えなかったが、腰までの栗色の髪と大きな瞳をした女子生徒は、つい先ほど、ホールの窓から見下ろしていたヒロインと同じ容姿をしていた。

「なんなんだろう？」

（さっきまで侯爵令息に庇われていたのに、中庭から此処まで走って来るなんて好感度上げに失敗したとか？　ぶつかりかけたから私を睨んでいたのかな？　それと、彼女の纏っていたあの香りは——）

走り去って行った方向を見詰めるリージアの頭の中を疑問符が占めていく。

前回のこともあり、第一印象が良くないヒロインには嫌な予感しかしない。

シナリオに関わる気などないのに、出会ってしまった。

せっかくイザークが警告の意味でヒロインが誰なのか教えてくれたのに、これがきっかけとなり彼女との縁が出来てしまったら、平穏な学園の生活が乱されてしまいそうで嫌だ。


考えているうちに、辿《たど》り着いた生徒会室の扉をノックすれば勢いよく扉が開き、疲れた顔をしたロベルトが出迎えた。

「リージアッ！　来てくれて助かった。今日のユーリウスは機嫌が悪すぎてなだめるのが面倒だったんだ」

他の生徒会役員達がリージアを見て浮かべた安堵の表情から、ユーリウスがいつも以上に不機嫌で面倒くさいのは伝わってきた。

「リージアさん、これをお持ちください」

「頑張って」とエールを送る女子役員から、ポットとティーカップが乗ったトレイを手渡される。

生徒会長室から締め出された護衛騎士が申し訳なさそうに頭を下げて扉を開いた。

「今は一人にしろと言った、はずだ？」

執務椅子に座るユーリウスは入室したリージアを睨みつけ、大きく目を見開くと固まった。

「申し訳ありません。出直した方がいいですか？」

「いや、待てっ」

眉尻を下げて部屋から出ようとするリージアに慌てたユーリウスは声をかける。立ち上がった勢いで、机上から書類が数枚落ちたのには目もくれず、彼女の側へ駆け寄った。

「駄目だ」

「あっ」

リージアの持つトレイを奪うように持ったユーリウスは、応接セットのテーブルへ置く。

「リージア、こっちへ」

手招きされたリージアは執務机前のソファーに座る。向かいのソファーではなくリージアの横に座ったユーリウスは、体をずらして彼女との距離を縮めた。

「ユーリウス様、その、いつもより近いですよ？」

互いの太股と肩がピッタリくっついていて、今日はいつも以上に距離が近すぎる気がしたリージアは、困り顔でユーリウスを見上げた。

普段から二人きりになると距離を詰めてくるとはいえ、ここまで彼が密着したがるのはそうない。もしや、アレルギー症状で苦しいのかと心配になり、彼の顔を凝視するが顔色は悪くない。では、精神的疲労から甘えたくなったのか。

「どうされたのですか？」

『午後の模擬戦でユーリウスと対戦して、俺が勝ったから』

不機嫌で甘えたがりなのは、十中八九模擬戦でイザークに負けたことが原因だろうが、それは知らない体で問う。

「何も、ない」

バツが悪そうにユーリウスは目を泳がせる。

「ユーリウス様、何があったのですか？」

「……イザークに負けた」

強い口調で再度問うと、観念したユーリウスは目を瞑《つぶ》り喉の奥から絞り出した声で答える。

「彼に挑発されて、注意力散漫になっていたとはいえ完敗だった。俺の力不足だ」

頬を紅潮させて心底悔しそう唇を噛み締めるユーリウスが可愛らしく見えて、リージアは笑いそうになるのを腹に力を入れて堪える。

「それだけ、ですか？」

ライバル視している相手に負けた悔しさだけで、彼がここまで冷静さを欠くとは思えない。

苦笑いしたユーリウスはふぅと息を吐いた。

「一年女子の間で不穏な動きがあると、相談を受けたんだ。このままでは集団イジメになってしまう、という投書があってな」

「一年生で集団イジメですか？」

イジメを受けている生徒は、先ほど中庭で貴族令嬢達に囲まれていたヒロインのことか。ヒロインを心配した生徒が、生徒会の相談箱へ投書したのだろうか。

「前期試験前にイジメ問題を起こされるのは困る。学園の規律が乱れるのもそうだが、以前のように、一人の女子生徒に引っ掻き回されるのは御免だ」

昨年のことを思い出しているらしいユーリウスは、苦虫を噛み潰したような表情になる。彼の表情から、リージアの脳裏に物理的に学園を崩壊させかけたメリルの姿と、シャルロットの姿が浮かぶ。

（もしも、投書がきっかけになってユーリウス様とヒロインが出会ったら？　きっかけがなければ一年生と生徒会長は接点がほとんどない。ヒロインと出会ったらユーリウス様はどうなってしまうのだろう？　美少女と王子様はお似合い、強制力が働いたら）

並んで立つユーリウスとシャルロットを想像してしまい、視線を下げたリージアは膝の上に置いた手を握る。

「どうした？」

「一年女子の件は、ユーリウス様が対応されるのですか？　少しだけ不安になって……」

「いや、上がって来た相談を纏めて一年の学年主任へ渡した。後は教師が対応するだろう」

膝の上で握ったリージアの手をユーリウスの手のひらが包み込む。

「心配しなくとも、あの時のような学園の規律を乱す女はそういない。今回の問題は、加害者の中に伯爵、侯爵令嬢が混じっていることだ」

目を細めたユーリウスはフッと声を出して笑う。

「どうして笑うの？」

「嬉しくてな」

包み込んでいたリージアの手を握り直したユーリウスは、彼女の指の間に自身の指を絡ませる。

「リージアが心配してくれるのと、俺が他の女子と接することに対して少しでも嫉妬してくれたのかと、思ったら嬉しくなった」

「え、その、それは」

嫉妬したという自覚はなくとも、ユーリウスがシャルロットに近付くのは嫌だと思ったのは確かだ。純粋に心配していただけだとは言いきれず、リージアの全身が真っ赤に染まった。

「み、見ないでくださいっ」

繋いでいた彼の手を振り払い、両手で真っ赤に染まった顔を覆う。

「隠さないで見せて」

こんな恥ずかしい顔を見せられるわけがない。両手で覆い隠したリージアは首を横に振る。

「リージア」

甘さを含んだユーリウスの声が耳元から流し込まれ、リージアはびくりっと肩を揺らしてしまった。婚約者となり、互いの距離が近くなるにつれてユーリウスの人柄に惹かれ、端正な顔立ち以上に彼の声が、少し掠れた声で囁《ささや》かれるのが堪らなく好きだと気が付いた。

「駄目か？」

吐息が耳に当たるように近付けて言うユーリウスは、リージアの反応から自分の声が好かれていることは知っている。

耳朶《じだ》目掛けてフッと息を吹きかけられれば、リージアは小動物のように涙目で身震いした。

「うぅ」

涙目になったリージアは、迷った末、顔を隠す手を下げて涙を浮かべた目元だけ出す。顔を隠す手を外さなければ、もっと彼の行為はエスカレートするのは分かっていた。

「可愛い」

頬をゆるませたユーリウスの頬がほんのり赤く染まる。

対外的には王子様の顔を崩すことがない彼が、目尻と口角を下げて微笑む表情は普段の姿が別人だと思うくらいに可愛い。

この微笑みだけで、異性同性関係なく見惚《みと》れさせるのに十分な破壊力があった。

（ユーリウス様の方こそ可愛いのに。その顔は反則でしょう）

見つめ合い赤面する二人から発せられる甘酸っぱい雰囲気は、下校時間を告げるチャイムの音が鳴り響き、痺《しび》れを切らした護衛騎士が扉をノックするまで続いた。

5　モブ令嬢は不穏な空気に気が付き、ゲームの強制力に怯える

昼休憩時間終了間際、中庭で友人と談笑していたリージアはベンチから立ち上がった。

一緒に昼食を食べることが多いユーリウスは、授業終了後にやって来たシュバルツが職員室へ引き摺《ず》っていったため、久しぶりに友人達と昼食を食べた。

「リージア様」

教室棟へ向かう途中、駆け寄ってきた女子生徒に名前を呼ばれたリージアは振り返った。

「イザベラ様」

リージアの側《そば》まで来るとイザベラは乱れた髪を手櫛《てぐし》で整える。彼女にいつも張り付いているイザークの姿はなく、代わりに彼の従者が傍らに控えていた。

「先日は、兄が失礼な態度を取ったと聞きました。申し訳ありませんでした」

打ち合わせ中、ブルックスが失礼なことを言い放ちイザベラを泣かせたと報告を受けた時は卒倒しそうになった。

直接イザベラに会いに行き、謝罪したくとも一年生の教室階へ行くのはシャルロットと顔を合わせてしまう、と思うとなかなか足が向かずイザークに頼んで時間を取ってもらおうかと考えていたのだ。

頭を下げるリージアをイザベラは慌てて止める。

「失礼なことをしてしまったのは、むしろわたくしの方です。わたくしが不適切な質問をしてしまったから」

目を伏せるイザベラの長い睫《まつげ》が揺れる。

「ブルックス様にお詫《わ》びの品を贈りたいのですが、何がお好きなのか教えていただけませんか？」

「好きな物、ですか？」

真剣な表情で詰め寄ってくるイザベラの迫力に圧《お》され、目を瞬《しばたた》かせてリージアは一歩後退《あとずさ》る。

「兄は砂糖がけ菓子や蜂蜜漬けのような甘いものが好きかと」

魔力と頭を使う作業後は必ず糖分を欲していたブルックスは、オヤツの時間に胸焼けしそうなくらい甘ったるいものを好んで食べていた。

「ありがとうございます。さっそく用意を」

「リージア！」

瞳を輝かせたイザベラの言葉をかき消す大声を発した人物は、リージアの背後へ回り彼女の腕を強い力で引き寄せた。

ガシャン！

つい数秒前までリージアが立っていた位置目掛けて、教室の窓から落下してきた植木鉢が地面に当たり、砕け散る。

数秒遅れて、周囲の女子生徒達の悲鳴が上がった。

粉々になった植木鉢の残骸を見たリージアは、激しい動悸《どうき》で呼吸が苦しくなり胸元を押さえた。

「大丈夫か？」

「ガルシア、先生」

顔色を悪くしたリージアの頭の上から足元まで一瞥《いちべつ》してから、ガルシアは掴《つか》んでいた腕を離す。

「リージア様っ、お怪我《けが》はありませんか!?」

「えぇ」

今にも泣き出しそうになっているイザベラと友人達へ、リージアは引きつった笑みを向けた。

人影のない教室を見上げ、痕跡を探すようにガルシアは窓を睨《にら》んだ。

「あの窓から落ちたようだな。直《す》ぐに調べさせる。お前達は教室へ戻っていろ」

群がりかけた生徒達は、ガルシアの一睨みで教室棟へと戻っていった。

「ガルシア先生、ありがとうございます」

「心配するな」

表情をゆるめたガルシアは、リージアの頭に手のひらを置きフッと微笑《ほほえ》んだ。

「リージア様、制服に土がついていますわ。使ってください」

首を傾《かし》げたイザベラは、ジャケットのポケットから取り出したハンカチを差し出す。

「ありがとうござい、ます」

ハンカチを手に取ってすぐに分かった。ほのかに香る、甘ったるい花の香り。

(これは、アネモネの香り？　この香りは……そうだわ。メリルさんがキーアイテムだって纏《まと》っていた香り。これは偶然なの？)

先日、職員室近くの廊下でぶつかりかけた女子生徒、シャルロットが纏っていたものと同じ香り。

偶然だと自分に言い聞かせて、リージアはハンカチで制服についた土を払った。

教室から植木鉢が落下した直後、目撃した生徒達が悲鳴を上げ中庭は一時騒然となるが、ガルシアの的確な指示と騒ぎを聞きつけやって来た教師達が生徒達を誘導し、騒ぎは収まった。

怪我はなかったものの、午後の授業には出席せず休養しているようにと、ガルシアに連れられリージアは保健室へ向かった。

女性医師から問診を受けた後、処方してもらった薬湯を飲み干す。そこでやっと昂《たかぶ》っていた気持ちが落ち着いてきた。

陶器のコップをテーブルへ置いた時、廊下を走る騒々しい音が聞こえて医師はペンを持つ手を止めると、肩を竦《すく》めてリージアを見る。

「リージア！」

勢いよく開かれた扉から入室したのは、予想通り額に汗を浮かべたユーリウスだった。

「植木鉢が降ってきたと聞いた。怪我はなかったか？」

額の汗を拭うこともせず、ユーリウスは椅子に腰掛けて目を丸くするリージアの肩を掴む。

「は、はい、ガルシア先生が引っ張ってくれたので大丈夫です。気持ちを落ち着かせるためしばらく休養をするようにと、配慮していただいて此方《ここ》で休んでいるだけです」

「気持ちの方は、その、大丈夫なのか？」

「リージア嬢にはかすり傷一つありませんよ。ご気分も、大分落ち着かれたようですね」

ユーリウスの剣幕に医師は苦笑いしながら言い、執務椅子から立ち上がる。

「殿下、私は隣の部屋におりますので何かありましたら声をかけてくださいね」

隣室へ移動した医師の気遣いを感じて、恥ずかしさから隣室には見えない位置へと椅子を動かせば、当然のようにユーリウスはリージアの隣へ椅子を寄せる。

「ユーリウス様、今は授業中ではありませんか？」

三年A組の生徒も中庭に数人いたから、植木鉢が落下してきた話は広まっているはず。教室にいないユーリウスが何処《どこ》に行ったのかなど明白だ。

「リージアが保健室へ運ばれたと聞いて、授業どころじゃなかった」

俯《うつむ》いたユーリウスに眉尻を下げて言われて、リージアの心臓が跳ねた。

「ご心配をおかけしてしまい、すみませんでした」

隣に座るユーリウスに聞こえてしまうのでないかと、心配になるくらい心臓の鼓動は高鳴っていた。

本来ならば「授業を優先して」と言わなければならないのに、彼が身を案じてくれて此処へ駆け付けてくれたのが嬉《うれ》しい。

「無事で良かった」

伸びて来たユーリウスの腕がリージアを抱き締めた。

保健室入口で待機している護衛騎士は、此方《こちら》に背を向けてくれている。しかし、隣室の扉には磨《す》り硝子《ガラス》がはめ込まれており、重なる二人のシルエットで抱き合っているのを医師に気付かれてしまう。

離れなければならないという思いに反して、リージアはユーリウスの背中へ手を回した。

「直ぐに駆け付けたかったが、叔父上から出されていた課題が面倒なもので時間がかかってしまった」

深く息を吐き出したユーリウスは腕の力をゆるめ、リージアの目を真っすぐに見詰める。

「何があっても、絶対に俺はリージアと婚約解消はしないからな」

「ど、どうしたのですか。私、何か粗相をしてしまったのでしょうか？」

向けられる真剣な眼差《まなざ》しに、ユーリウスの婚約者に相応《ふさわ》しくないと国王から判断されたのかと、リージアは狼狽《うろた》える。

「いや、リージアは何も悪くない。ただ、俺が割り切れないだけなんだ」

眉間に皺《しわ》を寄せたユーリウスは苦しそうに顔を歪《ゆが》めた。

「何があっても、俺を信じていてほしい」

今にも泣き出しそうな顔でリージアの両手を握ったユーリウスの口から出てきたのは、懇願だった。

「はい」

リージアが微笑むとユーリウスは安堵《あんど》の表情を浮かべ、強張《こわば》っていた全身の力を抜いた。


翌日の放課後、リージアを心配して教室を訪ねて来たイザベラに誘われ、食堂の一角で彼女の持参したフルーツタルトをご馳走《ちそう》になっていた。

「美味《おい》しいです」

「良かったですわ。実は、このお店はブルックス様が教えてくださったのです」

「は？」

ほんのり頬を染めるイザベラを目にして、リージアはポカンと口を開けた。

「イザベラ様」

もしかしてとリージアが言葉を発する前に、音もなく現れた事務職員に扮《ふん》した護衛の女性が側まで歩み寄る。

身を屈《かが》めた女性から耳打ちされ、イザベラは嫌そうに眉を寄せた。

「またなの？」

溜息《ためいき》を吐《つ》き、テーブルに手をついてイザベラは立ち上がった。

「申し訳ありませんリージア様、少しご協力お願い出来ますか？」

ギョッと目を見開いたリージアは何度も頷《うなず》く。

眉と目を吊《つ》り上げたイザベラは、悪役王女の役を担うのも納得出来るくらいの、強烈な圧を放っていたのだ。

教室棟と中央棟からは死角となっており、人気《ひとけ》の無い中庭の端は異様な雰囲気が漂っていた。

「学園内の男子だけでなく。まさかオーギュスト様にまで馴《な》れ馴れしくするなんて、どういうつもりかしら？」

植え込みの陰に隠れるようにして、四人の女子生徒が一人の女子生徒を取り囲み悪意に満ちた言葉を浴びせかけていた。

中心になっている女子生徒は、金髪を縦ロールに巻いた美人だがきつい顔立ちをしていて、彼女は腕組みをして向かい合う女子生徒を睨む。

「オーギュスト様は、貴女《あなた》のような身分の方が話しかけていいお方ではありませんのよ」

「全く図々《ずうずう》しいですわ」

声量は抑えているとはいえ、女子生徒達は悪意と敵意で顔を歪めて言い放つ。

「オーギュスト様とは偶然会っただけで、私から話しかけたわけではありません」

女子生徒に囲まれている栗《くり》色の髪の女子生徒も負けじと言い返す。

「あらぁ？　まさか、オーギュスト様が貴女に興味を持っているとでもいいたいのかしら？」

「イザベラ様の庇護《ひご》がなければ、貴女など我が国へ留学出来なかったのでしょう？　どんな手を使ってイザベラ様に取り入ったのかしら？」

　女子生徒達は揃《そろ》って口元へ手を当ててクスクス声を出して嗤《わら》う。明確な悪意を向けられ、栗色の髪の女子生徒は眉を吊り上げた。

「普段から身分とご両親に甘えている貴女方には分からないでしょう。私の留学は日頃の努力を重ねた結果だと思っておりますが？」

「なん、ですってぇ」

「平民の分際で生意気なのよっ！」

　怒りで顔を赤くした女子生徒は、叫びながら右手を大きく振り上げた。

「おやめなさいっ！」

　凛《りん》とした声が辺りに響き渡り、金髪縦ロールの髪をした女子生徒は腕を振り上げたまま固まる。

　他の女子生徒達も、声の主の姿を確認して「あっ」と声を漏らす。

「貴女方は、わたくしの友人に何をなさっているのかしら？」

　命じることに慣れた者の口調で問うイザベラに圧倒され、女子生徒達の勢いは一気に萎えていく。

「イ、イザベラ様」

「これは、違うのです」

　先ほどまでの高慢な態度から一変し、女子生徒達は狼狽えてイザベラへ言い訳を述べ始めた。

　目を細めたイザベラは彼女達へ嫌悪感を露《あらわ》にする。

「何が違うのですか。理由が何であれ、一人を多数で敵意を持って囲むなど許されざる行為でしょう？　後ほど、貴女方のご実家に抗議をさせてもらいます」

普段にこやかなイザベラから向けられる氷のような圧力を感じ、怯《おび》えた女子生徒達は震え上がる。

放心した女子生徒達にはもう用はないと、イザベラは彼女達の間をすり抜けて囲まれていた栗色の髪の女子生徒の前まで歩む。

「シャルロット、軽率で誤解を招く行動をしてはいけないと、あれほど言ったでしょう」

「申し訳ありません」

腰に手を当てて言うイザベラへ、女子生徒、シャルロットは素直に頭を下げた。

「シャルロット！」

シャルロットが頭を下げたタイミングで、血相を変えた一人の男子生徒が駆け寄って来る。

緑がかった金髪に整った顔立ちをした男子生徒、サザン侯爵令息はイザベラへ頭を下げるシャルロット、という構図に思いっきり顔を顰《しか》めた。

「これはっ!?　イザベラ王女、一体どういう状況ですか！」

サザン侯爵令息はシャルロットを庇《かば》うように彼女の横へ立つ。

「見て分かりませんか？　貴方《あなた》の婚約者がシャルロットを責め立てていたのですよ」

呆《あき》れを滲《にじ》ませたイザベラの言葉で、サザン令息は顔面蒼白《そうはく》になった自分の婚約者が側にいることに気が付く。

「またお前は、そんなことをしたのか！」

怒鳴られた令嬢は肩を揺らし、瞳に涙を浮かべてサザン侯爵令息を見上げた。

（もしかして、これはサザン侯爵令息の恋愛イベントだった？）

完全に傍観者と化していたリージアはサザン侯爵令息が登場したタイミングの良さに、これは彼の恋愛イベントなのだと確信した。

　他の令嬢を操ってシャルロットを責め立てたとしてイザベラが悪役となり、健気《けなげ》なヒロインの姿に心揺さぶられた侯爵令息の好感度が上がる、というものだろう。

（でも、イザベラ王女はイジメには加わらずシャルロットを助けたことで少し展開は変わった。この先はどうなるの、あっ……！）

　芝を踏む数人の足音と見知った気配を感じ、振り向いたリージアは表情を曇らせた。

「これは何事だ」

　厳しい表情で辺りを見渡したユーリウスに睨まれ、さらにイザークとジョージ先生もいると気が付いたサザン侯爵令息と女子生徒達は、顔色を悪くして慌てて頭を下げた。

「女の子の嫉妬は怖いね。で、俺の妹が君たちに何かしたのかな？　妹はイジメを止めただけに見えるけど？」

　いつもの軽薄そうな笑みを口元に浮かべ、しかし目は全く笑っていないイザークは不快感と苛立《いらだ》ちを隠そうとせず侯爵令息達へ向ける。

「僕が勘違いしてしまっただけです。申し訳ありません」

「何があったのか生徒指導室で話を聞かせてもらおうか。各々の家には連絡を入れておくぞ」

「ジョージ先生、僕もですか？」

「当たり前だ！　イジメの原因を全て調べなければならないからな！」

　額に青筋を浮かべたジョージ先生の迫力に圧され、サザン侯爵令息の顔色は青ざめていく。身を寄せ合っていた女子生徒達もがたがたと震え出す。

「学園内でのイジメ行為、それも中庭で堂々と行うとは理由が何であれ見逃すことは出来ない。私の方からも君たちの実家へ報告させてもらう」

ユーリウスが言い終わる前に、サザン侯爵令息の婚約者の女子生徒が足元をふらつかせて卒倒する。倒れた女子生徒を支える他の女子達も、今にも倒れそうなほど顔色を青くさせていた。

「ユーリ」

「ユーリウス殿下！」

なり行きを見守っていたリージアが動く前に、シャルロットがユーリウスの目前まで駆け寄る。

「ユーリウス殿下、ありがとうございます」

頬を染めて胸へ手を当てたシャルロットは、熱のこもった眼差しでユーリウスを見上げた。

「礼には及ばない。私の婚約者が困っている様子だったから声をかけただけだ」

平坦な口調で言ったユーリウスは視線を逸《そ》らす。シャルロットには見向きもせず、唖然《あぜん》としていたリージアの側まで行き、やわらかく微笑みかけると腰へ手を添えた。

「シャルロット、身分は関係なく実力重視、という学則があろうとも貴族内にはルールがあるのだ。イザベラを困らせるような行動は控えるように。これ以上、問題を起こしたら両国の関係に関わると思え」

「はい、申し訳ありません」

冷淡に言い放つイザークに頭を下げて、ゆっくりと顔を上げたシャルロットと視線が合い、リージアは息をのんだ。

すぐに逸らされた空色の瞳に浮かんでいたのは、リージアへ向けられた嫉妬の炎と敵意だった。

（今のは、気のせいじゃない。シャルロットは私に明確な敵意を持っている。でも、どうして？）

彼女と会話をしたことはなく、顔を合わせたのは今回で二回目のはずだ。

思い返してもシャルロットから恨まれる心当たりはない。一瞬でも向けられた憎悪の瞳は、刃物のような鋭さと炎のような熱を持っており、リージアの背筋が冷たくなった。


学園内の周囲から見付かりにくい中庭の片隅で、一人の女子生徒を囲み嫌がらせ行為を行った一年の女子生徒四人が学園長から謹慎処分を言い渡されたという話は、瞬く間に学園中に広まった。

彼女達の実家には、学園長だけでなく第一王子のサインが書かれた報告書も添えられた上、娘が嫌がらせをした相手はオベリア王国からの留学生だ。

さらに時間差で届いた、イザベラ王女からの抗議文を受け取った加害生徒の両親は、その場で卒倒したという。

昨年、器物破損と暴力行為を働いた男子生徒達のように退学処分でなく謹慎処分で済んだとはいえ、家名に泥を塗った彼女達は処分期間終了前に全員自主退学をすることになるのではと、生徒達の間で囁《ささや》かれていた。

謹慎処分を受けた女子生徒の中にサザン侯爵令息の婚約者の伯爵令嬢も含まれていたことで、侯爵令息との婚約は破棄されるだろう。

そうなれば、将来有望な侯爵令息の婚約者の座は空く。彼を恋い慕う女子生徒は色めき立っていた。

女子達の水面下で行われている戦いを知らないリージアは、図書室の閲覧室でユーリウスからイジメ事件の結果を聞いていた。

嫌がらせをした首謀者の伯爵令嬢の父親が、王妃派の元老院議員だったせいかユーリウスの表情は硬い。彼がいつになく沈んでいるのが分かり、リージアはヒロイン、シャルロットとの出会いが影響しているのではないかと不安を抱いた。

「すまない。例の件の後処理に時間がかかっていて、今はあまりリージアとの時間が取れないんだ」

眉を寄せたユーリウスは、隣に座るリージアの右手の指に自身の指を絡めて握る。

閲覧室へ入室する前、護衛騎士からは協議会があるため三十分後には生徒会室へ向かうようにと言われていた。

仕方がないとはいえ、一緒に過ごす時間が少なくなるということは、彼の体内にアレルゲンが蓄積していきアレルギー症状が出るリスクが高まる。

「ユーリウス様が大変なのは分かっています。でも、無理はしないと約束してください」

繋《つな》いだ手の指に力を込めて言うリージアから真剣な眼差しを向けられて、目元を赤くしたユーリウスは、はぁと息を吐き彼女の肩へ手を回して抱き寄せる。

「リージア、試験が終わって面倒なことが全て片付いたら、また二人で城下へ行ってデートをしよう」

「はい。楽しみにしています」

答えを聞いたユーリウスは安心したように微笑み、リージアの頭頂部へそっと口付けた。

「一緒にいる時間が取れない」と苦しそうに言われてから、三日後。

自ら進んで知ろうと思っていなくとも、生徒が多い場所へ行けばどうしても噂《うわさ》話は聞こえてくる。

昼食休憩時間になり、友人と食堂へ向かったリージアの耳へ楽しそうに話す女子生徒達の会話が聞こえた。

その中に、ユーリウスとリージアの名前が混じっていることに気付き、席へ向かいながら耳をそばだててしまった。

「例の一年生、今度はユーリウス殿下と親しくなったらしいわよ」

「えぇ？　殿下には婚約者の、リージア様がいらっしゃるでしょう？」

「昨日の放課後、カフェで仲良く話をしていたらしいわよ」

ハッとしたリージアの足が止まる。

昨日の放課後は、休み時間にＢ組へ来たユーリウスから「急用が出来た」と言われ、二人で会わなかったのだ。

「そういえば、ここ数日間は休憩時間にユーリウス殿下とリージア様は一緒にいらっしゃらないような気が……」

「しっ」

ようやく側にリージアがいると気付いた女子生徒は、会話を止めて黙々と昼食を食べ始める。

「リージアさん、彼女達は面白おかしく言っているだけだわ。気にしては駄目よ」

リージアを気遣ったナンシーは不快そうに、噂話をしていた女子生徒達を睨んだ。

「ユーリウス様から最近忙しいって聞いているから、大丈夫だよ」

彼女達が話していたのは噂話とはいえ、ユーリウスと会う時間が半減しているのも事実。

彼の健康維持のため毎日会ってはいる。昨日の放課後は、「予定がある」とユーリウスに言われて顔を合わせたのは休み時間だけ、たったの十分だった。

周囲の目を気にせず一緒にいた二人が、急に離れてしまったら勘繰られるのも仕方がない。

「例の留学生は注目の的だからね。殿下も噂を否定しないなんて、何を考えているのかしら」

トレーを手に持ち、食券を受付カウンターへ出した友人が嫌そうに顔を顰めた。

口には出さないが、大多数の生徒は先日謹慎処分を受けた一年女子達から嫌がらせを受けた被害者が留学生のシャルロットだということ。嫌がらせをした主犯格の伯爵令嬢の婚約者である、サザン侯爵令息とシャルロットは懇意な間柄だということも知っている。

今回の事件によって、良くも悪くも注目を浴びているシャルロットがサザン侯爵令息だけでなくユーリウスと親しくしたとしても、イザベラ王女の庇護下にあるシャルロットを表立って批判する者はいなかった。

放課後、調理実習で作ったタルトを差し入れするようナンシーに背中を押されたリージアは、生徒会室へ続く廊下を歩いていた。

昨年、雑用係にされた時は生徒会室へ向かう途中にメリルと遭遇しないか緊張していた。

メリルが行方不明となった後からは、緊張をすることはほとんどなかったのに今は初めて生徒会室へ向かった時のように不安になってくる。

（ユーリウス様は忙しいかしら？　突然行ったら邪魔になるかな。忙しいのならば邪魔をしないよう、

生徒会役員へタルトを渡すだけにしよう）

曲がり角を曲がったところで、栗色の髪をした女子生徒の後ろ姿が見えて、リージアは固まった。

生徒会室へ入っていった女子生徒の手には、王都で評判の菓子店のクッキーの袋があったのだ。

『昨日の放課後、殿下とカフェスペースでお話ししていましたの』

『しかも殿下はにこやかに微笑んでいらしたわ』

『まぁ、それはもしかして、殿下は心変わりされたのかしら？』

リージアの脳裏に昼食休憩時に聞いてしまった噂話が蘇《よみがえ》ってくる。

『だって、例の一年生はリージア様よりも』

栗色の髪の女子生徒は確認しなくても、纏う雰囲気からシャルロットだと分かった。

やわらかな栗色の髪と大きな空色の瞳をした絵に描いたような美少女のシャルロットと、アプリコット色の髪は目立つとはいえ全体的に地味な自分。

ユーリウスの隣に立った時に何方《どちら》がお似合いかなど、指摘されなくとも分かる。

（ヒロインと出会ってしまったから、ユーリウス様に強制力が働いたの？）

生徒会役員達もシャルロットを受け入れていたのは、ユーリウスが生徒会室への入室を認めたからだ。下唇を噛《か》んだリージアは生徒会室に背を向ける。

『信じてくれ』

会う時間が取れないと、切なそうな顔で言ったユーリウスの言葉からは偽りなど感じられなかった。

（ユーリウス様は信じてほしいって言っていた。だから、大丈夫。信じられる）

信じると決めても、今から生徒会室へ入りシャルロットとユーリウスの様子を確かめることなど出来ずに、リージアは踵《きびす》を返し逃げるようにその場を後にした。

ホールの壇上に立つユーリウスは、冷たい瞳でリージアを見下ろしていた。

ここ数日間、周囲の様子がおかしいとは感じていた。

生徒会主催のイベントの準備や第一王子としての公務により、多忙となったユーリウスと会う時間がほとんど取れない日が多くなっていたのだ。

アレルゲン除去のための休み時間の僅かな触れ合いもなくなり、留学生のシャルロットと一緒にいる姿を見かけるようになった矢先のことで「もしかしたら」という思いは抱いていたとはいえ、胸が張り裂けそうに痛む。

放課後の教室を訪れたロベルトと生徒会メンバーの男子生徒によって、半ば強引にホールへ連れて来られたリージアは困惑の表情を浮かべて彼と、彼の後ろに控える人物を見上げた。

「ユーリウス様、私を呼び出された理由は何なのでしょうか？」

顔色を悪くするリージアを遠巻きにして、嘲笑《あざわら》っている生徒会役員の中にガルシアの姿を見付け背中を冷たい汗が流れ落ちる。

これはよくある断罪イベントと似た状況だと気付き、理由を問うリージアの声が震えた。

「リージア、お前には失望したよ」

初めて向けられるユーリウスからの侮蔑の眼差しに、リージアはコクリと唾を飲み込む。

「まさか、嫉妬に駆られてシャルロットに嫌がらせをして、命を奪おうとするとは。ガルシアを使いシャルロットを暗殺する計画を立てるなど、ここまで非情な考えを持つ者だとは思いもしなかった」

「ガルシア先生に？　暗殺計画を、私が？」

嫉妬に駆られたとしても、シャルロットの暗殺依頼などするはずがない。ガルシアもそんなことを引き受けはしないだろう。

助けを求めてガルシアを見るが、彼は無表情で冷たい目をリージアに向けるのみ。

「リージア、お前との婚約はこの場で破棄させてもらおう」

よくある婚約破棄のイベントで、悪役令嬢が王子様から言い放たれるお決まりの台詞《せりふ》。

「婚約、破棄、ですか？」

それを、まさかモブの立場である自分が言われるとは思ってもみなくて、リージアの頭の中は真っ白になっていく。

「私の妃《きさき》には、心優しく有能なシャルロットこそが相応しい」

ユーリウスの背後から現れたシャルロットはリージアを見下ろし、嘲笑を浮かべた。

胸を押し付けるようにユーリウスの腕に絡ませて両腕で彼に抱きつく。

「そんなっ」

いつかはこんな日が来るのではないかと覚悟はしていても、目の前で見せ付けるようにシャルロットがユーリウスに触れるのを目にすると、堪《こら》えていた涙が溢《あふ》れ出て頬を伝い落ちる。

「リージアさん、私が触れてもユーリウス様は平気なのよ。私ならユーリウス様を癒《いや》してあげられるわ。だから、貴女の役目はもうお終いなの」

猫みたいに目を細めたシャルロットは、うふふと声を出して笑う。

「そうよ」

聞き覚えのある声が舞台袖から聞こえ、リージアは大きく目を見開いた。

「ヒロインの邪魔ばかりする、図々しいモブはさっさと退場してくれない？」

此処にはいるはずのない彼女が暗い笑みを浮かべて舞台袖から現れ、呆然《ぼうぜん》としているリージアを見下ろしながらシャルロットの隣へ並ぶ。

「これが、この世界が選んだ正しいエンディングよ。アンタの居場所はないの」

前世の記憶を取り戻してからの努力は無駄だったのか。力が抜けた足では立っていられず、リージアはその場にへたり込んでしまった。

憎しみすら感じさせるユーリウスの眼差しに耐え切れず、リージアは必死で目覚めを願い重たい目蓋を開いた。

「あ……」

霧がかかったようにぼんやりとした思考でリージアは顔を動かし、鋭い頭の痛みで小さく呻《うめ》いた。

（よかった……夢だったのね）

痛みを堪えて周囲を確認して、此処が寮の自室であることが分かり安堵の息を吐いた。

起き上がろうと力を込めるが、頭が鈍器で殴られたように痛む。身動きする度に体の節々に鈍痛が走りリージアは顔を歪めた。

「頭、痛い……」

力が入らない腕を伸ばしてヘッドボードを掴み、起き上がろうともがいていると部屋の扉が開いてメイドが入って来る。

「お嬢様？」

いつもと違うリージアの様子に気付いたメイドは、抱えていた洗面用具をテーブルへ置きベッドへ駆け寄った。

「まぁっ、酷《ひど》い熱！」

上半身を何とか起こしかけたリージアの額を手で触れて、体温を確認したメイドは慌てて起きようとするリージアをベッドへと押し込めた。

「マーサ！　マーサ！　大変よ！」

名前を呼ばれたもう一人のメイドが部屋へ駆け付ける。

「お嬢様が酷い熱で……」

「直ぐに医師を手配しなければっ」

事情を聞いたマーサは、転びそうになりながら部屋を出ていく。

「そこまでしなくていい」と声を発しようとして、喉の痛みでリージアはゴホゴホと咳《せ》き込んだ。

「お嬢様！　今日は欠席してください！　一日ゆっくり休んで寝ていてくださいね」

自分以外に誰がユーリウスのアレルゲン除去をするのか。

夢の内容が脳裏に蘇ってきて、目から零《こぼ》れる涙を見せないように掛け布団を被《かぶ》って目元を隠した。

「駄目です！　私がお部屋から出しません！　殿下と学園には連絡しておきますから、お嬢様は一日ゆっくり寝ていてください」

メイドが出ていく音が聞こえ、リージアは掛け布団から顔を出す。

涙も吐く息も熱く、高熱が出ているのを実感する。こんな状態では学園へ行くどころか起き上がるのも困難だ。

「ユーリウス様」

目蓋を閉じれば思い出すのは、憎しみのこもった眼差しを向けるユーリウスの姿。近いうちに夢と同じ断罪イベントが起こってしまうのか。

枕に顔を埋めたリージアは、歯を食いしばり嗚咽《おえつ》を押し込めて泣いた。

朝食のお粥《かゆ》を食べ終わった頃にやって来た医師に疲労による発熱と診断され、解熱剤を処方されたリージアはベッドで横になっていた。

解熱剤を服用しても熱は下がらず、眠ったり起きたりを繰り返す。

「熱が、まだ下がらないのです」

「顔を見るだけでいい」

扉の向こう側で話し声が聞こえ、眠りの淵《ふち》を漂っていた意識が浮上した。

かちゃり

扉が開きカーテンが閉められて薄暗い室内へ誰かが入ってくる。

足音を立てないよう慎重に歩いて来るその人物は、ベッドの横まで来ると身を屈めて目を瞑《つぶ》ったリージアの横顔を覗《のぞ》き込む。

「リージア……」

熱い頬へ触れる大きな手と声はユーリウスのもので、リージアは彼に答えようと身じろいだ。

「う、ユーリ？」

何とか絞り出した声は酷く掠《かす》れていて、眉を寄せたユーリウスは汗で張り付いたリージアの前髪を払い、額を露にする。

「俺のせいだな、すまない。早く、良くなってくれ」

目蓋を抉《こ》じ開けて霞《かす》んで焦点の合わない目に映ったのは、今にも泣き出しそうな顔をしてリージアの手を握るユーリウスだった。


動けないほどの高熱が出ていたのが嘘のように、翌日にはリージアを苦しめた熱は下がった。

心配するメイド達へ説得して登校したリージアに対して、クラスメイト達はよそよそしいというか必要以上に気遣ってくれている気がして、一日休んだくらいでどうしたのかと、リージアは首を傾げた。

「皆、どうしたの？　熱は出たけど、もう下がっているし私は元気なのに」

「いつも元気なリージアさんが体調を崩したから、クラスの皆は心配しているのよ」

ナンシーの言葉を聞き、リージアの胸の奥にあたたかいものが広がっていった。

ガラリ！

昼食休憩終了間際、閉まっていた教室の扉が音を立てて開き、生徒達の視線は扉に集中する。

開いた扉から現れたのは、一年生の制服のリボンを付けたシャルロットだった。

普通だったら一年生が三年生の教室へ訪れるということはない。婚約者がいたとしても上級生の教室へは行かない、ということが暗黙のルールだ。

「リージア先輩はいらっしゃいますか？」

　臆することもなく堂々とした態度で教室へ入って来たシャルロットは、友人達に囲まれているリージアの側まで来ると作り笑顔だと分かる笑みを浮かべた。

「お話があります。少し、よろしいでしょうか」

「私に話、ですか？」

　戸惑うリージアへ、シャルロットは敵意のこもった瞳を向ける。彼女の瞳から逃さないという強い意思が感じられ、リージアは口元を引きつらせた。

「話は直ぐに、授業開始前までには終わります。渡り廊下まで来てくださいますか？」

　強い口調から、どうやら話をしないまま教室へ戻る気はないらしい。渡り廊下という場所を指定されたことが気になり、リージアは首を横に振った。

「お互いに周囲から勘違いされないよう、人の目がある場所で話しましょう」

　二人きりでないこととホールで話をすることを条件に、リージアはシャルロットに同行した。

　午後の授業準備のため、ホールにいる生徒は少ないが友人以外の目撃者がいてくれることにリージアは安堵し、設置されたベンチに座る。

　ホールへやって来た女子集団の放つただ事ではない雰囲気に驚き、リージアとシャルロットが座ったベンチの近くにいた男子数人はベンチを立って教室へ向かう。教室から顔を覗かせたB組の生徒達は、心配そうにホールの様子を窺《うかが》っていた。

「話とは何でしょうか？」

「嫌がらせをやめてください」

「は？」

間髪を入れずに答えたシャルロットの言葉を、理解出来なかったリージアは目を丸くする。

ホールで話し合いをする二人を見守っていた生徒達は動きを止め、近くのベンチに座っている友人達が一斉に息をのむ音が静まり返るホールに響いた。

「ええっと、嫌がらせとはどういう意味でしょうか？」

戸惑うリージアの問いに、シャルロットは眉を吊り上げた。

「聞こえるように女子達が陰口を言ったり、通りすがりに足をかけて転ばそうとしたり、教科書を隠したり、今日は運動用の着替えを泥水で汚されていました。全てリージア先輩の指示なのでしょう？」

「は？」

「昨日だって、ユーリウス様が私に勉強を教えてくれる約束をしていたのに、貴女が熱を出すからそれもなくなってしまった。嫌がらせも酷いけど、熱を出して邪魔するなんて酷いです！」

嫌がらせも発熱も悪意からだと決めつける、シャルロットの主張に唖然となったリージアはポカンと口を開いて固まる。

「あの、シャルロットさん。熱は出したくて出したわけではありませんし、私は貴女への嫌がらせなど指示していませんけど」

「以前、私に嫌がらせをしていた方は退学となったのに、まだ続いているなんてリージア先輩の指示だとしか考えられません。ユーリウス様が私に優しくしてくださるからって、嫉妬のあまり嫌がらせをするなんて酷いです」

胸元に手を当てて涙を堪えるシャルロットの姿は庇護欲をそそり、これがヒロイン補正だとリージアは感心する。

此処がホールで友人と野次馬の生徒が近くにいてくれて助かった。事情を知らない者が見たら、一方的にリージアがヒロインを虐《いじ》める悪役に見えるだろうから。

「シャルロットさん、何か勘違いをしていませんか。貴女の勉強をユーリウス様が見ているのは、イザーク殿下からのご依頼によるものでしょう。ユーリウス様だけでなく、イザーク殿下とイザベラ殿下も貴女の勉強を見てくださっているのではないでしょうか？」

涙を堪えるために俯いていた顔を上げたシャルロットの表情から、リージアは自分の指摘通りなのだと確信する。

「嫉妬はしていません。私はユーリウス様を信じていますから」

強い魔力と才能を持つ（らしい）とはいえ、貴族でもなくイザベラの侍女見習いであるシャルロットにユーリウスが関わっているのは、国家間で交わされた何らかの事情があるのだろう。

苦しそうに『信じてほしい』と言ったユーリウスの顔を思い出して、リージアは笑みを浮かべた。

「くっ、余裕ぶっているのは今のうちよ！　貴女が嫌がらせをしているってユーリウス様とイザーク様に言いつけて調べてもらうから！」

態度を一変させたシャルロットの大声がホール中に響き、特別教室へ向かうA組の生徒達が足を止めて注視する。

「余裕ぶっているって何よ」

距離を空けてやり取りを見守っていたミレイは、憮然《ぶぜん》とした顔でリージアの隣に並ぶ。

「貴女ねぇ、黙って聞いていれば好き勝手なことばかり言って失礼だわ。嫌がらせは日頃の立ち振る舞いから受けているだけでしょう？」

「これは、先輩に対する態度ではないわね。嫌がらせをリージアさんの指示だと決めつけるならば、先生方に伝えて学園内にある監視魔道具を調べてもらいましょう」

「貴女が何を言おうと、ユーリウス殿下はリージアさんの味方をされるわ」

足を止めた生徒の中にA組女子をまとめている公爵令嬢がいるのを確認した上で、経緯を分かりやすく言う友人達の意図に内心苦笑いしつつ、リージアはあらためて唇を噛み締めるシャルロットを見詰めた。

やわらかそうな栗色の髪と意思の強そうな空色の瞳、ヒロインだけあってスタイルも抜群で可愛《かわい》らしい顔立ちをしているのに、彼女の雰囲気は釦《ボタン》を掛け違えているような違和感を周囲に与える。

いつの間にか、特別教室へ移動するA組の令嬢達に遠巻きに見られていることに気が付いたシャルロットは、悔しそうに顔を歪める。

「くっ、それでは失礼します」

三年女子達に囲まれているこの状況は不利だと悟ったシャルロットは、頭を下げることもせずに逃げるように走り去った。

「まぁ、何て失礼な方でしょうか。リージア様も大変ですね」

「お見苦しいところをお見せしてしまい申し訳ありません」

息を吐いたリージアを労《いたわ》るように言葉をかけてきた公爵令嬢へ謝罪し、巻き込んでしまった友人達と遠巻きで見守っていたクラスメイト達へ頭を下げた。

「あの留学生、エリアーヌ様へ挨拶をしないなんて失礼だわ」

いくら留学生でも、明らかに格上な存在だと分かる容姿と雰囲気を持つ三年A組の学級委員であり、公爵家令嬢であるエリアーヌを無視して走り去るとは豪胆なのか無知なのか。

エリアーヌの取り巻き女子達の鋭い視線から、彼女達に不快感を抱かせたのは明白で自業自得とはいえ、今後、シャルロットの学校生活は窮屈なものとなるだろう。

「リージアさんを嫌がらせの犯人と決めつけるなんて！　あまりにも失礼だわ。先生に言いましょう」

「いえ、その前にイザーク殿下かイザベラ様じゃない？」

「みんな落ち着いて。先《ま》ずは生徒指導のジョージ先生に相談してみるね」

憤慨する友人達を諫《いさ》めつつ、リージアはシャルロットから感じた違和感の正体は何かを考えていた。

シャルロットがヒロインだと知った当初は、目上の者への丁寧な口調や平民として培った強さと明るい性格から正統派ヒロインなのだと思っていたが、先ほどの苛烈な言動と可憐《かれん》な容姿を裏切るきつい表情を見てしまうと、彼女はメリルと同じような残念ヒロインの可能性が高い。

「あの香り……」

やはり、シャルロットから香った甘い香りはアネモネの香りに似ていた。

「大丈夫？」

黙ってしまったリージアを心配したナンシーが声をかける。

「嫌がらせの犯人と決めつけられて驚いたけど、皆が近くにいてくれたから大丈夫。ありがとう」

もしも、シャルロットの言う通り渡り廊下へ移動して二人きりで話していたら、恋愛イベントが発生してリージアが悪役にされていたかもしれない。

心配してくれた友人達とクラスメイト達には感謝しかなかった。

「でもユーリウス殿下は、あの一年生のことどうされるおつもりかしら？」

「そうね、お会いしたら訊《き》いてみるわ」

何らかの強制力が働いているにしても、ユーリウスはシャルロットに惹《ひ》かれてとは思えない。とはいえ、「忙しい」を理由にして会う時間を減らしている彼が今何を考えているのかは、きちんと話をする必要があった。

シャルロットと話した後、動揺したものの友人やクラスメイト達のおかげで何事もなかったかのように午後の授業を終えることが出来た。

帰りのＨＲで集めた、教科担任へ渡すクラス全員分のノートを友人と手分けして両手で抱え持ち、渡り廊下を渡った先にある職員室へ向かっていた。

「またあの一年生が出てきたら、大声を出して逃げればいいわ」

「放課後まで来ることはないでしょう」

「分からないわよ？　逆恨みの上にしつこそうだったからね」

そうだと思っても、表立って同意までは出来ないとリージアは苦笑いする。

（続編もまた、人の話を聞かないヒロインだったのね。今の私の立場はモブじゃなくて悪役？　この先にあるのは断罪イベントか。ストーリーを知らないのにどうしよう。イザーク殿下に、教えてもらうにしても対価を要求されそう）

「何？」

重い気分で教科担任へノートを届け、職員室から出たタイミングでナンシーがリージアの肩を叩《たた》く。

「あっちから来るのって殿下じゃない？」

友人の指差す方、階段を降りて来たユーリウスの姿が見えてリージアはその場から動けなくなった。

「リージア？」

僅かに目を見開いたユーリウスはリージアを一瞥し、次いで職員室前に設置してある柱時計を見る。気を利かせたナンシーが一歩後ろに下がり、リージアは口を開いた。

「ユーリウス様、あの」

続く言葉は出て来ず、握った手に力が入る。

「殿下」

声をかけてきて護衛騎士を睨んで、ユーリウスは彼へ向かって片手を突き出した。

「五分だけだ」

護衛騎士の返事は聞かず、ツカツカとリージアの目前まで歩み寄る。

一日ぶりに顔を合わせたユーリウスは固い表情でリージアを見下ろした。

「リージアを借りるよ」

ナンシーへ告げると同時に、ユーリウスは硬まっているリージアの手を掴む。

驚くナンシーと護衛騎士に背中を向けて、リージアの手を掴んだユーリウスは廊下を歩き出す。

辿《たど》り着いた先は、廊下の端にある施錠されていない生徒指導室。

片手で扉を開けたユーリウスは、リージアを先に部屋へ入らせて扉を閉めた。

「ユーリウス様、勝手に入っては駄目なのでは？」

速足で追いついた護衛騎士が扉の外に控えているとはいえ、二人きりの状況にリージアの心臓の鼓動は早鐘を打つ。

掴んでいた手を離し、ユーリウスは一歩後ろへ下がった。

「すまない。これから叔父上のところに行かなければならない」

「そう、ですか」

先ほど、護衛騎士に「五分だけ」と言っていたのはシュバルツのところへ行くからだった。

壁に掛けられた時計を見ると、残りは三分足らず。何を訊いたら良いのか迷い、リージアは眉尻を下げてユーリウスを見上げた。

腕を伸ばしたユーリウスの指先が遠慮がちに髪へと触れる。

肩より少しだけ長く伸びた髪は、直ぐにユーリウスの指から滑り落ちていった。

「少しだけ、触れてもいいか？」

（いつもなら断りなく触れてくるのに。ユーリウス様とシャルロットさんの距離は近付いているの？）

ユーリウスの変化に戸惑いながらリージアは頷く。

背中へ回された腕に力がこもり、そっと抱き寄せられる。

以前より抱き締める腕の力は弱くて、寂しくなったリージアはジャケットの端を人差し指と親指で掴んだ。

「熱は下がったんだな。時間がなくて様子を見に行けなかった。元気になってくれて良かった」

顔を上げたリージアの前髪を掻《か》き分け、露になった額を手のひらで触れて体温を確認したユーリウスは安堵の息を吐く。

心配してくれている彼の表情と仕草は、いつもと何ら変わらない。

今なら聞けるかと、リージアはコクリと唾を飲み込んだ。

「ユーリウス様、今日の昼休みに留学生のシャルロットさんが嫌がらせをやめてほしいと教室へ来られたのですが、私は彼女に嫌がらせなどしていなくて」

言い分を信じてくれなかったら？　シャルロットとの関係を深めていたら？

ユーリウスから責め立てられるのだろうかと不安になり、リージアは両手を握り締める。

「彼女に嫌がらせをするように、指示も出していません」

声が震えて最後の方は弱々しい声になってしまった。

眉尻を下げたリージアの頭へ、手を乗せたユーリウスは慰めるように撫《な》でる。

「リージアが誰かに嫌がらせをするような性格でないことは分かっている。思っていることが全て顔に出てしまうのに、陰で皆を操ることも出来ないだろう？」

口を半開きにして目を丸くしたリージアを見て、ユーリウスは表情を崩して笑った。

「面倒な噂が流れているのは知っている。叔父上からの課題が終わったら、必ず事情を話すしいずれは落ち着くから。それまで……俺を信じていてほしい」

「はい」

今にも泣き出しそうな顔をしたユーリウスは、リージアの首筋に顔を埋める。

戯言《ざれごと》ではなく、縋《すが》りつく幼子のような仕草をするユーリウスの本心だと確信して、リージアは彼の背中へ手を回した。

「ユーリウス様、そろそろ向かわなければなりません」

扉の向こうから護衛騎士の声が聞こえ、ユーリウスは首筋に埋めていた顔を上げる。

抱き締めていた手と体は離れていき、熱が集中して熱いリージアの頬を包み込んだ。

鼻先へ触れた唇は、ちゅっというリップ音を立てて離れていく。

呆然とするリージアの頬を一撫でしてから、背を向けたユーリウスは生徒指導室の扉を開く。

「では、またな」

鼻を手で押さえたリージアは返事を伝えることも叶わず、遠ざかるユーリウスの背中を見送るしか出来なかった。


ほんの少しの、五分足らずの触れ合いでも疑念に満ちていたリージアの心は晴れていく。

今後、強制力が働いて婚約を破棄されたとしても、今の彼の本心に触れられたのだからユーリウスを恨むつもりはない。

（婚約破棄されたらモブに戻るだけよ。実家へ帰ってお兄様の手伝いをすればいいし）

割り切ってしまえば楽になる。生来、うじうじと悩むのは性に合わないことを思い出した。

「お帰りなさいませ」

寮へ戻り、出迎えた二人のメイドへ鞄《かばん》と脱いだブレザーを渡す。

「お嬢様こちらを」

鞄を持って奥の部屋へ行ったメイドは、ピンク色と黄色で纏められた大きな花束を抱えて戻って来る。

花束を包む包装紙に押された印で、誰からの贈り物か一目で分かった。

「先ほど、殿下からお見舞いの花が届きました」

メイドから花束を手渡され、両手で抱えて持ったリージアは花束の重さによろめいた。

花束に添えられていたメッセージカードを手に取り確認する。

『無茶だけはしないように』

一文だけの簡単なメッセージは、ユーリウスらしいと言えば彼らしい。

「もう少し気の利いた言葉を添えてくれたらいいのに。あら？」

裏面にも何か書かれていることに気が付き、カードをひっくり返してリージアは驚きのあまり声を出しそうになった。

書かれていたのは、表面と同じ一文のみ。

『好きだよ』

たった一文。

それでも、込み上げてくる嬉しさで胸の奥が熱くなる。

「お嬢様？」

「……何でもないわ」

花束をメイドに渡し、両手で持ったメッセージカードを何度も読み返す。

先ほど、職員室前で会った後に急いで書いたのだろうか、カードの文字は少し乱れていた。

（どうしよう……）

両手で持ったメッセージカードを抱き締めるように胸へ当てる。

この先、どんな展開になろうとも受け入れようと思っていたのに。

こんなことをされたら決意が揺らいでしまうではないか。

（ああ、駄目。強制力が働いたとしてもユーリウス様を諦めることなんて出来ない。前言撤回だわ。強制力がシャルロットさんとユーリウス様をくっつけようとしても、諦めないで戦おう）

強制力が働いていても、ユーリウスは好いてくれているのだ。ユーリウスを絶対に諦めないと、リージアは決意した。

6　吹っ切れたモブ令嬢の、長くて大変な一日

「リージアさん、おはようございます」

「おはようございます？」

昇降口に入った瞬間、リージアを待ち構えていたのは三年A組の女子生徒、エリアーヌ・カルデラ公爵令嬢とミンティア・サンジェス侯爵令嬢、彼女達の取り巻き女子だった。

何故《なぜ》、という思いがリージアの顔に出ていたのか、エリアーヌは目を細めて微笑《ほほえ》む。

「昨日は色々と大変でしたわね。わたくし達から一年生代表の方に『とても騒がしかった』と伝えておきますわ」

優雅に微笑んでいるのにエリアーヌの全身から圧力を感じ、リージアは周囲の温度が下がったような気がした。

「エリアーヌ様、ミンティア様、お二人のお心遣いはとても有り難いのですが、それでは一年生代表の方が混乱してしまうのではありませんか？」

三年生から、しかも公爵令嬢自ら苦情を言われたらシャルロットの立場は学園内では壊滅的なものとなる。さらにはイザベラにも飛び火する可能性も大いにあった。

「ご心配されなくとも、あの一年生が主張していた嫌がらせはもう起きませんわ！」

ミンティアは隣に立つエリアーヌを力強く見る。

「ええ。この学園には、嫌がらせをするような低俗な生徒はいません。風紀委員長たるわたくしがそ

のようなことはさせませんから」

「ありがとうございます」

全く笑ってない鋭い目をして登校する女子生徒達を見るエリアーヌ、彼女は風紀委員長だったことを思い出して、リージアは引きつりそうになる口元を押さえて頭を下げた。

学園内の女子達へ強い影響力を持つエリアーヌとミンティアの二人を味方につけたとはいえ、シャルロットと顔を合わせるのを警戒して昼食時に食堂は利用せず、持参したサンドイッチを教室棟のホールで食べることにした。

「あら、楽しそうですわね」

籐の籠に入れたアップルパイを持ってミンティアがホールへやって来て、当然とばかりにリージアの隣に座る。

「わたくしが側《そば》にいれば牽制《けんせい》になるでしょう。あ、貴女《あなた》の心配ではなく、下級生が此処《ここ》に来るのが気に入らないだけだから、勘違いしないでね」

そう言って横を向いたミンティアの頬は赤く染まっていた。

ミンティアと取り巻きの女子達も一緒に昼食を食べることになり、ホールの一角はさながら賑《にぎ》やかな女子会の場と化す。

「あら?」

窓の方を見たミンティアの表情が険しくなる。

厳しい目つきになったミンティアの視線の先、中庭を見下ろしたリージアは彼女の苛立《いらだ》ちの理由が分かった。

中庭にはロベルトと並んで歩くユーリウスと、後ろから彼等へ近付こうとしているシャルロットの姿が見えたのだ。

気配に気が付いたユーリウスが振り向くと同時に、笑顔になったシャルロットが走り出す。

振り向いたユーリウスの側へ駆け寄ったシャルロットが小石に躓《つまず》き、彼女の体が傾ぐ。転倒しかけたシャルロットの二の腕を、ロベルトが咄嗟《とっさ》に掴《つか》み地面へ転倒するのは免れた。

頬を赤く染めたシャルロットがロベルトへ頭を下げ、王子様の顔を崩さず対応するユーリウスに話しかける。歩き出したユーリウスの後をシャルロットが付いて行き、眼下から彼らの姿は消えた。

(何てベタな展開なのか。あれ？　ユーリウス様はシャルロットさんが近くにいても平気なのかしら？)

『貴女の役目は終わりよ』

いつか見た夢の内容が脳裏に蘇《よみがえ》ってくる。

夢の中のシャルロットは、断罪の言葉を言い放ったユーリウスの腕に抱き着き、心底愉《たの》しそうに笑っていた。

「あの一年生、随分と積極的なのね」

食い入るように眼下を見下ろしていたリージアは、隣から聞こえた冷たい声で我に返る。

「彼女が例の一年生ね。リージアさんっ！　負けては駄目よ！　わたくし達は貴女の味方よ！」

力強いミンティアの言葉に、その場にいる女子達は揃《そろ》って頷《うなず》く。

以前は敵対していた、A組女子とB組女子の間に生まれた強い連帯感。リージアは「ありがとう」と笑って戸惑いを誤魔化した。

女子達に守られていたおかげか何事もなく放課後になり、リージアは約束していた相手との待ち合わせ場所、馬車の待機場所を目指して走っていた。

友人達との会話に夢中になり、気が付けば約束の時間を過ぎていたのだ。

馬車の前に立って待っていたイザベラは、走ってきたリージアを見て目を丸くした。

「お待たせして、すみません」

「リージア様こそ大丈夫ですか？」

肩で息をするリージアへ、そっとイザベラはハンカチを差し出す。

「ありがとう、ございます」

受け取ったハンカチからほのかに石けんの香りがして、イザベラの以前付けていた香水とは違うことに気付く。以前はもっと大人びた、薔薇《ばら》を基調とした香りだったのにどうしたのか。

「体調を崩されたと聞きましたが」

「それは」

「リージア」

何と答えようかと迷っていると、馬車の窓からイザークが顔を出す。

「一昨日《おととい》は熱出して休んでいたのだろう？　体調はもう良くなったのか？」

「一日ゆっくり寝たら良くなりました。お気になさらないでください」

イザークとイザベラの交互に視線を向けて、リージアはニコリと微笑んだ。

馬車に乗り込んだイザベラはイザークの隣に、リージアは二人の向かいの席に座った。

御者が出発の合図をして馬車が動き出すと、イザベラは落ち着かない様子で膝の上に置いたバスケットと向かいのリージアを見る。

「リージア様、あの」

「イザベラ」

言葉を遮るようにイザークに名前を呼ばれ、イザベラはビクリと肩を揺らす。

「お兄様、ごめんなさい」

眉尻を下げて閉口したイザベラは視線を下げた。

「どうかしましたか？」

「いいや？　兄妹《きょうだい》の問題だよ」

首を傾《かし》げるリージアへ、窓枠に肘を置いたイザークは「これ以上は聞くな」と含んで口角を上げた。

学園を出た馬車が街の大通りを通り抜けマンチェスト領直営店舗へ着く頃には、日は傾き空の一部は茜《あかね》色に染まりつつあった。

先に馬車を降りたイザークが扉を開き、扉に取り付けられたトーンチャイムがカランッカランッと鳴って、来店者が来たことを告げる。

「いらっしゃい。なんだ、今日はリージアも一緒なのか」

「お兄様こそ、今日は珍しい格好ですね」

出迎えたブルックスの目の下に隈《くま》はあるが、皺のない綺麗《きれい》なシャツとベスト、襟元にはタイを付けていつも乱れている髪は整髪料を使い整えられていた。

ひいき目なしにブルックスは整った顔立ちをしているのだ。きちんとした格好をすれば性格はどうであれ、数多《あまた》の女性を虜《とりこ》にする貴公子に見える。

「まぁ、泣かせてしまったからな」

誰のことを、と言わなくとも、リージアを通り越しているブルックスの視線で分かる。

一歩前へ出たイザベラは、両手で抱えたバスケットから綺麗にラッピングされたアイシングクッキーを取り出す。

「ブルックス様、あの、この前のお詫《わ》びにコレを……」

「ありがとう」

頬を染めたイザベラからクッキーを受け取ったブルックスは、側で見ている妹のリージアが別の人格が乗り移ったのかと驚くくらい、やわらかく微笑む。

ボンッという、効果音が聞こえてくるような勢いでイザベラの全身が真っ赤に染まっていく。

全身を赤に染めてブルックスを見詰める彼女は、王女様ではなく恋する女の子にしか見えなかった。

デザイナーが書いたデザイン画の確認をしているイザベラと、彼女の質問に答えているブルックスを横目にリージアは夏用に発表された、薄手の布のサンプルを手に取っていた。

ふと頭上から影が差し、リージアは振り返る。

「イザーク様」

「二人の邪魔をしては悪い、と思ってな」

苦笑いするイザークの背後には楽しそうに微笑むイザベラと、デザイン画に色鉛筆で修正を入れているブルックスの姿があった。

「イザベラはブルックスに興味を持っているらしいな。あんな顔は初めて見た」

「お兄様は攻略対象なのでしょう？　いいの？」

留学は止められなかったとはいえ、イザークは続編の悪役令嬢ポジションのイザベラが主要人物と関わるのを避けていたはず。

一緒に留学してきた侍女見習いのシャルロットも、意図的に違うクラスにさせたと以前彼は言ってなかったか。

「イザベラが幸せになるのならばかまわない。身分も、マンチェスト伯爵家だったら許されるだろう」

「いや、でもお兄様には婚約者がいるわよ」

積極的に交流をしてないとはいえ、ブルックスには幼い頃に決められた婚約者がいた。婚約者の令嬢を知っているリージアとしたら、イザベラとブルックスの距離が近付くのは複雑な思いになる。

「イザベラもそこは弁《わきま》えている。あくまでも接触は依頼主、友人の兄への態度という範囲に止めているだろう。それよりも、リージアはどうする？」

「え？」

「昨日、シャルロットに喧嘩《けんか》を売られたんだろう？　このまま、シャルロットがユーリウスとの仲を深めていくのを静観しているのか？」

腕組みしたイザークは、挑発するような笑みを浮かべてリージアを見下ろす。

「私は……」

言葉に詰まったリージアは下唇を噛《か》む。

昨日までだったらなり行きを見守り、最終的にユーリウスが決定することに従おうと考えていた。

だが、ユーリウスの本心を知った今、シャルロットに彼を譲るつもりはなかった。自分には味方となってくれる友人達も、王宮で発言力を持つ側妃エルシアもいる。

「リージア」

思考に耽《ふけ》っているうちに、距離を詰めたイザークがリージアの手を握りそっと指先に口付ける。

一体どうしたのかと顔を上げれば、笑みを消した真剣な表情のイザークと目が合った。

「婚約を解消して、俺の妃《きさき》になってほしい」

「えぇ？」

大きく目を見開いたリージアの口から、なんとも情けない声が漏れた。

想定外の台詞《せりふ》を言われたのは分かったが、意味が理解出来ずリージアはポカンと口を開けてイザークを見上げた。

「ユーリウスとの婚約を解消して、俺の妃になってほしい」

冗談ではなく本気で言っていると分かる表情で、駄目押しのようにもう一度言うとイザークは固まるリージアの指に自分の指を絡めた。

互いの息遣いが感じられるほど近くなった距離を少しでも離したくて、身を縮めたリージアはイザークの視線から逃れようと目蓋を伏せた。

（こんなにも、違うのね）

長身で細身だが筋肉質な体躯《たいく》と、指に絡まる長いイザークの指はユーリウスとは違い、節くれだって力強い。

見下ろしてくる金色が混じった橙《だいだい》色の瞳の中に熱がこもっているのを感じて、ようやくリージアの脳が彼から言われた言葉を理解した。

「き、さき？」

伏せていた目蓋を開き、目を丸くしてパクパク口を開閉するリージアの頬を、イザークの手のひらが包み込む。

「シャルロットは確実にユーリウスとの距離を縮めている。ユーリウスから婚約破棄を言い渡される可能性に怯《おび》え、この先を過ごしていくのか？　婚約を解消して俺を選べば、絶対に他の女は見ないし不安など抱かせない」

「な、王命でもある婚約を解消するなんて、出来ないでしょう」

「俺ならば出来る」

自信満々に言いイザークは口角を上げた。

（確かに、実力もあり王位に一番近いイザークなら出来るかもしれない）

隣国オベリアは軍事国家。両国の同盟を解消することや武力行使をちらつかせ、和平のためという名目であればユーリウスとの婚約を解消させて、新たにイザークと婚約を結ぶことも不可能ではないだろう。

「私は……」

『信じてほしい』

『好きだ』

脳裏に浮かんだのは、今にも泣き出しそうなユーリウスの顔。

力強い橙色の瞳から顔を逸《そ》らしたくなるのを堪《こら》え、真っすぐにイザークを見詰める。

「婚約は解消しない。ユーリウス様を信じているから」

たとえ強制力に負けてしまっても、あの時の彼の言葉は本心からのものだと信じていたい。

きっぱりと言いきったリージアの頬から、イザークの手のひらが離れて肩を軽く掴む。

少し前まで隣室から聞こえていたイザベラとブルックスの話し声は聞こえなくなり、リージアの耳に届くのは自分の心臓の音と呼吸の音だけ。

たっぷり十数秒ほど無言で見つめ合い、イザークはふぅと息を吐いた。

「それは、残念だ。今なら落とせると思ったのに、手強《てごわ》いな」

リージアの肩へ置いていた手を自分の口元へ持っていき、ニヤリと笑った。

「同じ世界の記憶があるリージアならば、一番の理解者、良き妃になってくれると思ったのに残念だ」

絡ませていた指を解放したイザークは後ろへ下がり、ようやく二人の間に僅かな隙間が空く。

「前世の記憶があるからこそ、きっと私達は互いの存在に依存してしまう。少しでも考え方に相違があったら、恋慕の有無にかかわらず他に親しくする異性が現れてしまったら、不安になって疑念を持ってしまう。依存からいがみ合う関係になってしまうわ」

〝苦手なタイプ〟と最初からイザークを警戒していなければ、ユーリウスに出逢《であ》うよりも前に転生者だと知ってしまっていたら前世の記憶を持つ懐かしくて特別な存在として、彼に寄りかかってしまっていた。

互いに依存し合う関係は一歩間違えば破滅の道へ突き進む。

「ふっ、違いないな」

笑みを作ろうとしている口元は歪《いびつ》になり、長い間孤独感に苛《さいな》まれていたイザークは本心を隠しきれず、力が入った目元と眉間に皺が寄る。

「ユーリウスよりも早くに、リージアの存在に気が付いていればと何度も後悔した。同じ世界で生きた前世の記憶を持っていて、こんなにも可愛《かわい》い子だともっと早く気が付いていたら、攫《さら》ってでも俺の婚約者にしていたのに」

「私はシナリオに巻き込まれなかったら、貴方《あなた》には絶対に近付かなかった。平凡でもモブでも、堅実な人が好きだもの」

　にっこりと微笑むリージアにつられて、イザークの苦しげな表情が幾分和らぐ。

「本来の俺は、堅実で一途《いちず》だよ。チャラいのは、あー、キャラ設定」

「女の子たちに囲まれて、とても楽しそうでしたよ。殿下？」

「可愛い女の子に囲まれるのは男の夢なんだよ。前世はモテた経験はないし、彼女だってゲームにハマっていた子が初彼女で、あっ」

「ぷっ」

　失言に気が付き、顔を赤らめて横を向いたイザークが可笑《おか》しくて、リージアは吹き出してしまった。

　肩を震わせ声を堪えたリージアの笑いが治まり、イザークはゴホンッと咳払《せきばら》いする。

「昨日、シャルロットに喧嘩を売られてどう思った？」

「何というか、態度が豹変《ひょうへん》したのには驚いた」

　クラスを訪ねてきたシャルロットの態度は高圧的でも、一応敬意を払い丁寧な口調だったのにリージアが「ユーリウスを信じている」と言った途端、豹変した。

　口調と顔つきもそうだが、一番驚いたのは彼女が纏《まと》う雰囲気の変化だった。

「ゲームのシャルロットは、生まれてすぐに両親が亡くなり養護施設で育ったため、控えめで自己主張が苦手な性格。自己肯定感が低いシャルロットは学園で攻略対象者達と出会い、魔法の才が花開いて自信を持つことで成長していくといった育成と恋愛を楽しむゲーム。だったんだが、シャルロットの性格と言動が違いすぎる」

イザークの言葉から、リージアはある可能性に気が付き息をのんだ。

「まさか、シャルロットも転生者？」

「その可能性が高い。それに、もしかしたら……」

言葉を切ったイザークは首を横に振り、隣室のイザベラへ目を向ける。

「相手がリージアでなくとも、シャルロットが三年の教室へ喧嘩を売りに行ったとイザベラが知ったら、激怒して国へ帰らせただろうな。昨日は私用で学園を離れていて良かった。良くない影響しか与えないシャルロットとは、気付かれないように距離を置かせているんだ。イザベラを抑えるのに、ブルックスがいいブレーキになってくれている。揉《も》め事を起こせば留学は終わりだと告げた時は、泣かれて面倒だった」

滅多に涙を見せないイザベラが泣き出して、それがきっかけとなりブルックスへの恋心を自覚させてしまったと、思い出したイザークは苦笑いする。

「あのね、先ほども言ったけれどお兄様には婚約者がいるのよ」

「イザベラも無茶なことはしないはずだよ」

「今は」という副音声が聞こえた気がして、リージアは今後ブルックスを待ち受けるだろう展開を考え、こめかみが痛くなってきた。

「えっと、イザーク殿下、教えてほしいの。ユーリウス様がシャルロットさんの勉強を見ているのは貴方が頼んだの？」

「半分当たり。ユーリウスには条件付きで依頼した。因《ちな》みに、俺もシャルロットの勉強を見ていて、イザベラは常識とマナーを教えている」

「条件？」

きょとんと訊《き》くリージアの唇を、イザークが伸ばした人差し指の先が掠《かす》める。

「詳しいことは、まだ教えられない。俺にも色々と事情があってね。それも近いうちに終わる。だからリージアに告白したんだがなぁ。まさか振られるとは」

おどけたように言いイザークは肩を竦《すく》めた。

「お妃様は無理でも、良い友人にはなれるでしょ？」

前世の記憶を知るゲームで得た知識と国を担う者たちの秘密を知る者として、生涯の伴侶になれなくとも友人として支え合うことは出来る。

「では姫君、好きな女の子に振られた哀《あわ》れな男に寮まで送り届けるという、騎士の役目を与えるご慈悲をください」

胸元へ手を当てて膝を折ろうとするイザークを慌てて止め、しっかりと向き合って立つ。

「イザベラ様に誤解されなければお願いします」

頭を下げるリージアをイザークは感情の読み取れない瞳で見下ろしていた。

打ち合わせは終わり、心ここにあらずといったイザベラとイザークに送られて寮へ戻ったリージアを出迎えたのは、ユーリウスの護衛騎士と血相を変えたメイド達だった。

「ああっ！　お嬢様！」

駆け寄って来たメイド達の取り乱した様子から不測の事態が起きたと察したリージアは、なるべく落ち着いた口調で話しかけた。

「どうしたの？」

「さ、先ほど、殿下の護衛騎士の方が来られてっ、そのっ」

動揺のあまり続きが言えなくなったメイドの代わりに、続きはもう一人のメイドが言う。

「殿下が倒れられて、治療のために王宮へ搬送されたそうです。お嬢様をお迎えに騎士様がいらっしゃいました」

「えっ？」

呆然となるリージアの手から、鞄《かばん》が落ちて床へ当たり鈍い音を立てた。

ここ三日間で色々な事があったせいか、脳内の情報処理が追い付かない。

声に出さず、心の中で「倒れた」と何度も確認してようやくユーリウスが倒れた、と理解出来た。

「ユーリウス様が、倒れられた？」

「はい。放課後の生徒会長室で、突然倒れられたのです」

ドクンッと心臓が大きく脈打ち、ぎゅうっと締め付けられる。息苦しさを堪えるためにリージアは胸元を押さえた。

「何が、何があったのですか？」

「それが」

声を荒らげたリージアに詰め寄られ、護衛騎士は視線を彷徨《さまよ》わせて言い淀《よど》む。

「放課後、生徒会の仕事が終わった頃に、殿下を訪ねて生徒会室へ女子生徒がやって来たのです」

「女子生徒とは、シャルロットさん？　彼女と、何かあったのですか？」

以前、堂々とシャルロットが生徒室を訪れていた光景が思い浮かんだ。

イザークから聞いた話では、ユーリウスは理由があってシャルロットに勉強を教えていた。

騎士の口調からは、今日シャルロットが生徒会室を訪れたのは予定外だったように聞こえた。

「女子生徒はリージア様から嫌がらせを受けていると殿下に訴えましたが、殿下は訴えを聞き入れず上級生の教室へ行き無礼な行為をしたことを咎《とが》めたのです。すると、女子生徒は殿下に『これで私を思い出して』と言いながら、ポケットから出した香水を辺りに振り撒《ま》きました。その直後、突然苦しみ出された殿下はそのまま意識を失われたのです」

「そんな！」

リージアの顔から血の気が引いていく。

植物、特に加工された香料に含まれる魔力でアレルギー反応を起こすユーリウスは、シャルロットが撒いた香水によって急激なアレルギー反応を起こしたのだ。

「その場で女子生徒は控えていた護衛が拘束し、暗部へ引き渡しましたが、呼吸困難になった殿下の意識は戻らず、治癒魔法に長《た》けた魔術師が懸命な処置を行っている状態です。今すぐリージア様をお連れするようにと、シュバルツ殿下から命を受けてお迎えに上がりました」

「ユーリウス様……」

意識を失うほどのアレルギー反応は、アナフィラキシーショックではないか。

力が抜けて座り込みそうになるのを、歯を食いしばり耐える。

震え出しそうになる全身を叱咤《しった》して足に力を入れて踏ん張って立った。

「すぐに向かいましょう」

着替える時間すら惜しくて、制服の上から外套《がいとう》のフードを目深に被《かぶ》ったリージアは寮の裏口から外へ出た。

リージアを抱えるようにして待機させていた馬へ乗った騎士は、学園から王城へ続く森の中を単騎で走り抜ける。

（ユーリウス様！　どうか、間に合って！）

アナフィラキシーショックを起こしたのなら、時間の経過と共に症状が悪化する可能性が高い。

現段階ではこの国にはアレルギーを抑える薬はなく、アレルギーに関する知識もない。この世界では、猛毒に全身を侵されている状態に等しい。

ユーリウスのアレルギー体質とリージアのスキルは極秘扱いにされており、二人の事情を知るシュバルツから呼ばれるということは、侍医や魔術師達では手の施しようがないということだ。

今まさに命の危険に晒《さら》され苦しんでいるユーリウスを思い、溢《あふ》れ出そうになる涙は目元に力を入れて堪えた。

森を抜けると、王宮を囲む結界の継ぎ目から庭園の片隅へ入る。

騎士団の宿舎にある馬屋へ騎乗していた馬を預けた騎士に先導され、使用人用の出入り口からリージアは城内へ入った。

王族専用区画へ入った途端、リージアは空気が変わったことに気が付いた。

初めて訪れる王宮の王族専用だけあって幾重にも張り巡らされた結界と、重々しく警戒と緊張感を感じさせる空気は暗く息苦しい。

先導する騎士の歩みが止まり、プライベート用応接室の扉を開きリージアの入室を促した。

「失礼します」

入室したリージアは椅子に座る人物に気付いて頭を下げた。

「シュバルツ先生、ガルシア先生」

椅子に座るシュバルツの傍らに立つガルシアは、目を細めて反応する。

「急に呼び出してすまない」

「シュバルツ先生、ユーリウス様の容態はどうなのですか？」

問い掛けにシュバルツの表情は険しくなる。

「ユーリウスの状態は、治癒魔法で何とか呼吸の確保と臓器の保護はしているが、回復魔法や投薬をしても全く症状が治まらない。このままでは長くはもたないだろう。シャルロットが撒いた香水の影響が、これほどまで強い理由はまだ分からない」

「そんな……」

「原因を作ったシャルロットは拘束し、今も部下が尋問している。だが、全く要領を得ないことばかり言っていて話にならない」

想像していた以上に深刻なユーリウスの状態に、リージアの頭の中が真っ白になっていく。

「シュバルツ先生、ユーリウス様のところへ連れて行ってください」

カラカラに乾いた舌を動かして、リージアは絞り出すように震える声を発した。

王宮の最奥、離宮の一室にユーリウスは搬送され懸命な治療を受けているという。

彼が意識不明の重体であることは国王とシュバルツに近しい者しか知らされていない。

搬送されたことは知られていても、詳細は王妃派の者達に漏らさないように離宮各所にシュバルツの部下が配置されており、完全な人払いもされている。

「異変に王妃は気が付いているだろう。すでに息子を王太子に推そうと動き出しているはずだ。だが、王妃はユーリウス暗殺を企てた協力者として、シャルロットと一緒に叩《たた》き潰すつもりだ」

暗い笑みを浮かべたシュバルツは、リージアの前を歩き室内へ入る。

警備と結界に護《まも》られた薄暗い室内には、薬草と消毒液の匂いが充満しており病院の一室を彷彿《ほうふつ》させた。

部屋の中央に置かれたベッドに寝かされているユーリウスは身動き一つしない。

「ユーリウス様っ」

室内へ足を踏み入れたリージアは、ハッと息をのんだ。

ベッドに横たわるユーリウスの全身は、発疹《はっしん》で真っ赤に腫れ上がっているのが遠目からでもよく分かった。

「酷《ひど》い」

整った顔全体も腫れ上がり、言われなければ彼がユーリウスだとは分からない。

ベッドへ近付くとヒューヒューという苦しげな呼吸音が聞こえた。

呼吸維持のための治癒魔法の術式が彼を取り囲んでおり、淡い薄緑色の魔力の光を放っていた。

「ユーリウス様、ごめんなさい」

見える範囲の顔と首以外、掛布の下の肌も真っ赤に腫れ上がっていることだろう。

ここ数日間は、最低限の時間しかユーリウスと会っていなかった。

今日は一回も顔を合わせていない。

アレルゲンは彼の体内に蓄積されていたはず。その状態でユーリウスのアレルギー源、アネモネの香水をまき散らされたのだ。ショック症状を起こして当然だった。

涙の膜で覆われた視界の中では、ユーリウスが歪《ゆが》んで見える。

無効化のスキルを抑えている髪飾りとピアスを外し、治癒魔法の術式には触れないよう注意しながらユーリウスの頬へ手を伸ばした。

彼を蝕《むしば》むアレルゲンの除去を願いながらそっと頬へ触れる。

「駄目、なの？」

無効化のスキルにより、治癒魔法の効力が消えて呼吸困難となったユーリウスが苦しそうに呻《うめ》く。

慌てて頬から手を離すと、治癒魔法の効果は戻りユーリウスの呼吸は戻っていく。

いつもだったら、直《す》ぐにアレルゲンを除去する無効化のスキルは、何の効果もなかった。ストッパーを外した今の状態でユーリウスに触れて、改善が見られなければリージアにはもう打つ手はない。

「そんな……」

絶望感からその場に崩れ落ち、床に両膝をついたリージアは天井を仰ぎ見た。

「こんな、こんなことになるなら、ちゃんと理由を聞いておけばよかった」

あんなに苦しそうな顔をして、ユーリウスがシャルロットに関わらなければならない理由を、何故二人っきりになれた時に聞いておかなかったのか。

イザークやシュバルツから聞くのではなく、ユーリウス本人ときちんと話をするべきだった。

ポタリ、堪えきれない涙がリージアの頬を伝い、ユーリウスの頬へ落ちる。

「私を置いて逝かないで。ユーリウス様、目を開けて。まだ貴方に言いたいことがあるの」

消え入りそうな声で言い、リージアは敷布を握り締める。

（まだ、何も伝えてない。次のデートへ行って食べたい物も、貴方のことを好きだということも）

もっと早く、ユーリウスの意識があるうちに伝えておけば良かった。

真っすぐな想《おも》いを伝えてくれていたのに、自分はあいまいな返答しか彼にしていなかった。

ポロポロと、零《こぼ》れ落ちるリージアの涙はユーリウスの顔と首元へ落ちる。

「ユーリウス様、好きです。貴方のことがずっと好きです。お願い、私を一人にしないでっ！」

涙を流して、しゃくり上げながら告白をしたリージアは、外していたピアスを耳に着けて意識のないユーリウスへ縋《すが》りついた。

幕間　王子様の誤算

少し前まで凍えるように寒かったのに、今はあたたかくてやわらかいものがユーリウスの全身を包み込んでいた。

（だれ、だ？）

誰かが必死に自分の名前を呼んでいる。

靄《もや》がかかった記憶では、それが誰の声なのかは思い出せない。

ほとんど深淵《しんえん》へと落ちかけているユーリウスの意識と体を、必死で引っ張り上げようとする声は耳に心地よくてユーリウスは彼女が誰なのかおぼろげな記憶を探った。

『これはバグのせいで歪《ゆが》んだシナリオなのよ。歪みは元に戻さなきゃ、ヒロインが幸せになるようにしなきゃならないの！』

ガシャン！

空色の瞳に狂気の光を宿した女子生徒は、ブレザーのポケットから取り出した小瓶を勢いよく床へ叩《たた》きつけた。

小瓶が割れた途端、強烈な香水の香りが室内に充満する。

突然のことに、防御結界を張ることも出来ずに香水の香りを吸い込んでしまった直後、呼吸が苦しくなり激しい頭痛に襲われたユーリウスは床へ膝をつく。

力を振り絞り、シャルロットへ手を伸ばして彼女の肩を掴《つか》んだ。

『お前は、一体⁉　ぐっ』
問い詰める言葉を発したのを最後に、ユーリウスの意識はそこで途絶えてしまった。

(そうだ、俺はあの時に倒れた。では、何故《なぜ》、あんな女を部屋に入れた？　彼女は、リージアはどうしたんだ？)

〝リージア〟と声に出した瞬間、漆黒から純白まで色とりどりの記憶の渦が出現してユーリウスを飲み込んでいく。

＊＊＊

「オベリア王国の王女？」

休日でもないのに、国王命令で早退させられて王宮へ呼び出されただけでも嫌なのに、さらに面倒なことを押し付けようとする国王の言葉に顔を顰《しか》めたくなった。

鍛えた表情筋に力を入れて堪《こら》えるが、唇の端が小刻みに動く。

「我が生誕祭後、イザベラ王女と侍女の二名を留学させたいとオベリア国王からの親書が届いた。王女の希望でとなっているが、オベリア国王はお前の妃《きさき》に据えたいという考えもあるのだろうな」

国王専用の豪華な椅子に座り、肘掛けに肘を置いて頬杖《ほおづえ》をついた国王は無表情となった息子に気付き口角を上げた。

「正妃はリージアにして、イザベラ王女を側妃にするか？　そういえば、娘を側妃候補に入れてほしいと申し出て来た者達もいたな」

「父上、側妃は必要ありません。リージア以外は娶《めと》る気はないと何度も申しております」

感情を抑えていたユーリウスの声と視線に若干の苛立《いらだ》ちが混じる。

「フッ、随分と惚《ほ》れ込んでいるな。確かにリージアは稀有《けう》なスキルを保有しており、マンチェストの産業は魅力的だが老害どもを黙らせるのには弱い。王妃も何か企んでいるだろう。どうするつもりだ？」

「リージアのスキルは貴重で、マンチェスト伯爵領の産業は我が国に利益をもたらすでしょう。しかしそれ以上に、私は彼女の全てが愛《いと》しいのです。一部の貴族達が納得しないのならば、認めさせるだけです」

「フ、共同出資したマンチェストの直売店とやらが注目されているようだな。平民、貴族だけでなく隣国からも注文が来ていると聞く」

「ええ。評判は上々のようですね」

不満を訴えている貴族達の奥方や娘からも注文が来ていると、ブルックスから聞いていたユーリウスは薄っすらと笑みを浮かべた。

未《いま》だにリージアの婚約に不満を持つ古参の貴族達を黙らせ、ユーリウスが王太子となるのを阻止しようとする王妃をどうするのかと、愉《たの》しんで成行きを見ている悪趣味な国王《ちちおや》にこれ以上付き合うつもりはない。

「父上のご期待に沿えるよう尽力いたします。では、失礼します」

退室の挨拶をしたユーリウスは、国王と目も合わせず王宮を後にした。

学園へ戻った時には放課後になっていた。

下校時刻まで生徒会長の執務をするためにユーリウスは生徒会長室へ向かう渡り廊下を歩いていると、中庭のベンチに座って友人と談笑するリージアを見付ける。

楽しそうに笑うリージアを見ているだけで、不思議と苛立ちが凪《な》いでいく。

（可愛《かわい》いな）

今すぐ中庭へ下りてリージアの側《そば》へ行き、彼女に触れたい。

へにゃりとゆるんだ口元から、ユーリウスの心情を見透かした護衛騎士が後ろで「ゴホン」とわざとらしく咳払《せきばら》いする。

「殿下、下校時刻までの時間はあと一時間しかありませんよ」

「分かっている。だが、少しぐらいリージアと話をしてきてもいいだろう」

護衛騎士を一睨《にら》みしてからユーリウスは歩き出し、直《す》ぐに足を止めた。

「何用だ？」

気配に気付いた護衛騎士がユーリウスを庇《かば》い前に立つ。

柱の陰から音もなく眼鏡をかけた男性事務職員が現れ、ユーリウスへ頭を垂れた。

一見、地味な顔立ちの事務職員だが、気配の調節や足さばきから彼はただの職員ではない。

眼鏡の奥から覗《のぞ》く鋭い眼光から、事務職員の正体を察したユーリウスは嫌そうに顔を顰めた。

「シュバルツ殿下がお呼びです」

護衛騎士からの威嚇の圧にも怯《ひる》むことなく、事務職員は表情を変えず淡々と用件のみを告げる。

叔父、王弟シュバルツの裏の顔は諜報《ちょうほう》に長《た》けた暗部、国王直轄特別捜査部隊の統括者。

事務職員に変装した暗部の者を使いに寄越すのは、何らかの緊急事態が起こったということ。

護衛の一人に、「今日は会えそうもない。翌日の昼食を一緒に食べよう」というリージアへの言付けを託し、事務職員に扮《ふん》した暗部の者に先導されて教師達の研究室がある研究棟のさらに奥、シュバルツのために作られた特別区画へと向かった。

特別区画内は幾重にも結界が張られ、いたるところに監視魔道具が設置されており監獄以上の警備が敷かれていた。

学園の教師を隠れ蓑《みの》にしているシュバルツが、実は暗部の統括者で国内外の情勢を監視する役を担っているということは極秘扱いにされている。

教師をしているのは完全な趣味と、学園は王宮よりセキュリティ面が良く使い勝手も良いから、らしい。

シュバルツの部屋の前に立つ、助手の格好をした女性はユーリウスへ頭を下げ、扉をノックした。

珍しく特別捜査部隊の隊服を着用した渋面のシュバルツに出迎えられ、ユーリウスは室内へ入ってから異様な雰囲気に息をのんだ。

壁際に控える白衣を着た助手に見える若い男性達は皆暗部。

彼らに囲まれているのは、簡易ベッドに横たわっている半分以上の髪が白髪になりやせ細った老人男性だった。

頬と目元はこけ、はだけた襟首から見える胸元は骨が浮き上がっていた。

僅かに胸が上下していなければ、土気色の顔色をした老人が生きているとは思えない。

「面倒なことになった」

腕組みをしたシュバルツは老人を見下ろして吐き捨てるように言った。

この衰弱しきった老人が〝面倒〟にはとても見えず、ユーリウスは老人を見詰める。

昏睡《こんすい》状態の老人は誰かに似ている気もするが、誰に似ているのかが分からない。

「この者が面倒だと言うのですか？　私には弱りきったご老人にしか見えませんが」

「この者は、老人に見えるが……」

一旦言葉を切ったシュバルツはユーリウスと視線を合わせる。

「ルーファウスだ」

「は？」

思いもよらない名前を言われ、ユーリウスの口から間の抜けた声が出た。

前宰相の息子でありユーリウスの側近候補でもあったルーファウスが、メリルと共に行方不明となってから半年しか経《た》っていない。ルーファウスがメリルを連れて国外へ逃亡したことは、極秘とされて一部の者しか伝えられず、リージアにすら知らされていない。暗部の者数名が監視につけられており、異変を知らせる報告は受けていなかった。

若々しかったルーファウスの姿とベッドに横たわる衰弱しきった老人は似ても似つかず、シュバルツと老人と化したルーファウスを見る。

「魔力を根こそぎ奪われた上に、精気も奪われたようだな。これは、ルーファウスが禁術を使った代償だろう」

「禁術？　どういうことですか？　ルーファウスには監視がついていたのではないのですか？」

暗部に所属している者達は皆、手練れで易々と倒されはしないはずだ。

「監視につけていた者は、こやつが起こした魔力爆発に巻き込まれてしまい命を落とした。そのため何が起きたのか詳細不明だ。そして、一緒にいたメリルは行方不明になっている」

ガチャリ、奥の部屋へ続く扉が開く。

「逃亡した後、二人はオベリア王国で冒険者となっていた。そして、我が王家が管理していた古代遺跡へ侵入し内部を荒らした上に、古《いにしえ》の魔道具を盗んだんだよ」

開いた扉から現れたイザークは、普段の飄々《ひょうひょう》とした態度とは違い氷のように冷たい声で、シュバルツの台詞《せりふ》の続きを言う。

「なん、だと？　イザーク、それは本当なのか？」

「盗み出した魔道具をルーファウスは使用したのだろう。魔力増幅の力を持つ魔道具を発動させ魔力爆発を起こした。一緒にいたメリルは魔道具を持って行方を眩《くら》ませたようだ。俺としてはメリルが行方不明でなければ、今すぐ罪人としてルーファウスを引き渡してもらいたいのだがな」

冷笑を浮かべたイザークは、感情の消え失せた瞳でルーファウスを見る。

イザークの視線はかつての友人を見るものではなく、完全に罪人としてルーファウスを見ていた。

衰弱した老人のような姿になっていてもこのまま意識が戻らなくとも、メリルの身柄が確保された時点でルーファウスはオベリア王国へ罪人として引き渡されるだろう。

「叔父上、ルーファウスはこの後どうなるのですか？」

「一生、このまま廃人同然となるか、回復していくのかは私には分からん。どんな姿になろうとも、こやつは罪を償わなければならない」

「くっ、馬鹿な奴だ」

一年前までは、幼《おさな》馴《な》染《じ》みとして共に学んでいたルーファウスの変わり果てた姿はさすがに衝撃的で哀《あわ》れに思えて、ユーリウスは唇を噛《か》んで目蓋を閉じた。

　変わり果てたかつての幼馴染みルーファウスは、ユーリウスの視線に応えるように顔を歪めて小さく呻《うめ》き声を漏らした。

「罪人、追放者が犯した罪とはいえ、このままではオベリア王国との関係を悪くしかねない。現在、暗部総出で魔道具とメリルの行方を追っている。ユーリウスも協力してほしい」

「協力、ですか？　暗部が動いているのならば、私が出ては足手まといになるでしょう」

　諜報と暗殺に長けている暗部が動いている以上、余計な手出しは無用のはずだ。というのはユーリウスの建前で、本音はあんな女《メリル》には二度と関わりたくはなかった。

「魔道具を発動させたのはルーファウスだ。発動した魔道具をメリルが所持しているならば遠くには行けない。ルーファウスから離れてしまうと効力が切れるからな。そのため、王都に潜んでいる可能性がある」

　メリルが近くにいるかもしれないという事実に、ユーリウスの顔から血の気が引いた。

「学園内では俺達の方が動きやすい、ってことだろう」

　イザークの言葉は耳に入って来ず、込み上げてくる吐き気にユーリウスは口元を右手で覆う。

（あの女が、俺とリージアの近くにいるというのか!?）

　顔色を悪くするユーリウスの肩へ、手を置いたイザークは励ますように軽く肩を叩く。

「メリルがリージアとユーリウスを恨み、接触してくることも考えられる。兄上の生誕祭後、リージアと距離をとれ。わざと隙を作ってメリルが近付きやすいようにしておくんだ」

「リージアと距離を置いて、さらに囮《おとり》にしろと言うのか？」

カァッと頭に血が上る。食って掛かりそうになるのをイザークの手が押し止めた。

「ユーリウス、自分の立場を忘れるな」

冷ややかな視線をシュバルツから向けられて、ユーリウスは口を閉じるしかなかった。

「この件には協力者がいる。メリルを捕縛出来なくとも協力者の証拠を掴めれば十分だ。卒業までに解決することが出来たならば、お前を王太子に推し邪魔な王妃は排除しよう」

「出来なかった場合は？」

「出来るだろう？」

目を細めたシュバルツの態度は冷然としたもので、叔父の裏の顔を知っているユーリウスは言葉に詰まる。

国王にとって邪魔な者達を排除する国王直轄特別捜査部隊の統括者としての顔。

メリルの行方を見付ければ、痕跡一つ残さず彼女を排除することが出来るのをユーリウスは知っていた。

叔父が後ろ盾になれば自分が王太子となれることも、学生時の評価から王太子に相応《ふさわ》しいのかと見定められていることも、理解していた。

シュバルツから発せられる圧力に屈し、コクリと唾を飲み込んだユーリウスは頷いた。

国王生誕祭後、不本意ながらユーリウスは少しずつリージアと距離を置き始めた。

距離を空けていても影ながら見守ることは出来るだろうと、リージアの姿を見付ける度に切なげに彼女を見詰める。

姿を見れば声を聞きたくなる。声を聞けば触れたくなる。

声をかけたいのに、出来ない。

体育館の壁に凭《もた》れ掛かり、テニスコートにいる女子達に混じってテニスをしているリージアを目で追いながら、ユーリウスは深い息を吐いた。

「片想《かたおも》い中の女子みたいだな」

気配を消して近付いてきたイザークから指摘され、ユーリウスの頬は赤くなる。

「イザークッ」

胸倉を掴みそうになり、クラスメイト達が周囲にいることを思い出して踏みとどまった。

「で、手掛かりは見つかったのか？」

「いや、見つからない」

首を横に振るユーリウスへイザークは皮肉げな笑みを返す。

「自分を妄信する男を使い捨てする女だ、そう簡単に見つからないだろうな。王弟殿下と暗部の目を誤魔化し潜伏を続けるとはさすがといったところか」

「どういうことだ？」

「いや？　多くの男を手玉にとるなど恐ろしい女だと思っただけだ。ああ、一応調べてみたが、マルセルは領地で大人しくしていて今回の件には無関係だったよ」

半年前のことを思い出せば、マルセル、ルーファウスだけでなく取り巻きの男子生徒数名がメリルの甘言に乗せられ退学処分を受けた。恐ろしい女というイザークの意見にはユーリウスも同意する。

「それと、もう一つ気になることがあってな」

「気になること？」

頷《うなず》いたイザークはユーリウスの隣へ移動し、同じように体育館の壁に寄りかかる。

「俺の妹、イザベラの侍女候補として留学して来たシャルロットのことだ」

「シャルロット？」

イザベラ王女と共に留学してきた女子生徒は誰だったかと考えて、最近生徒会でも話題に上っていた一年女子へと辿《たど》り着く。

「ああ、あの一年生か」

「シャルロットとメリル、外見は全く違うとはいえ、生徒間での問題を起こすところは似ていると思わないか？」

「何だと？　イザベラ王女の側仕えとする前にきちんと身元を調べたのだろう？」

「勿論《もちろん》、調べてある。とはいえ、腑《ふ》に落ちないことがあってな」

一旦言葉を切ったイザークは、テニスコートから此方《こちら》に熱い視線を送る女子生徒へ手を振る。

「そこでユーリウスにも協力してもらいたい。メリルと似た行動をとり、似た思考の持ち主ならば、俺かユーリウスが近付けば必ずボロを出すだろう」

「あの一年女子に近付けと？　冗談じゃない。これ以上リージアに誤解されることはしたくない。女子を相手にするのはお前の方が得意だろう」

テニスコートから顔を背け、イザークは女子達へ向けていた笑みを消す。眉を寄せて嫌そうに顔を顰めた。

「俺にも好みというものがある。ああいう女子は苦手というか、無理だ」

「お前、私に丸投げする気か。私もあの女子は苦手を通り越して、生理的に無理だ」

「…………」

顔を見合わせた二人は、この話の着地点を探って思考を巡らす。

(国際問題が絡むとはいえ、この厄介な体質のことはイザークには言えない。今後の動きしだいでは弱みとなる。早くリージアに触れたい。距離を置くなど無理だ。……そういえば)

吹き抜けた風に体育館の外に咲いている花の香りが混じっており、鼻孔の奥のむず痒《がゆ》さでユーリウスは鼻を鳴らした。

「香り……香りが同じだな。一年女子はあの女、メリルと同じ香りを纏《まと》っていたな」

「香り？　偶然か、それとも……いやまさかな」

自問自答して黙り込んだイザークと、腕組みしてテニスコートにいるリージアを見詰めるユーリウスの重苦しい雰囲気に、そろそろ試合が始まると呼びに来たロベルトも声をかけるのに躊躇《ちゅうちょ》していた。

『留学生シャルロット・スラーに関する行動報告』

暗部が纏めた報告書を読み、ユーリウスは息を吐く。

一年女子からの投書で発覚した留学生シャルロットへの嫌がらせは、関わった女子生徒達の指導で表面上は落ち着いた。

近いうちに、嫌がらせを行った女子の実家が娘を退学とするだろう。

今回はシャルロットの立ち振る舞いにも問題があるとされ、イザベラ王女の提案で王女が淑女教育を行いユーリウスとイザークが学習面のサポートをすることになった。と、いうのは表向きで本来の目的は、シャルロットの動向を探るためだ。

王子達がシャルロットを構うことで流れるだろう不本意な噂《うわさ》も計算に入れていた。

リージアと過ごす時間が減れば体調不良になることも彼女に勘違いされることも覚悟していた。

だが、特別視されていると勘違いし出したのか、大胆な行動が目に付くようになってきたシャルロットが単身三年B組へ向かい、直接リージアに嫌がらせをやめるように直訴しに行ったと聞いたときは目眩《めまい》がした。

監視とストッパーを頼んでいたイザベラ王女不在時を狙っての行動だと気付き、腸《はらわた》が煮えくり返りそうになる。

お人好しで素直な性格のリージアが嫌がらせなどするはずないのに。

沈んだ顔のリージアに素っ気ない態度など取れず、「五分だけ」と護衛騎士に言い、丁度よく空いていた生徒指導室へ入った。

毎日触れていた彼女の温《ぬく》もりとやわらかさを堪能し、不快ではない石けんの香りを肺いっぱいに吸い込む。

「彼女に嫌がらせをするように、指示も出していません」

震えた声の最後の方は弱々しく、今にもリージアが泣き出してしまうのではないかと胸が痛んだ。

眉尻を下げたリージアの頭へ手を乗せたユーリウスは、慰めるように彼女の頭を撫《な》でる。

「リージアが誰かに嫌がらせをするような性格でないことは分かっている。思っていることが全て顔に出てしまうのに、陰で皆を操ることも出来ないだろう？」

口を半開きにして目を丸くしたリージアを見て、ユーリウスは表情を崩して笑った。

「面倒な噂が流れているのは知っている。叔父上からの課題が終わったら、必ず事情を話すしいずれは落ち着くから。それまで……俺を信じていてほしい」

「はい」

安堵《あんど》の表情になったリージアを見下ろして、そうなるように行動していたとはいえ勘違いされていたと実感し、ユーリウスの瞳の奥がツキリと痛む。

気を抜けば泣き出しそうになってリージアの首筋に顔を埋めた。

控えめに背中へ手を回して慰めるように撫でてくれたリージアへ、『俺を見捨てないで』と喉元から出かかった懇願はどうにか飲み込んだ。

（リージア、君に触れたい。早くこの茶番を終わらせて、誤解を解かなければ。そのために、目覚めなければ！）

＊＊＊

目覚める決意をした直後、朦朧《もうろう》としていたユーリウスの意識が浮上していき、どうにか体を動かそうとするが鉛のように重い体は指先を動かすどころか、目蓋も開かず喉の違和感から咳《せ》き込みたいのに、息苦しさで咳き込めず口を数回動かして呻いた。

確実に死へ向かっている体を叱咤《しった》してもがいていたその時、あたたかいものがユーリウスの頬と首元へ降り注いだ。

「ユーリウス様、好きです。貴方《あなた》のことがずっと好きです。お願い、私を一人にしないでっ」

（リージアッ!?）

嗚咽《おえつ》まみれの声は、会いたいと触れたいと願っていたリージアのもの。

彼女が自分から好意を示してくれたのだと理解した途端、ユーリウスの全身が熱を持ち淡い橙《だいだい》色の光に包まれた。

7　モブ令嬢と王子様に起こった奇跡と断罪イベント

ユーリウスの浮腫《むく》んだ手が僅かに動いた気がして、リージアは閉じていた目蓋を開いて顔を上げた。

「え？」

目蓋を開いて直《す》ぐ、異変に気が付いた。

淡い橙《だいだい》色の光がユーリウスの全身を包み込んでいたのだ。リージアが両手で握っていた手も淡い光に包まれていた。

魔法の気配は彼の呼吸維持の治癒魔法しかなかったはずだ。息をのんで見詰めていると、光は強くなっていく。

「待て」

部屋の隅で見守っていた騎士と暗部達が動こうとしたのを、シュバルツが片手を上げて制する。

橙色の光はユーリウスの手を握るリージアをも包み込む。

一体何が起きているのかと、首を動かしたリージアは光源となっている物を発見し、目を見開いた。

光は意識のないユーリウスの胸の上に置いた髪飾りから発せられていた。

正確には、無効化スキルを抑えるためにリージアが先ほどまで身に着けていた髪飾りにはまった魔石から、発せられていたのだ。

（そうか、この髪飾りは王家の秘宝を使った特別なものだから）

ユーリウスから髪飾りを贈られた時の記憶を手繰り寄せる。

髪飾りをリージアへ手渡したユーリウスは、中央にはめ込まれた石に人差し指で触れた。

『この髪飾りには、王家に伝わる守護の力がこもった魔石を使ったんだ』

『そんな大切な魔石を私に？』

『リージアは、大切、だから』

言葉尻は消え入りそうなくらいの声になり、視線を逸《そ》らしたユーリウスの顔は耳まで赤く染まる。

王子様の恥じらう顔を見てしまったリージアも全身を真っ赤に染めたのだった。

「ユーリィ」

王族を守る守護の力が発動したのならば、奇跡を起こしてほしい。

瞳から溢《あふ》れた涙が頬を伝いユーリウスの手の甲に落ちる。

「目を覚まして。お願い！」

叫びに近い懇願に呼応して魔石は輝きを増し、光の洪水となり部屋中に満ちる。

間近にいたリージアは、目を開けていられないほど強くなった光に耐え切れず、眉間に皺《しわ》を寄せて目を細めた。

パリィーン……！

けたたましい音を響かせ魔石は粉々に砕け散り、ユーリウスの全身に降りかかった。

キィンという金属音が聞こえ、次いで室内を照らしていた室内灯が光を失う。

護衛やシュバルツもいるはずなのに、灯《あか》りが全て消えてしまった薄暗い室内は静まり返り、至近距離でシーツが擦れる音がしてリージアは全身を強張《こわば》らせた。

「ユーリウス様？」

頬にあたたかいものが触れて、そっと包み込む。頬に触れたのは、大きくて少し硬い手だった。

「リージア」

ずっと聞きたかった声が聞こえて、新たに零《こぼ》れた涙で濡《ぬ》れた頬を人差し指が撫《な》でる。涙で歪《ゆが》んだ視界に、少し窶《やつ》れているが浮腫みがなくなったユーリウスの顔が入り込む。

「俺も好きだよ」

掠《かす》れた声でユーリウスが笑ったのが分かり、しゃくり上げたリージアは顔をくしゃくしゃに歪めた。

「ユーリウス様ぁ！」

「うっ」

ベッドへ倒れ込むようしてリージアが抱き着いた衝撃で、呻《うめ》き声を上げたユーリウスはゲホゲホと咳《せ》き込んだ。


目覚めたユーリウスが侍医による診察を終えた頃、シュバルツが送った伝達魔法で事態を知らされたイザークが息を切らせてやって来た。

護衛騎士がベッドの側《そば》に椅子を置き、目覚めてからリージアの手を握って離さないユーリウスが椅子へ腰掛けるようにと促す。

「ユーリウス様は横になっていてください」

「大丈夫だ」

病み上がりのため無理はしないでほしい、と言うリージアへ、ユーリウスは微笑《ほほえ》むとヘッドボードを掴《つか》んで上半身を起こした。

まだ顔色が悪く体に力が入っていないのか、上半身を起こす動きでさえ大変そうだ。

眉尻を下げたリージアは、手を伸ばしてヘッドボードとユーリウスの体の間にクッションを置く。

ベッドの側に置かれた椅子にシュバルツとイザークも座る。

これから深刻な話し合いが始まる雰囲気を感じ取ったリージアだが、席を外したいのに握った手を解放してくれないユーリウスのせいでこの場から離れたくとも離れられない。

繋《つな》がれた手と近すぎる距離によって居心地の悪さを味わっていた。

困惑の表情でいるリージアと目が合ったイザークは苦笑いを返す。

「自白魔法が効かない？」

倒れてからの出来事をシュバルツから説明されたユーリウスは眉を寄せた。

王国屈指の魔術師の自白魔法が一般学生に効かないなどあり得ない。

魔力無効化スキルを持つリージアならともかく、留学時の測定では魔力は平均値ほどだったシャルロットでは防げないはずだ。

「魔法耐性が強いのか別の要因があるのか、シャルロットに魔法をかけようとすると防がれてしまうのだ。一応まだ〝第一王子に危害を加えた容疑〟だからな。発言も妄想が混じったことばかりで、明日には薬師達が調合した薬を使った尋問へ切り替える。ただ逃げようと抵抗するため、多重結界と物理的な拘束で抑えている」

「なるほど。で、シャルロットと王妃と何らかの繋がりはあったのか？　もしも、繋がりあったのならこの先ややこしくなる、だろ？」

挑発的なイザークの言い回しに、シュバルツのこめかみには青筋が浮かんだ。

王妃とシャルロットが繋がっており、ユーリウスを害するためイザベラに取り入り学園に留学したとしたら、イザベラもそうだがオベリア国王を欺いたことになる。

そうなれば国の信用問題へ発展し、誠意ある対応を求められてしまう。

シュバルツとイザークの間に見えない火花が散っているように感じ、リージアはなるべく横を見ないように俯《うつむ》く。

「シャルロットが王妃と繋がっている証言はまだ出てこないが、証拠などいくらでも造れる。今頃、王妃派の貴族への根回しを画策しているのだろう。王妃は笑いが止まらないだろうな。気がゆるんでいる今こそ仕掛けやすい」

口角を上げたシュバルツから冷気が放たれているのか、室内の温度が下がった気がしてリージアは身を縮こませた。

ぎゅっと、繋いだままのユーリウスの手に力がこもる。

「王妃の対応は叔父上にお任せするとして、シャルロットについて確かめたいことがある」

横を向いたユーリウスはリージアと視線を合わせる。

「リージアも協力してくれるか？」

「は、はい。私が出来ることでしたら協力させてください」

「ありがとう」

（あれ、どうしたんだろう？）

ずっと手を繋いでいたというのに、目を細めて笑うユーリウスと視線が合うと胸が高鳴ってしまい、頬に熱が集中する。

見つめ合う二人へ冷めた視線を向けていたイザークは、顔にかかる髪を掻《か》き上げ息を吐いた。

＊＊＊

「第一王子が学園で意識不明となり、秘密裏に王宮へ運び込まれた」

「容態は深刻」

学園事務員に紛れ込ませている諜報《ちょうほう》員からの第一報を聞いた時、王妃は幻聴が聞こえたのではないかと我が耳を疑った。

筆頭公爵である祖父の強い推しで王妃となり、第二王子《フリウス》を出産してからは幾度となくユーリウスを暗殺しようと画策し、その度シュバルツに邪魔をされ腸《はらわた》が煮えくり返る思いをしてきたのだ。

側に侍女がいなければ歓喜のあまり小躍りしていたかもしれない。

邪魔ばかりしてくれた宿敵とも言えるシュバルツ。彼が教師となったのは学園へ入学したユーリウスを守るため。

もう一人の王子、甥《おい》であるフリウスには厳しい目を向けるくせにユーリウスにばかり目をかけるシュバルツは、王妃からの誘いにも全く靡《なび》かず昔から気に喰《く》わなかった。

それがこの結果、大事に守り育てていたユーリウスを一女子生徒に害されるとは。

侍医や薬師が慌ただしく走り回っていると聞き、自分に反抗していた者たちが慌てふためいていると思うと、面白くて堪《たま》らない。

王妃は濃いシャドーと太めに引かれたアイラインで彩られた目を猫のように細めた。

「うふふっ、ねぇサンドラ？　まだユーリウスの意識は戻っていないらしいじゃないの」

「はい。第一王子殿下の療養されている奥の宮に動きはありません」

王妃の側に控えた侍女長サンドラは、感情のこもらない淡々とした声で答える。

「このまま目覚めなければどんどん衰弱していくでしょうね。散々邪魔してくれたシュバルツも、生徒の動きまでは察知出来なかったとは愉快でならないわ。サンドラ、加害者の留学生はどうなっているの？　感謝を伝えたいのだけど」

滅多なことで動揺しないと日頃王妃が評している、サンドラの鍛えられた表情筋は揺らぐことはなかったが右手の指先がピクリと動く。

「シュバルツ殿下の部下に捕らえられ、容疑者として取り調べを受けているそうです」

「まぁ、それは可哀想《かわいそう》に。邪魔なユーリウスを排除してくれたお礼として、留学生には恩赦を与えわたくしの召使にでもしてあげようかしら。……あら？」

扉の向こう側、廊下から複数人の足音と声が聞こえ、王妃は口を付けていたティーカップをソーサーへ置いた。

眉を寄せた王妃へ頭を下げたサンドラは扉へ向かう。

「騒がしい。何をやっている、なっ⁉」

扉のノブへ手をかけ開いたと同時に、廊下側のドアノブを掴んだ何者かによって扉が引かれる。

前方へ引っ張られ、ノブから手を離したサンドラは床へ強《したた》か尻を打ち付けた。

「うぅ、何が」

痛みで顔を顰《しか》めたサンドラは、王妃の私室の扉を断りもなく開いた不届き者を睨《にら》み上げ、「ひっ」と引きつった悲鳴を上げた。

座り込んでいるサンドラには目もくれず、侵入者達は部屋の奥へと進む。

「恩赦を与える？　それは、どういうことか教えていただけますかな？」

先頭を歩く国王直轄特別捜査部隊の隊服を纏《まと》ったシュバルツは器用に片眉を上げた。

「わ、わたくしに何か用かしら？　先触れもなく訪れるなど、どういうつもり？　陛下のところへ行くのが先でしょう？」

室内へ視線を巡らせた王妃は、自分がシュバルツの部下に包囲されているという動揺で、震えそうになる口元を扇で隠す。

廊下に待機していた護衛と召使達は、すでに拘束されたのか。王妃が強い力で握った扇が軋《きし》む。

「事前に兄上から王妃宮への訪問許可はいただいております。今回は、王宮内に囁《ささや》かれている噂《うわさ》を気にされているのではないかと思いまして、参上しました」

「噂？　シュバルツ、貴方《あなた》何を、えぇ!?」

冷笑を浮かべたシュバルツの背後から現れた人物を見て、王妃は目と口を大きく開けたまま数秒固まり「どうして」と小さく呟《つぶや》いた。

「ご心配をおかけして申し訳ありませんでした」

固まる王妃の前までしっかりとした足取りで歩き、優雅に一礼をしたユーリウスは完璧な王子の顔で微笑んだ。

「どうにか生き延びることが出来ました」

「何故《なぜ》っ!?　何故ユーリウスが此処《ここ》にいるのよ!?」

悔しさと怒りで顔を歪ませた王妃の手から扇が床へ落ちる。

「私が死んだとしてもフリウスが王太子となることはないでしょう。今朝開かれた元老院会議の結果、フリウスの王位継承権剥奪は決定されましたから。フッ、残念でしたね」

「何ですってぇ!?」

ガタンッ！

椅子から立ち上がった勢いでテーブルが揺れ、倒れたティーカップから零れた紅茶が王妃のドレスを茶色く汚す。

全身を震わせて、今にも飛び掛からんばかりの憤怒の形相で睨んでくる王妃を、ユーリウスは冷たく見下ろした。

「捕らえろ」

ユーリウスの命により、王妃を取り囲んだ部下達は彼女に抵抗する暇すら与えず、両腕を後ろ手に拘束する。

「何をする！」

足を激しく動かす王妃の抵抗をいとも簡単に封じ、魔力で編み上げられた拘束用の紐《ひも》で縛り上げた。

「貴女《あなた》は寵愛《ちょうあい》している男優や愛人達と随分と豪遊されていましたね。多少の火遊びならば兄上も見逃していたようですが、我が国では許可されていない薬物を取り寄せ、他国の奴隷商人から買った見目の良い少年達を弄ぶのは倫理や品格以前に人格を疑う。ご婦人方を招いて狂乱の宴を愉しむのもやりすぎですよ。貴女の罪状は、違法薬物の使用、人身売買に公金の横領、ああ王太子殺害に加担した容疑が加わりました」

捻《ひね》り上げられる手首の痛みと屈辱で、王妃の顔が赤黒く染まっていく。

「わ、わたくしを誰だと思っているのよ！　サンドラ！　何とかしなさい！」

拘束されて放心状態だったサンドラは、王妃の叫びに肩を揺らして顔を上げた。

「王妃様！　無礼な、放しなさいっ！」

拘束されてもなお抵抗する二人を見下ろし、シュバルツはフッと鼻で笑う。

「王妃？　すでに兄上は貴様と離縁の手続きを済ませた。今の貴様は身分を剥奪された罪人だ」

「うそ、嘘《うそ》よ！　陛下が離縁を⁉　そんなこと許すわけはないじゃないー！」

どんな浪費も我儘《わがまま》も咎《とが》めなかった国王は、筆頭公爵家直系の自分を愛しておりそう簡単に捨てはしない、と思い込んでいた王妃は激しく体を震わせる。

「今まで貴様が好き勝手振る舞えたのは、ロニエル公爵と老害どもを追いやる最大の理由となり得るのを兄上は待っていただけだ」

「嘘よ！　陛下がわたくしを切り捨てるなど！」

「喧《やかま》しい。侍女と一緒に連れていけ」

隊員達に両腕を抱えるように掴まれた元王妃は、半ば引き摺《ず》られながら部屋を出ていく。

廊下に控えていた騎士達の足音と呪詛混じりの金切声はしだいに遠ざかっていった。

「うっ」

元王妃に深く関わっていた侍女達も騎士達に拘束されていく中、額に汗を浮かべたユーリウスは口元を覆った。

部屋中に充満するきつい薔薇《ばら》の香りと、王妃の残り香による不快感からユーリウスは顔を顰める。

「ユーリウス、部屋へ戻って休んでいろ」

「いや、リージアがまだ終わらせていない」

「リージアには暗部数人と魔術師長、イザーク王子とガルシアもついている。案ずることはない」

椅子の背凭《せもた》れを掴む手に力を込め、ユーリウスは眉間に皺を寄せて奥歯を噛《か》む。

「だからこそ、心配なんだ」

護《まも》るべき対象としてリージアを見ているガルシアはともかく、彼女へ好意を抱いているイザークが側にいると思うとユーリウスは居ても立っても居られなかった。

「私が行く。お前は部屋へ戻れ。再び倒れてリージアを泣かしたいのか？　何かあったら、今度は奪われるぞ」

リージアの泣き顔が脳裏に浮かび、ユーリウスは言葉に詰まる。

「……叔父上、行かせてください。俺も顛末《てんまつ》を見届ける」

椅子の背凭れから手を外したユーリウスは、荒ぶる感情を抑えて冷静な姿を装った。

＊＊＊

昏睡《こんすい》状態だったユーリウスが意識を取り戻したことは伝えられず、学園から連れて来られ取り調べを受けていたシャルロットは、制服姿のまま両手に手枷《てかせ》と魔力封じの首輪を付けられて、四方を石の壁に囲まれた面会室の椅子に座っていた。

ガチャリ

開いた扉から入室した面会者の姿を確認して、空色の瞳を揺らしたシャルロットは音を立てて椅子から立ち上がった。

「イザーク様ぁっ！」

壁際に立つ兵が動こうとするが、イザークの鋭い視線で動きを止める。

「シャルロットが捕らえられたと聞いて驚いたよ。大変だったな」

労《ねぎら》いの言葉をかけられて、シャルロットはくしゃりと顔を歪めた。大きな空色の瞳は涙で潤み出し、イザークを見上げた。

小刻みに震えるシャルロットの肩へ、労《いたわ》るようにイザークは手を置いた。

「わ、私は何もしていないのに罪人の扱いをされて……イザーク様、私はユーリウス様を害することなどしていません。信じてください」

瞳を涙で潤ませたシャルロットはイザークの胸元へ体を擦り寄せる。

両手首の枷がなければ彼女はイザークへ縋《すが》りついていただろう。

震えるシャルロットは、無力でか弱い女子生徒にしか見えず、イザークは目を細める。

「ああ。それを確かめるために来たんだ。無罪が証明されれば君は此処から出ることが出来る。何があったのか教えてほしい」

「あの時は、突然ユーリウス様が苦しまれて……私も何が起きたのか分からないのです」

目を伏せたシャルロットは首を横に振る。首を振った拍子に伏せた瞳から涙が零れ落ちた。

「なるほど。もう一つ知りたいことがあるんだ」

シャルロットの肩へ置いていたイザークの手が下がり、強い力で彼女の二の腕を掴んだ。

豹変《ひょうへん》したイザークの態度に驚きシャルロットは目を見開く。

「お前は何者だ」

「イザーク様？　どうしたのですか？」

耳元へ唇を近付けて言われた、低く冷たい声と鋭い刃《やいば》のようなイザークの雰囲気に怯《おび》え、シャルロットはビクリッと体を揺らした。

キィ……

軋んだ音と共に面会室の扉が開く。

黒い覆面で顔を隠した暗部の青年に続いて、落ち着いた濃紺色のジャケットを羽織ったリージアが異様な雰囲気の部屋へ足を踏み入れた。

「あぁっ！　アンタは!?」

スキル抑制の髪飾りとピアスを外しているリージアが入室した瞬間、面会室に施されている魔力封じの魔法陣が解けていく。

驚愕《きょうがく》の表情を浮かべたシャルロットの姿が僅かに歪み、胸元から強大な魔力が吹き出した。

「あった。此処だ。体内に埋め込み魔力封じの影響を最小限にして、変化が解けないようにしていたようだな」

シャルロットの胸元へ手を伸ばしたイザークの口角が上がる。

ブラウスの合わせを片手で掴み、一気に引っ張り上げた。

派手な音を立ててブラウスは破れ、弾《はじ》けた釦《ボタン》が飛んでいき床を転がる。

「ちょっ、何する、の!?」

破けたブラウスの胸元、シャルロットの胸の間から覗《のぞ》き見えたのは、心臓の真上の肌に深々と埋まっている紫紺色の玉。

静物のはずの玉は、心臓の鼓動に合わせて脈打つ。

顔を歪めたシャルロットは身を引こうとするが、それよりも早くリージアが紫紺色の玉へ向けて手を伸ばした。

「くっ」

指先が玉へ触れた瞬間、強い魔力抵抗と静電気のような痛みがリージアの体を駆け巡る。

痛みを堪《こら》えてなおも触れれば、魔力を無効化され輝きを失っていく玉の表面に亀裂が入り、蜘蛛《くも》の巣状に亀裂は全体へ広がっていった。

顔から血の気が失せていくシャルロットの様子から、異変を感じ取ったイザークは後方へ飛ぶ。

ビキビキ、バリーン！

甲高い破裂音が響き、玉は粉々に砕け散った。

粉々に砕け散った玉の欠片から紫色の煙が吹き出し、動きを止めたシャルロットを包み込んでいく。

煙がシャルロットを包み込んだのは僅か数秒ほどの時間。

紫色の煙が消えていき現れた彼女の姿を目にして……リージアは息をのんだ。

「え、あ……？」

突然のことに混乱するリージアの口からは意味のある言葉が出てこない。

何故、どうして？　という疑問が思考を占めていく。

何故ならば、紫色の煙が消えた後、姿を現したのは此処にはいるはずのない人物だったから。

「貴女は、どうして？」

「やはり、そういうことか」

混乱するリージアとは違い、冷静な眼差《まなざ》しでイザークは目前の彼女を見下ろす。

つい先ほどまでシャルロットだった彼女は、憎悪の炎が宿った眼でイザークを通り越してリージアだけを睨みつけていた。

「魔道具の力をその身に受け入れ、シャルロットになりすましてイザベラに取り入り、学園に潜伏していたとは。大した女だな、メリル・ウルシラ」

数ヶ月前、自分の可愛《かわい》らしさを最大限に利用して男子達を手玉に取った〝ヒロイン〟。姿は同じでも、かつて学園をかき乱していたメリルと同一人物とは思えないほど、目前に立つ彼女は憎悪で歪んだ顔をしていた。

明確な殺意を放つメリルの視線から隠すように、イザークはリージアの前へ立つ。

「どうして、ですって？　シナリオを元に戻すために決まっているじゃない」

ハッと小馬鹿にしたようにメリルは鼻で嗤《わら》う。

「続編が始まる前、イザベラに出会う前のシャルロットになり代わったのよ。シャルロットの性格と選択肢を思い出して、私を見下してくるムカつく女子達とやけに清廉潔白で悪役とは思えない王女にも話を合わせて、シャルロットの受け答えを思い出しながら慎重にシナリオを進めたわ。今度は、今度こそ上手《うま》くいくはずだったのに！　ユーリウスとイザークも好感度は高くなっていたはずなのにぃ！　今度こそハッピーエンドになれそうだったのにぃ！」

魔道具がはめ込まれていた部位、空洞と化した胸元へ手を当てたメリルの声は感情の昂《たかぶ》りと共に叫び声となっていた。

「好感度が高くなっていた、だと？　好感度など高いわけないだろう。俺もユーリウスも、お前に対する好感度などゼロどころかマイナスだ。〝ヒロイン〟の役はとうに終わっているのに現実を受け入れず、男を利用して再びヒロインを演じようとする、高慢で恐ろしい女など好きになるわけないだろう」

「じゃあ何で私に優しくしたのよぉ!!」

　メリルの絶叫に混じった魔力が部屋の空気を振動させる。

「違和感しかないシャルロットの正体を暴くため、に決まっているだろう。ハッキリ言ってお前が演じていたシャルロットは外見だけなら良いが、言動は全て俺の好みじゃない。俺は他者を利用し媚《こび》を売ってくる計算高い恐ろしい女より、地味でも一生懸命でお人好しな女の子が好きだ。正体を探る目的と、イザベラが関わっていなければ頼まれてもお前などには近寄りたくもなかった」

「なっ」

　可愛い女子に甘く自分を翻弄する小悪魔なタイプが好き、という設定のイザークから全否定されたメリルは絶句する。

　偽りでも優しくしてくれていた王子様の一人から、破れたオブラートにすら包まず直球で「お前は嫌いだ」と告げられるのは、少しばかりメリルが気の毒に思えてリージアは口元を手で覆った。

「お前がメリル本人ということまでは考えていなかったが、メリルと繋がりがあるのではないかと予測していた。ユーリウスか俺が気のある素振りをすれば、必ず何かしらの動きを見せると思っていた。

メリルと繋がりがある女なら、リージアを貶《おとし》めようと動くことも想定はしていたが、まさかユーリウスを害するとは大馬鹿だな」

唇を噛んだメリルは淡々と話すイザークを通り越し、彼が背に隠しているリージアを睨んだ。

無効化スキルの力で魔導具が粉々になった際、メリルにかけられていた魔力封じの魔法と、部屋に張り巡らされている魔力封じの結界は無効化されていた。

そのおかげで魔道具の在処《ありか》が分かったのだ。

メリルの体から立ち上る魔力を感じ取ったイザークは、傍らにいる暗部の青年へ目配せした。

「害するつもりなんかなかったわ。私はただ、彼に運命の相手は誰なのかを思い出してほしくて、キーアイテムの香水を使っただけよ。それなのに呼吸困難になって倒れるとか、こっちの方が驚いたわ。好感度が上がってやっとモブから取り戻せると思ったのに、殺害未遂の罪で拘束されて牢《ろう》へ入れられるなんて。私の正体を探るために優しくしていただけ？　何それ、はっ！　ふざけてる。ヒロインは私なのに、好きにならないどころか、モブ役がヒロインになり代わるなんて許せないじゃない」

「モブ役……」

この期に及んでもまだ自分を蔑み、ユーリウスが倒れたことに微塵《みじん》も罪悪感を抱かない発言をするメリルに対して、冷静でいようと抑えていたリージアの頭の中が沸騰した。

「モブ役だから許せない？　ヒロイン？　そんな理由でこんな酷《ひど》いことをするなんて馬鹿げてる。そんな理由で多くの人を滅茶苦茶にして、ユーリウス様を危険な目に遭わせるなんて許せない！」

生徒会の雑用係となったリージアへ暴力を振るった男子生徒達は皆退学処分となり、優秀な魔術師と成ったであろうマルセルは魔力を封じられ領地で軟禁状態だ。

メリルと共に逃亡したルーファウスは、魔導具に魔力と精気を吸い取られ廃人同然となった。

シャルロットになり代わり、学園へ留学したメリルに嫌がらせをした女子生徒達は、謹慎処分を言い渡された後自主退学した。

彼女達は実家へ戻り、家の恥と言われ修道院へ入るか親子ほど年の離れた相手の後妻となったと聞いている。

多くの生徒達の人生を狂わせた、ヒロインの座とハッピーエンドにこだわるメリルの空色の瞳は濁った色に染まり、狂気すら感じさせた。

幸せを望むのは、皆から愛されるヒロインに憧れるのは理解できる。

でも、前世の知識を悪用したことと、この世界に生きる者達を見下して踏みつける行為は許せない。

きつく握り締めたリージアの手が怒りで震える。

「神殿の奥か修道院へ幽閉されるバッドエンドを免れた、逃亡エンドで満足していなさいよ。貴女のために全てを捨てて動いてくれたルーファウス様をあんな状態にまで追い込んで『ヒロインは私』ですって？　いい加減、この世界はゲームではないことを理解しなさい！」

「うるさいうるさいうるさいっうるさい‼」

髪を振り乱し叫んだメリルの両手に炎が出現し、拳大の火球となりリージア目掛けて放たれる。

バシュッ！

火球はイザークが張った防御壁に阻まれ、リージアへ届く前に霧散した。

「ゲームでなくとも、私がこの世界のヒロインなのよ！　何で、何で上手くいかないのよ！」

「ヒロインの役はもう終わっている。今のお前は罪人でしかない」

「違うっ！　続編はまだ終わってないわっ！　私が成り代わったシャルロットは何処《どこ》かへ消えたわ！　これからやり直せばいいのよ！」

首を振ってイザークの言葉を否定したメリルの右手のひらに魔力が集中し、鋭い氷の刃を形成する。

「リージア、アンタがいるから。アンタのせい、アンタがこの世界からいなくなればいいのよっ!!」

出現した無数の氷の飛礫がリージアとイザークへ襲いかかる。

イザークが飛礫《つぶて》を叩き落としている隙に刃を手にしたメリルは床を蹴り、リージアへ向けて大きく右手を振り上げた。

ザシュッ！

目の前で飛び散った血飛沫《ちしぶき》がリージアのジャケットにかかる。

「なっ!?」

「イザーク様！」

大きく目を見開いたリージアへ、イザークは「大丈夫だ」と笑みを返す。

氷の刃が振り下ろされる直前、リージアの前へ出て庇《かば》ったイザークの左肩を刃が掠めたのだ。

「がっ」

氷の刃を放り出し後退しようと一歩下がったメリルは、突然白目を剥《む》き膝から崩れ落ちていき前のめりに倒れていった。

倒れたメリルの後ろに立ち、片手で彼女を抱き止めた暗部の覆面をした青年は溜息《ためいき》を吐《つ》く。

「拘束をゆるめ、攻撃を避けないどころか受けに行くのは、少々やりすぎではないか？」

「ガルシア先生も俺が攻撃されるまで動かなかっただろう？」

フッと笑った暗部の青年は、被《かぶ》っていた覆面を片手で掴み脱ぎ捨てた。

「ガルシア先生？」

覆面を外した暗部の青年の素顔を見てリージアは目を丸くした。

暗部の格好をしたガルシアは、片腕にメリルを抱いたまま器用に彼女の腕を紐で縛り上げて床へ転がし、着けていた手袋を外して倒れるメリルの上へ放る。

壁際と扉の外に控えて、なり行きを見守っていた暗部達が昏倒して床に倒れるメリルを担ぎ上げ、魔術師長が彼女の首へ魔封じの首輪をはめていく。

イザークとリージアへ頭を下げた魔術師長を先頭にして、メリルを担いだ暗部は部屋を出ていった。

扉から見える廊下から暗部達の後ろ姿が見えなくなると、リージアはジャケットのポケットから取り出したハンカチをイザークへ手渡した。

「傷は痛みますか？　無理をしないでください」

「回復魔法はいい。傷があった方がこの後やりやすい。ありがとう」

回復魔法をかけようとしたリージアをイザークはやんわりと止める。

「メリルさんはどうしてこんなことをしたのかな。続編のヒロインになり代わるとか、無茶苦茶だわ」

「メリルが身に着けていた魔道具は装備者の魔力を増幅する。姿を変える魔法は争いの種となると考えられ、今は禁じられ抹消された魔法だ。変身魔法は続編のクリア後に取得可能となるんだよ。膨大な魔力が必要なため魔道具の補助が必要なんだ。変身魔法の呪文を知っていたのは、ゲーム内容を覚えていたんだろうな。変身魔法を使ってシャルロットになったのはいいが、魔道具の副作用に精神が侵された」

言葉を切ったイザークは、床に散らばった玉の破片を靴底の先で踏みにじる。

「コレは長期間身に着けていると精神に干渉されて人格が崩壊する。ゲームをやり込んだなら分かっていたと思うが、ヒロインになるためそれどころじゃなかったのか。取り調べをしても、頭のネジがトンでしまったメリルの耳には届かないだろう。いや、違うな。あの女のネジが飛んでいたのは元からか」

「あの女は、オベリア王国王子を傷付けた。オベリアの王族を傷付けた者は、オベリアの法で裁かれなければならない、と報告しておく」

リージアの隣へ並んだガルシアは、メリルに傷付けられたイザークの傷口を一瞥《いちべつ》する。

「まさか、そのために傷を……」

受け取ったハンカチで腕に付いた血を拭っていたイザークは、近付いて来る複数人の足音に気付き扉と黙ったままのガルシアを交互に見て笑う。

「これで表立ってユーリウスを害するものはなくなったな。……ずっと気にしていただろう？　ユーリウスが暗殺されるバッドエンドを」

「っ、気が付いていたの？」

この世界は、前世の自分が楽しんでいたゲームとは違う。

そう思おうとしていても、続編の内容を知らず先の展開が分からないため最悪の展開はあり得るのではという、不安を常に抱いていた。

ユーリウスが王妃の手の者によって暗殺される可能性は消えない。

シャルロットに奪われるよりも彼が害されることが怖くて堪らなかった。

「我が国では、王家管理の魔道具を盗むのも他者に成り代わるのも重罪だが、俺を傷付けた罪は極刑に値する。光属性持ちでもオベリア王国では関係なく処罰されるさ」

緊張の糸が切れたように、リージアの全身から力が抜けて両足が震え足元がふらつく。

「リージア！」

よろめいたリージアの体が傾ぐ前に駆けつけたユーリウスが手を伸ばして支えた。

「大丈夫か？」

「……ユーリウス様、終わりました」

ユーリウスの顔を見た瞬間、込み上げてくる涙を堪えてリージアは微笑んだ。

（ユーリウス様も終わったのね。幸せになりたくて多くの者を巻き込んで足掻いたヒロインは、結局はバッドエンドを迎える。自業自得とはいえ、もっと別の方法で幸せになれたかもしれないのに）

ユーリウスの命が危ぶまれることを回避出来た安堵感と共に、リージアの胸の中には何とも言えない虚《むな》しさも広がっていった。

8　ハッピーエンドを迎えたモブ令嬢と悪役ヒロインの結末

元王妃を始めとした王妃宮に仕える多数の女官達は捕縛され、王宮内は一時騒然となる。だが、事前に知らされていた大臣達の冷静な対応により、直《す》ぐに騒ぎは収束した。

国庫の横領、人身売買、違法薬物使用容疑で捕らえられた元王妃は、罪を侵した高位貴族や王族が幽閉される北の塔へ一時的に収監された。

彼女の実家も違法薬物入手に関与したとされ、今後何らかの処罰を受けることになるだろう。

シャルロットになりすましていたメリルは、オベリア王家所蔵の魔導具を盗み出し、王子を傷付けた罪で数日以内にオベリア王国へ送られることになる。

メリルに手を貸したルーファウスは、彼の様子から逃亡の恐れもなく両親の懇願により実家へと帰されることとなった。今後、ルーファウスの意識が戻り心身共に元の状態へ戻れるかは、王宮の魔術師達でも分からない。

「ありがとう」

目的の部屋の前まで来ると、リージアは此処《ここ》までワゴンを押してくれた使用人にお礼を伝えて深呼吸をした。

リージアへ一礼した護衛騎士が数回扉をノックし、部屋の中に控えていた侍従から主《あるじ》の入室許可が伝えられる。

「失礼します」

「リージア!?」

夕食を乗せたワゴンを押す使用人と共に入室したリージアに気付き、驚きのあまりユーリウスは掛け布団を蹴り飛ばしてベッドから飛び起きた。

ベッドから降りようとするユーリウスを止めて、ヘッドボードと背中の間にクッションを置いて凭《もた》れ掛からせる。

メイド用エプロンを着け、髪をピンで纏《まと》めたリージアを見てユーリウスは目を輝かせた。

ベッドの側《そば》まで移動させたワゴンに乗せた皿の蓋を取れば、美味《おい》しそうな香りが部屋中へ広がる。

「食欲があまりないと聞いたので、特別に作ってもらいました」

ユーリウスはまだ本調子ではなく、彼のために特別に夕食を用意してもらったのだ。

勿論《もちろん》、無理をしようとするユーリウスの看病を頼まれたのもあったのだが、彼の看病はリージアの意思でもあった。

「お粥《かゆ》です」

「ありがとう。あつっ」

ワゴンの天板には保温用の魔石が敷かれており、料理は作りたて同然の温度を保っていた。

勢いよくスプーンに口を付けてユーリウスは思った以上の熱さに呻《うめ》く。

「ごめんなさい、熱かったですか？」

スプーンで一掬《すく》いしたお粥を、リージアはふぅふぅと息を吹きかけて冷ます。

息を吹きかけて冷ましたお粥を口元へ運ばれる度、ユーリウスは嬉《うれ》しそうに口を開く。

つい数分前までは、部屋へ押し込められて苛《いら》立《だ》ち不機嫌の塊だった王子は嘘《うそ》のように上機嫌になり、締まりのない顔でお粥を食べさせてもらっていた。

　お粥とスープを全て食べ終わったユーリウスは、ポットから白湯をカップへ注ぐリージアへ手を伸ばす。

「退屈かもしれませんが、侍医から乱れた魔力回路を回復させるためにはあと一日安静にしていてほしいと言われました。ユーリウス様、出来る限りお側にいますから無理はしないでくださいね」

　手招きするユーリウスの側へ戻り、ベッドの横に置かれた椅子に座って彼の顔を見下ろしたリージアは「うっ」と言葉に詰まった。

「出来る限り、だけか？　今日はずっと一緒にいてくれないのか？」

　上目遣いで自分を見詰めてくるユーリウスはまるで、目を潤ませる子犬のように見えてきてリージアはコクリと唾を飲み込んだ。

　完璧王子様と子犬ではギャップが大きすぎて胸が高鳴る。子犬なユーリウスに負けて、甘やかしてしまいそうになる心を奮い立たせる。

「う、その、今後のこともありますし、婚約者と言えど未婚の男女がずっと一緒は駄目です。その、お手伝いならします、けど」

　理由を探しながら答えた言葉の最後の方は、消え入りそうな声になってしまった。

　一月後には生徒会長として最後の仕事、生徒会役員選挙が控えている。

　王家のスキャンダルは学園生活にあまり影響しないとはいえ、第一王子の公務には少なからず影響を与えるだろう。

　生徒会も公務も表立って手伝えないリージアが出来ることといったら、元雑用係として行事と引き継ぎ資料の整理をしておくことと、ユーリウスの体内からアレルゲンを除去して彼のストレスを軽減することくらい。

隣室の机上には生徒会長と公務の書類が束になって置かれていた。

「今回ばかりは、国王と王妃の離婚を民たちは面白可笑《おか》しく騒ぎ立てるな。元々、華やかな行事以外は表に出て来ず贅沢《ぜいたく》三昧な王妃よりも、慈善活動や災害支援を国王代理として行っている叔母上の方が民からの人気は高いため、批判や離婚反対の声は出ないと思うが記者たちに追い回される。しばらくは周囲が騒がしくて無理だろうが、落ち着いたら」

一旦言葉を切ったユーリウスは、リージアの手を右手で握り互いの指を絡ませた。

「落ち着いたら？」

指を絡ませてくる彼の意図が分からず、リージアは首を傾《かし》げる。

「二人だけで、デートしよう」

「……はいっ」

目元を赤く染めたユーリウスの表情は真剣で、嬉しさのあまりリージアは満面の笑みを浮かべた。

「はぁ」

「どうしました？」

繋《つな》いだ左手はそのままで、ユーリウスは赤く染まった顔を右手で覆い隠す。

「これはこれで、苦しいな。あぁ、早く卒業したい」

「えっ、苦しいのですか？　大変っ！　もう喋《しゃべ》らないで眠ってください」

苦しげに息を吐くユーリウスはやはり体調が悪いのかと、慌ててリージアは椅子から立ち上がった。

捲《めく》れた掛け布団の端を持ち、ユーリウスの肩へ手を置き勢いよく彼の上半身を押し倒す。

「リージアッ!?」

仰向《あおむ》けで倒れる際、ユーリウスの手が咄嗟《とっさ》にリージアの二の腕を掴む。

バランスを崩したリージアは、よろめき「あっ」という声を上げて彼の上に倒れ込んでしまった。

「ご、ごめんなさいぃ」

鎖骨付近に強《したた》か打ちつけてしまい痛む鼻を押さえて、体を起こそうとしたリージアの後頭部へ手が添えられる。

力強い手に抱き寄せられて、僅かに浮かした上半身は再び隙間なく密着してしまった。

ちゅっ

目を見開いたリージアの唇に、あたたかくてやわらかくて少しかさついたモノが触れ、次いで食《は》んでいく。

驚きのあまり、ユーリウスの胸へ手をついて逃れようとしても、抱き締める腕の力は強まるばかり。

呼吸のタイミングが分からず、苦しくなってきてユーリウスの胸を数回押せばようやく腕の力は弱まった。

ぷはっと、息を吐きながらリージアは顔を離す。

触れ合っていた唇はリップ音を立てて離れていった。

息を荒らげて上半身を起こしたリージアと首まで赤く染めたユーリウスの視線が合う。

ユーリウスの瞳に映り込むリージアの顔も茹《ゆ》でタコの様に真っ赤に染まっていた。

離れたはずの彼の唇の温《ぬく》もりと感触は、しっかりと残っていて思わず唇に触れる。

「リージア、好きだよ」

「私も、ユーリウス様が、好きです」

すんなりと〝好き〟という言葉が出て来て、好きだと言ったリージア自身も驚いた。

〝好き〟という感情は、甘い疼《うず》きとなってリージアの全身にじんわりと広がっていく。

(キス、しちゃった。嬉しい。私、ユーリウス様のことが本当に好き、なんだ。どうしようもないくらい、好き)

「これで、ぐっすり眠れそうだ」

微笑《ほほえ》んだユーリウスは、指を絡ませて繋いだままだったリージアの指先へ口付ける。

指の一本一本にユーリウスが口付ける度に、胸の奥がきゅうっと切なく甘く疼いていく。

「ユーリウス様が眠るまでお側にいます」

部屋の照明を落とし、頭を撫《な》でているうちに規則正しい寝息が聞こえてくる。

ユーリウスが寝入った後も、指先と唇に残る甘い感触はしばらくの間消えてくれず、彼からしてきた口付けを思い出してリージアは何度も身悶《みもだ》えることとなった。

手を握りユーリウスが眠るまで彼に寄り添っていたリージアは、精神的な疲れもあり椅子に座ったまま眠ってしまった。

その後、夜中に目覚めたユーリウスの手によりベッドへ運ばれ、彼の隣で朝まで熟睡してしまったのだった。

やわらかくてあたたかい何かが、鼻先を掠《かす》め頬へ触れる。

頬に触れるやわらかな感触が擽《くすぐ》ったくて身じろいだリージアは、自室のベッドと違う感触に違和感を覚えて、薄っすら目蓋を開いた。

「う、ん……？」

カーテンの隙間から射し込む陽光が眩《まぶ》しくて細めた視界に、輝く金糸と綺麗《きれい》な顔立ちをした笑顔の青年が入り込む。

「おはよう」

「え？」

腰を抱くのは細身に見えて案外筋肉質で力強い腕。

幸せそうに微笑むユーリウスの顔を凝視して、数十秒固まった後リージアは「ひっ」と引きつった声を上げた。

「椅子に座って眠っていたんだよ。起こすのも悪いと思ってベッドへ運んで、どうした？　リージア？」

「い、いやあぁー！」

全身を真っ赤に染めて絶叫したリージアは、がばっと勢いよく音を立てて上半身を起こす。

起き上がった拍子に、腰に回されていたユーリウスの腕が外れる。

「殿下っ！　何事ですか！」

悲鳴を聞き護衛騎士達が部屋へ駆け付け、同衾《どうきん》している現場を目撃されたとさらに混乱したリージアの瞳から大粒の涙が零《こぼ》れ落ちる。

「リージア！　お前達部屋から出ろ！」

ユーリウスの怒鳴り声を聞きつけた侍従も駆けつけて室内はさらに騒がしくなり、騒ぎを聞きつけてやって来たシュバルツから二人揃《そろ》って叱られる羽目になった。

不可抗力とはいえ、一夜を過ごしてしまったユーリウスの部屋から用意されていた部屋へ戻り、侍女達により身支度と朝食を済ましたリージアは国王に呼ばれて応接室へ向かった。

応接室の円卓を囲み、上座に国王、シュバルツ、エルシア、ユーリウスが椅子に座ってリージアを待っていた。緊張の面持ちで入室したリージアは、スカートの裾を摘まみ淑女の礼をする。

リージアを一瞥《いちべつ》した国王は、ユーリウスの隣へ座るように促す。

今朝のやり取りの後ということもあり、気まずさから二人の間は拳一つ分の隙間が空いた。

「そう緊張しないで楽にしてくれ。リージア、そなたの働きでユーリウスは救われ邪魔な者達の排除が出来た。礼を言おう。今後の動きは、シュバルツが説明する」

国王の斜め横に座るシュバルツは頷《うなず》き、ジャケットの内側に忍ばせていた文書の束を取り出す。

「王妃主催の茶会の常連だった者、王妃派と呼ばれる者達のご婦人方を検査した結果、常習性が高い違法薬物接種の痕跡が見つかった。妻と子の責任は夫と親の責任だ。奴隷売買に関与した者達は賠償金と一部領地の没収、ただし一族内で適切な処理をした場合のみ、代替わりで赦《ゆる》すこととなった。メリル・ウルシラについては表に出すことはしない。学園では、留学生シャルロットは生徒達への度重なる無礼な態度と学力不振のため留学取りやめとなった、と発表するつもりだ」

そこまで言い、シュバルツは文書から視線を上げて言葉を切る。

「王妃の処遇について、表向きは浪費と立ち振る舞いが国母に相応《ふさわ》しくないと判断し離婚する、と公表する。王妃宮を調べた結果、私に反感を持つ貴族達を使いユーリウス暗殺を企てていた証拠も見つかった。だが、この件が明るみに出れば貴族間の均衡が崩れる。粛清はしていくつもりとはいえ、時期をみて行う。ああ、フリウスは王位継承権を剥奪して一から教育を受けさせた結果、処遇を考える」

「父上、フリウスはともかく、フローラはどうなるのですか？」

「フローラはわたくしを裏切る真似《まね》はしない。そうなるように躾《しつ》けてあります」

慈愛に満ちた微笑みを浮かべ答えるエルシアの声色に、残忍な響きを感じ取ったリージアの背中に冷たいものが走り抜ける。

「あの子には、まだ使い道がありますわ」

口元を手で隠したエルシアは猫のように目を細めて笑う。

「この騒動が下火となった頃、王太子はユーリウスだと宣言する。此度《こたび》の件を上書きするには、立太子の儀礼は良い話題だろう」

王妃の断罪、ユーリウスの立太子までの筋書は準備されていたことを匂わせ、国王は口角を上げた。望んでいた王太子の座を約束されたユーリウスの表情は曇ったまま、膝の上で握った手に力が入る。

「王太子は……叔父上の方が相応しいのではないでしょうか」

「ユーリウス、私は国王に忠誠を誓い国王の命で直轄特別捜査部隊を統括しているのだよ。それから、兄上は余程の愚鈍でない限りユーリウスを王太子にと、考えていたはずだ」

「父上が？」

目を丸くしたユーリウスは国王とシュバルツを交互に見る。

「それに、私の役目は国にとって不安要素を取り除くこと。元より動く方が好きな私は、国王には向いていない。今後、お前が国を傾けることがあれば……話は変わってくるがな」

「それは怖いな。良き王となるように、努力する」

下唇を噛んで吐き出すように言ったユーリウスは、テーブルの下で手を伸ばして隣に座るリージアの手に触れた。

（ユーリウス様……）

手の甲へ触れた指先から、ユーリウスの緊張と動揺が伝わってくる。彼の気持ちが和らぐようにとの思いで、リージアは手の甲に触れる指に自分の指を絡ませた。

翌朝、国王と王妃の離婚は公式に発表された。

しばらくの間、国王の離婚の話題は大衆紙の一面を飾ることになる。市民は国王の離婚をすんなりと受け入れ、側妃エルシアを次の王妃にという声が市民だけでなく貴族の中からも上がった。

しかし、当のエルシアは王妃になるのを望まず側妃のままでいたという。

魔道具の力で変身魔法を使い続編のヒロイン、シャルロットに姿を変えていたメリルは、形だけの取り調べを受けたが支離滅裂な発言を繰り返したため、捜査官達を困惑させたという。

埒が明かないと判断され、明朝にはオベリア王国へ送られることとなった。

表向きは学園に馴染《なじ》めず風紀を乱した、という理由でシャルロットの留学は取りやめとなりオベリア王国へ帰国することは所属クラスのみに伝えられた。

彼女を慕う男子生徒が落胆した以外、大して生徒達の話題に上らなかった。

＊＊＊

ルブラン王国の全国民へ国王と王妃の離婚成立が公表された頃、椅子に座って妹からの手紙を読んでいたイザークは、顔を上げて視線を部屋の中央へ移した。

空気が揺れて、音もなく室内へ現れた黒装束の男は床へ片膝をつき頭を垂れた。

「殿下、国境沿いの森で例の者は処理しました」

「そうか」

フッと嗤《わら》い、イザークは手紙を机上へ置く。

「ユーリウスを篭絡《ろうらく》してくれたならば生かしてやったが。役に立たず、害しかもたらさない性悪ヒロインなど不用だ」

膝をついた男が差し出した血まみれの手枷《てかせ》を見下ろし、イザークは冷笑を浮かべた。

エピローグ　モブ令嬢と王子様のシナリオにはない「はじまり」

王妃が断罪された七日後、ユーリウスが王太子となることが公式に発表された。

国王の思惑通り、自身の離婚は新たな王太子の話題に塗り替えられ、連日大衆紙の紙面を飾ることとなる。

それから一月後。

生徒会役員選挙により選出された新生徒会長、副会長への引き継ぎを終えたユーリウスとロベルトは残り数ヶ月の学園生活を満喫する暇もなく、卒業後を見据えて増えた公務に勤しむ日々を送っていた。

ユーリウスの人気が高まると同時に、婚約者のリージアと実家のマンチェスト伯爵家も注目を浴び、王都の直営店は以前に増して大盛況となったらしい。

研究員の仕事もあるブルックスは「休む暇がない」と目の下に濃い隈《くま》を作っていたが、商売好きなアレックスは楽しそうに領地と店舗を往復しているらしい。

そういえば、何故《なぜ》か従業員に混じってイザベラがブルックスを手伝っていた。

二人の距離が近くなったのは少々複雑な感情を抱くが、兄が面倒事に巻き込まれず幸せになれるのならいいのだろう。

積極的な王女様に押されるブルックスは、口では迷惑だと言っていても楽しそうにしていた。

シナリオやヒロインに脅かされることのない平穏な日々は過ぎていき、生徒達が盛り上がる行事の一つ学園祭の当日を迎えた。

今年は学園祭を盛り上げるという理由で、クラスごとの人気投票を行い優秀クラスが発表されるため、生徒達の気合の入れようと盛り上がりは去年以上だった。

三年Ｂ組の出し物は軽食とスイーツが食べられるカフェ。

カフェで出すスイーツは、製菓クラブのメンバーが有名菓子店を経営しているクラスメイトの実家で習った本格的なもの。

軽食のワッフルとサンドイッチも、クラス全員が納得した材料を使い作るというこだわりを持ち、クラス一丸となって優秀クラスを目指していた。

生徒と来校者で混雑する中庭では、クラスの女子で揃《そろ》えたエプロンドレスを着て、髪を三つ編みにして三角巾を被《かぶ》ったリージアは困惑の表情を浮かべて、現生徒会の手伝いという名目でチラシ配りをするユーリウスの隣でチラシを配っていた。

学園祭開始の花火が打ち上がって直《す》ぐ、教室へやって来たユーリウスによってリージアは教室棟の外へ連れ出され、現生徒会の手伝いを頼まれたのだ。

現生徒会三役は市井《しせい》で音楽活動をしているらしく、昼過ぎに特設ステージで演奏をするという。

宣伝チラシの配布は現生徒会メンバーにやらせればいいのに、と思いながら周囲を見渡していると、生徒達や来校者の間からこちらを見ているロベルトと目が合う。

婚約者のマーガレットと並んでクレープを食べていたロベルトは、口の端に生クリームをつけて苦笑いしながらリージアへ向けて手を振った。

少し離れた場所では、外向きの王子様の微笑《ほほえ》みを浮かべたユーリウスの眩《まぶ》しさに魅せられ、若い女性達が二人を取り囲む。

　ユーリウスが持つ宣伝チラシは瞬く間になくなっていく。手伝う必要があるのかとユーリウスに問いたくなった。

「ユーリウス様、そろそろクラスへ戻ってもいいでしょうか？」

「まだ駄目だ。この後は案内所へ行き、迷子がいないか見回らなければならない」

「迷子？」

　きょとんとするリージアの手から、チラシを奪うようにユーリウスは受け取る。

　リージアが一歩後ろに下がったタイミングを狙ったように、王子様に惹《ひ》きつけられた女性達がユーリウスを取り囲んだ。

（チラシ配りはユーリウス様一人で十分ね。もう少しで全部配り終わりそうだし、このままクラスへ戻ろうかしら？）

　ゆっくりと後退していき女性達に囲まれているユーリウスへ頭を下げて、教室へ向かおうとしたリージアのすぐ側《そば》を数人の男子生徒が通り過ぎていく。

　その中の一人の手が、足を止めたリージアのエプロンドレスの裾を掠《かす》めた。

「すみません、リージア先輩」

　人当たりの良い男子生徒はヘラリと笑い、吹き抜けた風で乱れた三角巾を押さえるリージアの方へ手を伸ばす。

「触るな」

　男子生徒の指先が風で揺れたエプロンドレスのリボンへ触れる直前、囲んでいた女性達の間をすり抜けてやって来たユーリウスがリージアの二の腕を掴《つか》み自分の方へ引き寄せた。

ハッとしたリージアは腕を離そうとしないユーリウスを見上げて、気が付いてしまった。

「ユーリウス様？」

王子様の笑みを消して、リージアへぶつかりそうになった男子生徒へ冷たい視線を向けていたのだ。

(どうしてユーリウス様は睨《にら》んでいるの？　もしかして、私にチラシ配りを頼んだ理由は、ええ？そうなの？)

抱いていた疑問は、男子生徒を怯《おび》えさせるくらい圧力を放つユーリウスの表情で、確信に変わった。

多くの人がいる中庭で騒ぎを起こさせるわけにはいかない。手振りで「もう行って」と促すと、男子生徒達は頭を下げて逃げるように立ち去った。

「……嫌なんだ」

ポツリと呟《つぶや》いた言葉は、側にいるリージアしか聞こえないくらいの小さな声。

二の腕を掴んでいた手を離して目を伏せる。

「俺のいない場所で、リージアの可愛《かわい》い姿を他の男に見せたくない」

言い終わるとユーリウスは横を向き、女性客と女子生徒達が側にいることを思い出して顔を片手で覆い隠す。

「えっ？」

隠しきれない頬の一部と耳朶《じだ》が赤く染まっているのを、至近距離にいるリージアは見逃さなかった。

理由を作って一緒にいようとするユーリウスの嫉妬と独占欲を感じて、少々引きつつも嬉《うれ》しくて笑顔になった。

顔を隠している彼の手とは逆の手に触れる。

「当番の時間が終わったら自由時間になります。その時、一緒に回りませんか？」

「……回る」

伸ばされた指に自分の指を絡めて手を繋《つな》ぎ、観念したとばかりに息を吐いたユーリウスに送られて、リージアは教室へ向かった。


学園祭は大盛況で終了し、惜しくも優秀クラスには選ばれなかったものの、上々の評価を貰《もら》い三年Ｂ組の生徒達は満足して互いを労《ねぎら》った。

夕闇が濃くなった頃、後夜祭の開始時間を告げる鐘が学園に鳴り響く。

ユーリウスから贈られた、色味を抑えたゴールドに鮮やかな青緑色の細かい刺繍《ししゅう》が施されたドレス、エメラルドの髪飾りとイヤリングを着けたリージアは、後夜祭の会場である大ホールの入り口に立っていた。

エスコート役であるユーリウスは黒色の燕尾《えんび》服の差し色に使っているのは緋色《ひいろ》。

自分に対する愛情と執着心を感じて、リージアの胸に少しの怖さとそれ以上の嬉しさが入り混じり広がる。

「緊張しているのか？」

ホール入り口から広がるのは、高い天井から吊《つ》るされた豪華なシャンデリアに照らされる夜会用に着飾った生徒達が談笑する華やかな光景。

確かに普段とは違う雰囲気には圧倒されるが、国王の生誕祭に比べれば気持ちは楽だった。

問い掛けに、リージアは首を横に振る。

「去年は参加出来ませんでしたし、一昨年《おととし》は兄にエスコートしてもらいましたけれど、踊らずにお腹《なか》いっぱい食べて食事を楽しんだだけなんです。何が言いたいかというと、その、後夜祭で踊るのは初めてなんです」

昨年はガルシアに拉致されて、後夜祭どころではなかった。

一昨年は壁の花と化していたし、目立たないように柱の陰でひたすら料理を食べていた。

数ヶ月前までは兄以外の男性に、王子様にエスコートされるなんて考えたこともなかった。

「同じだ。俺も後夜祭に一生徒として参加するのも、誰かをエスコートするのも初めてだ。後夜祭でエスコートする、最初で最後の相手がリージアで良かった」

目を丸くしたリージアへユーリウスは蕩《とろ》けるような笑みを向ける。

「行こう」

「はい」

回されたユーリウスの腕にリージアは手をかけて、二人は華やかなホール内へ歩き出す。

(ゲームだったら、『モブキャラクターだった地味な伯爵令嬢は、王子様と心を通わせて幸せになりました』という一文が入るのかな。ううん、ここでエンディングにはならない。私の物語はこれから王子様と一緒に始まるのだから)

出会った時の印象は、王子様に膝蹴りを入れるという最悪なもの。

同意なし、王命で王子様の婚約者に据えられた時点で、以前より窮屈な生活を送ることになるのは理解していた。

その後は悩んだけれども、ユーリウスの隣に寄り添っていようと決めたのは自分なのだ。

注目されるのは仕方ないと割り切り、リージアは声をかけてくる相手に笑顔を向ける。

メインキャラ達には関わりたくないと、目立たないように生活していた一年前には今の状況は考えられない。

これからもきっと、メインキャラクターではないのに華やかな場所に立っていていいのかという、不安は抱き続けるのだろう。

それでも、王子様の隣は誰にも譲れない。

「ユーリウス様、大好きです」

「俺も、大好きだよ」

足を止めたユーリウスは、リージアの耳元へ唇を近付けると甘く囁《ささや》く。

言った後に照れている王子様が可愛くて、リージアは満面の笑みを浮かべた。

後日談　王子様は女心が分からない？

三年A組の教室の窓から外を眺めていたユーリウスは、中庭に出てきた三年B組の生徒達の中からアプリコット色の髪の女子生徒を見付けて、目を細めた。

薬草学の授業中らしく、発芽した薬草を鉢に植えかえているリージアのアプリコット色の髪が、中庭を吹き抜ける風で揺れる。

(髪を下ろしていても可愛《かわい》いが、一つに括《くく》っているのも可愛いな)

ブラウスの袖を捲《まく》り、手袋をはめた手で握《にぎ》ったスコップを懸命に動かし、鉢に土を入れているリージアを見てユーリウスの口元が緩む。

「気になるのなら、声をかければいいだろう」

椅子の背凭《せもた》れを掴《つか》んで顔を近付けてきた、後ろの席に座るイザークに呆《あき》れ混じりで言われ、ユーリウスは緩んでいた口元に力を入れた。

「……今は授業中だ」

「おーい、リージア」

窓の方を向いたイザークは中庭のリージアに声をかける。

「なっ、お前」

ガタンッ！

机に手をついて、ユーリウスは勢いよく立ち上がる。

イザークの声でスコップを動かす手を止めたリージアは、校舎を見上げて窓から自分を見詰めているユーリウスに気付き、苦笑いして手を振った。

手を振り返したユーリウスは、近くまで歩いてきた初老の教師が発した咳払《せきばら》いの音で我に返る。

「お二方、授業が終わってからじっくり話を聞かせてもらいますよ」

「す、すみません」

学園内では王子だろうと特別扱いはされない。頭を下げたユーリウスは、イザークを一睨《ひとにら》みしてから椅子に座った。

授業時間終了後、ユーリウスは面倒くさがるイザークの襟首を持ち引き摺《ず》るように教師に謝罪をして、放課後の説教をなんとか回避した。

「お前は自由すぎる」

「ユーリウスこそＢ組が外に出ている間、ずっとリージアを見ていただろう」

イザークはニヤリと笑う。

「足元をふらつかせながら鉢を運んでいたから、気になって見ていただけだ」

「ふーん、そんなに心配なら前みたく、休み時間の度に会いに行けばいいだろ」

「それが出来ればそうしている」

ユーリウスは視線を逸《そ》らした。

「最近、リージアの反応が気になって毎時間会いに行くのはやめている。私から近付くと距離を空けようとする時もあって、何か気に入らないことをしてしまったのかと不安になる」

「あー、それは、今までユーリウスが周りの目を気にしてなかっただけだ。リージアも意識しすぎ、いや、流行《はや》りの恋愛小説でも読んで、女心を学んでみればいい」

「恋愛小説？」

少し遠い目をしたイザークの口から出た、恋愛小説という言葉にユーリウスは目を見開く。

「女子生徒の中で話題になっている恋愛小説だよ。ロベルトも夢中で読んでいたな。内容は、王子様と平民女子の身分違いの恋愛だ。王子様に翻弄《ほんろう》される女心の描写がいいと、イザベラが言っていたよ。イザベラから渡されて、昨日読み終わったところだ。好みはあるが、参考くらいにはなる。貸してやるから読んでみろ」

イザークは花のイラストが描かれた小説を鞄《かばん》から取り出して、机の上に置いた。

「誰も取り次《つ》がないように」と、護衛に伝えたユーリウスは図書館の奥、閲覧室の椅子の背に凭れかかり小説の表紙を開く。

（小説を読んだくらいで、女子の気持ちが分かるものなのか？）

恋愛など、リージアと出会うまで興味はなかった。今もリージア以外の女子には興味はない。

ただ、女子の扱いが上手《うま》いイザークが薦めてきたことと、女心が全く分からず細かい気配りが苦手で、婚約者を不安にさせていたロベルトを夢中にさせている事実には、興味を抱《いだ》いた。

『好きな相手のことを知りたい、触れたいという欲求は当然なもの。ただし、性急な行動は相手を怯《おび》えさせてしまうわ。先《ま》ずは相手から「無理強《じ》いはしない相手」だと信頼されることが大事よ』

小説のページを捲《めく》る度、ユーリウスの眉間に皺《しわ》が寄っていく。

女子が思い描く理想の恋愛像、分析好きな平民女子が王子の仕草で読み取るタイプ別デートプランや似合う服装を考えるという内容は、確かに若者達の興味関心を惹きつけるのかもしれない。

『積極的な令嬢に辟易している王子にすぐ触れてはいけない。触れるのは先ず服、手よりもジャケットの袖に触れましょう』

王子に好意を抱いてもらうため、主人公は常に可愛らしく見せるよう計算して行動していて、読んでいるうちに背筋が寒くなってきた。

(計算高いというか、下心だらけだな。絶対に王子を手に入れる、という決意は伝わってくるが、このどこが女心の参考になるんだ？　リージアは思ったことが顔に出やすいし、こんな小細工はしない)

トントントントン

閲覧室の外から扉をノックする音が聞こえ、ユーリウスはビクリと肩を揺らした。

「殿下、よろしいでしょうか？」

「何だ？　急ぎの案件があり私は忙しい。至急の用でなければ、明日に回せ」

会う約束をしているリージアが来る時間までは、誰も近付けさせるなと命じていた護衛騎士に扉越しに問われ、ユーリウスは不機嫌さを滲《にじ》ませながら答える。

「はっ、失礼いたしました」

謝罪した護衛騎士が扉から離れたのを確認して、恋愛小説へ視線を戻す。

主人公が立てた王子とのお忍びデートの詳細が書かれているページを捲っていく。

「申し訳ありません」

「いえ、約束の時間よりも早く来てしまった私が悪いのですから。ユーリウス様の邪魔は出来ません。後ほど改めて伺います」

頭の中でリージアとのデートを思い描いていたユーリウスの耳は、想像ではない愛《いと》しい婚約者の肉声を拾い上げる。

読んでいた小説を閉じて机へ置き、隠すために上から書類の束を乗せた。

「待てっ！　リージア！」

椅子から転げ落ちるように立ち上がったユーリウスは、扉へ駆け寄って叫んだ。

勢いよく開いた扉に驚き、固まるリージアの手を握ったユーリウスは、部屋の中央に置かれたソファーへ彼女の手を引いて歩く。

「ユーリウス様、お忙しいのではないですか？　私が入っても大丈夫でしょうか？」

「ああ、ちょうど片付けたところだから、リージアは気にしなくていい」

ソファーに座ったリージアは、何故《なぜ》か隣に座ったユーリウスと視線を合わせようとせず、身を縮め込ませた。

「どうした？」

「あの、ユーリウス様が私を気にして授業に集中できなくて、先生に注意されたとイザーク様から聞きました。最近は、ずっとお忙しくしているし、以前よりも会う時間が減ったのは、ユーリウス様が嫌がることをしてしまったのかと、不安になって……もし、そうでしたら、ごめんなさい」

俯《うつむ》いたリージアの声は震え、最後の方は消え入りそうなくらい小さかった。

（小説など読まなくても、リージアを不安にさせていたことくらい分かる。分かっていたのに俺は、自分のことばかり考えていた）

「違う」

繋《つな》いだままの手はそのまま、もう片方の手をリージアの肩に添える。

「注意されたのはリージアのせいじゃない。俺が、リージアを見ていたかっただけだ。リージアは何もしてない。最近忙しいのは、デートの時間を確保しようとしていたんだ」

「え、デート？」

顔を上げたリージアは目を丸くする。

「会う時間を減らしたのは、俺が気にしすぎているだけだ。この前、俺を避けただろう？　俺がかまいすぎて、リージアが嫌がっているのかもしれないと、勝手に不安になっていた」

「ユーリウス様」

目元を歪ませるユーリウスに微笑《ほほえ》みかけて、目を伏せたリージアは首を横に振った。

「あの時は、その、周りに人がいたから恥ずかしくなっただけで……私は、ユーリウス様に触れられるのも、一緒にいられるのも嬉《うれ》しいです」

「リージア」

互いの想《おも》いを伝え、胸の奥に溜《た》まっていた不安はあっという間に霧散していく。

感極まった勢いで、ユーリウスは肩に添えていた手を動かして、赤く染まるリージアの頰《ほお》に触れた。

息遣いを感じられるくらいの距離まで二人の顔が近付き……

トントントントン

突然、室内に響いた扉を叩く音に驚き、びくりと肩を揺らしたユーリウスの動きが止まる。

「殿下。王宮へ向かうお時間です」

護衛騎士の声がした扉の方をユーリウスが振り向くよりも早く、リージアは首を動かして彼の唇に自分の唇を重ねた。

ちゅっ

触れ合ったのはほんの一瞬。リップ音を立てて唇は離れていく。

「なっ」

リージアから口付けてくれるなど初めてのことで、完全に不意打ちだったユーリウスの全身は真っ赤に染まった。

「ユーリウス様、行ってらっしゃい」

離れようとするリージアの手を掴み、ユーリウスはそっと指先に口付ける。

「明日の朝、寮まで迎えに行くよ。一緒に登校しよう」

「はい」

目元を赤く染めたユーリウスからの誘いに、満面の笑みになったリージアは大きく頷《うなず》いた。

あとがき

『モブを巻き込むのはやめてください！2　～王子様に膝蹴り入れたら離してくれません～』をお手に取っていただき、ありがとうございます。えっちゃんと申します。

雑用係編に続き、三年生になったリージアの話を読者様にお届けすることが出来て、嬉しく思っています。

本作は前作同様、小説投稿サイトにて連載していた話を加筆し、書籍の形にまとめたものとなります。今回、転生者だったイザークの協力で、大ピンチに陥ったユーリウスを救い、凶悪ヒロインに打ち勝つことが出来ました。この先、不穏な出来事が起こっても、リージアとユーリウスは力を合わせて乗り越えていくはずです。仲睦まじい二人の姿を想像して、ほっこりしてくださると嬉しいです。

書籍化するにあたり応援してくださった皆様、いつも気遣ってくれる担当様、素敵なイラストを描いてくださった練間エリ先生、ありがとうございます。

そして、本作を読んでくださった読者の皆様、本当にありがとうございました。

これからも、楽しんでいただける物語をお届け出来るように精進していきます。

モブを巻《ま》き込《こ》むのはやめてください！2
〜王子様《おうじさま》に膝蹴《ひざげ》り入《い》れたら離《はな》してくれません〜

2023年4月5日　初版発行

初出……「モブを巻き込むのは止めてください！
〜王子様に膝蹴り入れたら巻き込まれた〜」
小説投稿サイト「小説家になろう」で掲載

著者　えっちゃん

イラスト　練間エリ

発行者　野内雅宏

発行所　株式会社一迅社
〒160-0022 東京都新宿区新宿3-1-13 京王新宿追分ビル5F
電話　03-5312-7432（編集）
電話　03-5312-6150（販売）
発売元：株式会社講談社（講談社・一迅社）

印刷所・製本　大日本印刷株式会社
ＤＴＰ　株式会社三協美術

装幀　今村奈緒美

ISBN978-4-7580-9540-2

おたよりの宛て先

〒160-0022 東京都新宿区新宿3-1-13 京王新宿追分ビル5F
株式会社一迅社　ノベル編集部
えっちゃん 先生・練間《ねりま》エリ 先生